고등학생인 내가
후배 엘프를
신부로 삼았는데
어떻게 사랑하면
되지?

신전의 기둥들은 규칙적으로 줄지어 있었는데,
그중에 딱 하나만 통로 한가운데 우뚝 솟아 있는 게 있었다.
아래쪽에 소녀의 조각상이 새겨진, 기묘한 기둥이.

"앗, 이 조각상은……
알시에라?"

알시에라의 손은 반쯤 투명해져서,
맞잡은 손에서 느껴지는 감촉조차 희미했다.
“괜히 ‘천사 사냥’의
탄환만 낭비했나 봐요.”
알시에라는 눈을 커다랗게 뜬
릴리스를 향해 희미한 미소를 지었다.
“이런 식으로 사라지는 건
예상하지 못했는데 말이죠.”

마왕인 내가
노예 엘프를 신부로 삼았는데
어떻게 사랑하면 되지?
11

지음/테시마 후미노리 • 일러스트/COMTA • 옮김/권미량

NEXT

쿠로카 · 아델하이드

맹인인 캣 시 소녀. 과거 교회의 비밀 조직인 〈아자젤〉에 소속되어 있었으며 도술(刀術)에 뛰어나다. 현재는 눈을 치료하기 위해 마왕성에 체류 중.

샤크스

의료 마술에 뛰어난 남자 마술사. 예전에는 시어칸의 밑에 있었지만 그를 배신했다. 최근 쿠로카와 사이가 좋은데, 그것 때문에 쿠로카의 양부인 라파엘이 틈만 나면 그를 노리고 있다.

알시에라

밤의 일족 소녀. 실은 유구한 세월을 살아오고 있으며 자간을 〈은안(銀眼)의 왕〉이라 부른다. 사라진 역사에 대해 알고 있지만 어떤 이유로 인해 답해주지 못하는 듯.

비프론스

소년처럼 보이기도 하고 소녀처럼 보이기도 하는, 성별불상의 마왕. 자간에게 격파당하면서 저주에 걸렸다. 현재는 마왕 시어칸과 함께 싸우는 중인데, 목적은 불명.

릴리스

몽마(夢魔)의 공주. 쿠로카, 셀피와는 소꿉친구 사이로, 현재는 자간의 성에서 신세를 지고 있다. 꿈속의 세계를 조종하는 데 뛰어나다.

시어칸

마왕 중 한 명으로 쿠로카의 고향을 멸망시킨 적도 있는, 희귀종 사냥의 범인. 선대 마왕인 마르코시어스에게 숙청당했음에도 살아남아서 비프론스와 함께 암약하고 있다.

CHAR

마왕인 내가 노예엘프를 신부로 삼았는데 어떻게 사랑하면 되지?
자간
본 작품의 주인공.
어린 시절, 한 마술사에게 실험용으로 유괴되었다가 반대로 그 마술사를 암살하고 그 재산과 지식을 손에 넣었다.
네피에게 첫눈에 반해 돈을 주고 사긴 했지만, 다른 사람에게 호감을 가지게 된 것이 처음이라 어떻게 대하면 좋을지 몰라 고민하는 중이다.
네피
하얀 머리를 가진 희귀한 엘프 소녀. 애칭은 네피. 높은 마력을 가진 엘프 중에서도 유난히 강한 마력 때문에 '저주받은 아이' 취급을 당했다. 자신을 '필요하다'고 말해준 자간에게 조금씩 호감을 가지게 된다.
ACTER

커버 그림·본문 일러스트 **COMTA**

Contents

✡ 프롤로그

「——……배——자간……배——. 그만 일어나세요, 자간 선배!」

「……흐음?」

귀에 익은 목소리, 하지만 처음 듣는 호칭에 자간은 벌떡 몸을 일으켰다.

눈앞에는 새하얀 머리의 소녀가 서 있었다.

뾰족한 귀와 호수처럼 푸른 눈동자, 햇빛에 한 번도 닿은 적이 없는 듯한 하얀 피부. 연분홍빛 수줍은 입술에 밝은 빨간색 리본으로 묶은 순백의 머리. 가녀린 팔은 등 뒤로 돌려 팔짱을 낀 채 자간의 얼굴을 가만히 들여다보고 있었다.

그 모습은 분명 자간이 잘 알고 있는 소녀였지만, 옷차림은 완전히 달랐다.

일단 가장 소중히 여기던 목걸이가 가녀린 목에 보이지 않았다.

대신 귀족들이나 할 법한 넥타이와 재킷을 걸치고 있었다. 소녀의 몸에 맞게 어깨 폭이 좁아서 남자용과는 사뭇 분위기가 달랐다. 오른쪽 가슴 주머니에는 금색 실로 어떤 문양이 수놓여 있었다.

게다가 새하얀 셔츠와 짧은 치마 아래로 드러난 허벅지가 한없이 눈부셨다. 평소 얌전한 시녀복에 가려져 있던 터라 그 충격은 더욱 컸다.

——이, 이거 왜 이렇게 귀엽지? 가 아니라 뭐가 어떻게 된 거지?

사랑스러운 소녀의 낯선 모습은 신선하면서도 미칠 듯이 귀여웠지만, 상황을 파악하려 해도 머리가 따라가지 못했다.

당황하는 자간의 모습에 소녀는 뺨을 잔뜩 부풀리며 그를 노려보았다.

「공부 가르쳐준다고 했으면서 자버리면 어떡해요…….」

「공부?」

자간과 소녀 사이에는 소박한 책상 하나가 놓여 있었다. 그 위에는 얇은 책과 선만 그어진 빈 책이 있었고, 그 옆에는 펜처럼 생긴 작은 막대기와 용도를 알 수 없는 말랑한 돌멩이가 널브러져 있었다.

아마도 빈 책에 얇은 책의 내용을 필사하거나 해설을 쓰고 있었던 모양이었다. 이것이 그녀가 말하는 공부라는 걸 하는 방식인가? 자간이 졸고 있었기 때문인지, 소녀는 이미 의자에서 일어나 있었다.

주위를 둘러보니 오래된 목조 건물의 실내였다. 다른 사람은 없었다. 바로 앞에 놓인 책상과 똑같이 생긴 책상이 수십 개나 줄지어 있었다. 모두 같은 방향을 보고 있었는데, 등받이의 방향을 보니 자간은 소녀와 마주 보기 위해 의자를 반대로 놓고 앉아 있었던 모양이다.

그제야 자기도 낯선 옷을 입고 있다는 것을 깨달았다.

목에 넥타이만 안 했을 뿐, 소녀와 마치 맞춘 듯 똑같은 디자인의 재킷에 바지를 입고 있었다. 분위기가 비슷한 옷을 들자면 교회의 예복이나 기사의 군복과 비슷했다. 어떤 옷이든 같은 조직의 제복이라는 것은 분명했다.

자간은 당황스러움을 감추기 힘들었지만 일단 순순히 머리를 숙여 사과했다.

「아, 미안. 내가…… 잠들었었나?」

「맞아요. 선배가 공부하는 거 가르쳐주겠다고 해서 정말 기대했…… 아니, 얼마나 든든했는데요…….」

잔뜩 풀이 죽어 어두워진 소녀의 모습에 자간은 허둥댔다.

「아, 아니야! 나도 네피와 함께하는 시간을 기대……했다고 할까, 내가 네피와 함께하는 시간을 소중히 여기지 않을 리 없잖아!」

저도 모르게 벌떡 일어나 기세등등하게 외치자 소녀는 깜짝 놀라며 눈을 깜빡거렸다. 이내 수줍은 듯 고개를 숙이고는 넥타이를 만지작거리기 시작했다.

「자, 자간 선배가 그런 말을 한 건 처음이에요.」

「어, 앗, 그게, 미안하다…….」

「아, 아뇨!」

자간도 괜히 민망해져서 얼굴을 가렸다.

――어라? 이상하네. 만난 지 얼마 안 됐을 때라면 몰라도 요즘은 자기 감정을 숨기지 않고 솔직하게 말하는데.

자간은 당황하면서도 책상 위에 놓인 낯선 펜을 손에 들었다.

「그, 그보다 공부할 거지?」

「아, 네…….」

고개를 끄덕인 소녀는 당혹스러운 듯 뾰족한 귀 끝을 붉게 물들였다.

「그런데 자간 선배, 그건, 제 샤프펜…….」

「어엇? 미, 미미미미미안!」

낯선 세계, 낯선 옷차림을 한 사랑스러운 소녀.

분명 이상했지만 그게 이상하다는 생각은 들지 않았다. 그래도 역시 평소와는 전혀 달랐다. 무슨 일이 어떻게 된 건지 몰라서 아무것도 할 수 없었다.

그때, 자간의 귀에 익숙한 목소리가 들려왔다.

"――……님――자간 님――."

◇

"――자간 님, 아침 식사 준비 다 됐어요."

"하아앗?"

"히앗?"

자간은 저도 모르게 이상한 소리를 지르며 일어났다.

눈앞에는 깜짝 놀라 눈을 동그랗게 뜬 네피가 있었다.

익숙한 시녀의 모습, 목에는 리본을 단 투박한 목걸이를 차고 있었다. 자간이 아는 평소와 똑같은 네피였다.

무의식적으로 가슴을 쓸어내리는 자간을 보고 네피가 고개를 갸웃거렸다.

"무슨 일 있으세요? 자간 님."

"아니, 이상한 꿈을 꿔서……."

참 이상한 꿈이었다.

걱정이 되는지 네피의 표정이 어두워졌다.

"안 좋은 꿈이었어요?"

"음── 굳이 따지자면 좋은 꿈이었던 것 같은데……?"

오히려 새로운 행복을 찾은 것처럼 충격적인 꿈이었던 것 같다.

하지만 다시 떠올리려 해도 마치 손으로 떠낸 물처럼 스르륵 빠져나가서 이제는 어떤 꿈이었는지조차 기억나지 않았다.

그런 자간의 모습에 네피가 조용히 미소 지었다.

"그런데 어쩐 일이세요? 자간 님이 그렇게 푹 주무시다니."

"응? 듣고 보니 그렇군."

기분 탓인지 평소보다 몸도 가벼웠다.

"꿈을 꿀 정도로 깊이 잠든 건 네피가 무릎베개를 해준 이후로는 처음인 것 같군."

"읏? 그, 그때는 자간 님께 뭔가 보답하고 싶어서……."

"그러고 보니 그때 답례도 못 했군. 네 무릎베개 덕분에 좋은 꿈 꿨어. 고맙다, 네피."

지금 다시 생각해도 최고의 답례였다. 자간은 머리를 깊이 숙였다. 반면 네피는 더는 듣고 있을 수 없다는 듯이 얼굴을 가렸지만.

그건 그렇다 치고, 도대체 어떤 꿈이었을까?

──뭔가 중요한 것, 해야만 하는 일이 있었던 것 같은데……?'

팔짱을 낀 채 고개를 갸웃거리자 네피도 이제야 진정되었는지 얼굴을 가린 손을 내리고 고개를 살짝 기울였다.

──아, 이제 생각났다!

자간은 헛기침을 한 번 한 후, 아주 진지한 목소리로 말했다.

"그, 그리고, 네피."

"네, 자간 님."

"오늘도 새삼 다시 반할 정도로 너무 사랑스러워."

"흐엣?"

솔직한 심정을 말하자 네피는 얼굴을 가리며 풀썩 주저앉았다.

"왜, 왜 그러지?"

"왜 그러냐니, 저, 그게…… 말씀은 감사하지만, 너무 갑자기 말씀하시니 마음의 준비가……."

네피는 손가락 사이로 빼꼼 쳐다보더니 모기만 한 목소리로 중얼거렸다.

자간도 너무 생뚱맞았다고 반성했다.

"그게, 왠지 솔직한 감정을 말해야 할 것 같아서 말이야. 네피를 본 순간 제일 먼저 떠오른 말을 가감 없이 말한 건데…… 괘, 괜찮으냐?"

네피는 귀는 물론 이마에서 턱 끝까지 새빨개진 상태로 몸을 뒤로 젖히고 있었다. 마치 '칭찬도 과하면 폭력이다'라고 말하는 것처럼.

"그, 그렇게 말씀하시면 자간 님도…… 어라?"

무슨 말을 하려고 한 건지, 사랑하는 소녀는 과감하게 일어서려다가──다리가 풀린 것처럼 그 자리에 주저앉아 버렸다.

네피는 깜짝 놀라서 멍하니 있다가 곧이어 괴로운 듯 다시 얼굴을 가렸다.

굳이 비유하자면 바로 직전에 주고받은 일격에 치명상을 입은 느낌이었다. 손바닥 아래 입술이 살짝 풀어져 있는 걸 보니 괴로워하는 건 아닌 것 같았다. 아무래도 다리에 힘이 풀린 모양이다.

"괘, 괜찮아, 네피?"

"……죄송해요, 지금은 자간 님 얼굴을 못 볼 것 같아요."

모기 같은 목소리로 바들바들 떨며 호소하는 소녀를 보니, 예사롭지 않은 보호 본능이 솟구쳤다.

자간은 그런 네피를 번쩍 안아 올렸다.

"와아아앗, 자간 님?"

"아침 먹을 거지? 내가 데려다줄 테니 무리하지 마라."

생각해 보니 최근 들어 네피는 이것저것 적극적으로 열심히 노력하는 중이었다. 쿠로카의 눈과 신령 마법 수업, 그리고 자간과의 관계까지.

자간은 이런 연애 감정에 영 서툴러서 연인다운 일에 있어선 늘 네피에게 의지하기 일쑤였다. 이럴 때 힘이 되어주지도 못하면서 뭐가 〈마왕〉이란 말인가.

네피는 체념한 듯 자간의 가슴에 기댔다.

"정말…… 오늘 자간 님은 못 당하겠어요."

"그렇다면 마음껏 기대도록 해. 나는 그랬으면 좋겠어."

자연스럽게 웃으며 대꾸하자 네피는 손가락 사이로 그런 자간을 가만히 올려다보았다.

"그럼, 딱 하나만 말할게요."

"음. 그러거라."

모든 것을 받아주는 자애로운 아버지 같은 미소와 함께 고개를 끄덕였지만, 그 얄팍한 여유는 일격에 산산조각이 났다.

"정말 좋아해요, 자간 님."

"ㅇㅇㅇㅇㅇㅇㅇㅇㅇㅇㅇㅇㅇㅇㅇㅇ윽!"

심장에 엄청난 충격을 느낀 자간은 한쪽 무릎을 꿇었다. 물론 네피는 소중히 끌어안은 채.

평소와 같다면 평소와 같은 아침이었다.

'크윽, 아침 식전부터 넘치는 사랑의 힘, 감사히 잘 먹었습니다!'

……문 너머에서 당황한 할멈이 쓰러져서 경련하고 있는 것 또한 포함해서.

그리고 그것이 이제 곧 일어날 사건의 발단이기도 했다.

「무슨 용건이라도 있나?」

그곳은 무수한 검이 꽂혀 있는 초원이었다.

일 년하고도 조금 전, 큰 전투가 있었던 곳이다. 서로 숙적이었던 마술사와 성검사, 나아가 현룡까지 어깨를 나란히 하고 싸우다 장렬히 전사한 곳이기도 하다.

그런 묘비들 사이에 두 인영이 있었다.

둘 다 후드를 깊이 눌러써서 얼굴은커녕 체격, 성별조차 가늠하기 힘들었다.

목소리의 주인은 등을 돌리고 있었다.

「용건이랄 것까진 아니지만, 같은 〈마왕〉으로서 충고 하나 할까 해서 말이지.」

두 사람은 같은 〈마왕〉이라는 지위에 있는 마술사였다.

대답한 목소리는 끈적거리면서도 감미로웠다.

감미로운 목소리였지만 무거운 어조로 말했다.

「거기서 더 나갈 생각은 하지 않는 게 좋을 거다. 이건 마르코시어스가 한 말이야——《경계의 고양이》 푸르카스.」

위대한 선대 〈마왕〉의 이름이 나오자 푸르카스라 불린 인영은 재미있다는 듯 어깨를 들썩이며 웃었다.

「〈마왕〉 나벨리우스 정도 되시는 분이 참 이상한 말을 하는군. 아니, 이렇게 불러야 하나――〈마왕〉이자 〈마안왕〉 나벨리우스.」

꿰뚫는 듯한 목소리에 나벨리우스라 불린 인영의 후드가 살짝 벌어졌다.

감미로운 목소리의 주인공은 은색 가면을 쓰고 있었다. 마법안이다.

가면 중앙에는 가로로 길게 균열이 있었고, 그 안에는 나락 같은 어둠과 홍옥 같은 빛이 하나 떠 있었다.

마안의 일종이리라. 〈발로르의 마안〉, 〈왕의 은안〉, 〈전시〉. 마안이라는 이름이 붙는 힘과 마술, 의안은 수없이 많지만, 이 눈동자는 특별했다.

뛰어난 마술사에게는 별명이 부여된다. 하지만 대개 그 별명은 하나다. 별명이란 자신이 잘하는 분야를 상징해서 주어지기 때문이다.

두 개의 별명을 가진 이색적인 〈마왕〉은 가면 속 붉은 눈동자를 가늘게 떴다.

다른 종족이라면 별것 아닌 그 행동을 〈마왕〉이 하니, 마력이 약한 사람은 석화 저주에라도 걸릴 만큼 위압적이었다. 실제로 푸르카스의 발밑에서 살랑거리던 풀잎은 순식간에 소금 덩어리가 되어 부슬부슬 떨어졌다.

푸르카스는 그런 눈빛을 마주하고도 아무 일 없었다는 듯이 말했다.

「나벨리우스, 〈마왕〉이 된 지 몇백 년이지?」

「……글쎄? 잊었어. 그런 거나 세고 있을 정도로 한가하진 않아서.」

그 대답을 듣긴 했는지, 푸르카스가 혼잣말처럼 말을 이어갔다.

「나는 5백 년이다. 〈마왕〉이 된 지 5백 년. 이 세상에 내 발길이 닿지 않은 땅은 없지. 북녘의 성지, 해저 도시 아틀라스티아, 천상의 이리스, 그 위대한 현룡이 살았던 파스코밀리오도까지, 탐구해야 할 미지의 땅은 어디에도 없어.」

통곡하는 목소리에 나벨리우스는 대답 대신 한숨을 쉬었다.

「인간의 뇌는 왜 생각이란 걸 하고 상상을 하는 걸까. 용의 한숨은 왜 만물을 파괴하는가. 왜 동일한 근원을 가지고 있는데도 마력과 영력은 서로 반하는 걸까.」

후드 속에서 갑주에 감싸인 팔이 뻗어 나오더니 손가락을 하나씩 구부렸다.

「왜, 왜, 왜지? 밝혀지지 않은 미지 같은 건 얼마든지 있어. 그걸 보고도 못 본 척하면서 모든 걸 다 아는 것처럼 구는 건 아무리 〈마왕〉이라도 너무 거만한 거 아니야?」

마술 덕분에 늘어난 수명을 가지고도 아직 풀지 못한 미지의 것과 신비로운 일들은 많았다. 아무리 〈마왕〉이라도 이것을 부정하는 것은 용서할 수 없었다.

노기를 품은 나벨리우스의 말에 돌아온 것은 공허한 대답이었다.

「——관심, 없어.」

그것은 조소가 아니라 한탄이었다.
그제야 푸르카스가 뒤돌아섰다.
「관심이 없단 말이다. 너야 그걸로 괜찮겠지. 마술 속에서 얼마든지 미지의 것을 찾아낼 수 있을 테니까. 솔직히 질투까지 나. 하지만 난 정말 관심이 없어.」
푸르카스는 통곡하듯 하늘을 올려다보며 말했다.
「나는 아직 발견하지 못한 대지를 찾아내려고 마법을 갈고닦았지. 그런데 이 세상은 너무 좁아. 바다의 수평선 너머도, 끝없이 펼쳐진 하늘 저 너머도, 빛나는 별의 바다조차 닫힌 이 세계에서는 액자 속 그림에 지나지 않아. 이젠 지긋지긋해.」
《마공》 나벨리우스와 《경계의 고양이》 푸르카스는 서로 보는 것이 너무 달랐다. 나벨리우스의 말은 푸르카스에게 와닿지 않았다.
나벨리우스는 한숨을 흘렸다.
「푸르카스, 너랑 나는 너무 안 맞아.」
「처음으로 의견이 맞는 것 같군. 나도 너하고는 안 맞다.」
소용없다는 걸 알면서도 나벨리우스는 같은 하늘을 올려다보며 물었다.
「……자살과 다를 게 없어.」
「상관없어. 마르코시어스가 소멸하고 일 년이 지났다. 의리를 지키기엔 충분한 시간이지.」
「지금 마왕의 필두는 안드레알푸스야.」
「그 녀석도 모습을 감췄다. 마르코시어스라면 몰라도 녀석의 죽음을 애도할 만큼 가까운 사이도 아니야.」

그것이 지금 그가 행동에 나선 이유였다. 나벨리우스는 몇 번째인지 모를 한숨을 쉬었다.

〈마왕〉의 필두인 안드레알푸스가 〈마왕〉 시어칸의 숙청에 나섰다가 그대로 모습을 감춘 지 거의 한 달이 지났다.

――그를 죽인 건 시어칸일까? 아니면 비프론스?

현재 〈마왕〉 중에 가장 강한 자가 누구냐고 묻는다면 안드레알푸스라 할 수 있었다. 아마 다른 〈마왕〉들도 그렇게 대답할 것이다. 늙고 쇠약해진 만년의 마르코시어스를 뛰어넘은 것은 부정할 수 없는 사실이다.

――그런데 그 사람, 인망은 없구나…….

왜냐하면 꼭 마술사라고 해서 강해지고 싶어 마술을 배우는 건 아니기 때문이다.

힘을 추구하는 건 초반 몇 년에 불과하다. 다른 마술사에게 지식을 빼앗겨 자신의 연구도 제대로 못 하는, 최소한의 힘도 없을 시기 정도다. 유감스럽게도 마술사에게 힘은 경외심을 가질 만한 공적은 아니다.

그러다 보니 누구보다 강한 마술에 몸을 바친 안드레알푸스는 다른 마술사들의 공감을 얻지 못했다.

그럼에도 〈마왕〉을 상대로 숙청을 집행할 힘을 가진 자로서 필두로 뽑혔는데, 설마 불과 일 년 만에 복수를 당할 줄이야.

――명색이 〈마왕〉이니까 **죽임을 당해도** 죽진 않겠지만…….

모습을 드러내지 못할 정도로 약해진 걸까, 아니면 유폐된 걸까. 설마 진짜 죽은 거라면 무능의 극치다.

나벨리우스조차 이 결과에 실망을 금치 못했다.

「안드레알푸스는 그렇다 쳐도 결계를 넘으려면 **그 아이**가 가만히 있지 않을 거야.」

그 지적에 푸르카스의 어깨가 움찔 떨렸다.

「알시에라——악명 높은 결계의 수호자 말인가.」

선대 〈마왕〉 마르코시어스가 '알시에라와는 문제를 일으키지 마라'라고 할 정도의 괴물이다. 그 소녀가 결계의 수호자로서 가진 힘은 〈마왕〉은 물론 현룡 오로바스와도 비견될 정도라고 한다.

——그래도 그 아이, 꽤 귀여운 면도 있는데 말이야…….

물론 적으로 돌리고 싶지 않은 건 사실이다.

그래도 푸르카스는 고개를 가로저었다.

「문제없어. 그녀도 '천사 사냥'을 손에 넣지 않으면 안 될 정도로 약해져 있다는 거잖아? 그 수리를 의뢰할 정도니까.」

읏차, 라며 나벨리우스는 가면을 눌렀다.

이래서 〈마왕〉과 대화할 때는 방심하면 안 된다. 속세를 떠난 푸르카스조차 이렇게나 빈틈이 없으니 말이다.

「……음흉한 남자네. 소녀의 비밀 이야기를 몰래 엿듣다니.」

하지만 이제 푸르카스를 붙잡아 둘 만한 카드는 다 사용하고 없었다.

막다른 골목. 그때 푸르카스가 주저하듯 중얼거렸다.

「그러고 보니, 그렇게 세상을 누비고 다녔는데도 한 번도 본 적이 없네.」

「……무슨 말이야?」

의아해했지만 푸르카스는 당황함을 떨쳐내려는 듯이 머리를 흔들며 공중으로 떠올랐다.

「잘 있어, 〈마왕〉 나벨리우스. 자네 말은 귀에 거슬렸지만 시간을 때우기엔 나쁘지 않았어.」

그 말만 남긴 채, 푸르카스의 모습은 하늘 속으로 사라졌다.

일 년하고 몇 개월 전, 비프론스가 마신이라 이름 붙인 존재가 나타난 틈새 속으로.

「……이 정도면 의리는 지킨 거다, 마르코시어스.」

결국 푸르카스를 말리지는 못했지만 최소한의 선처는 했다.

——하지만 성검에 이어 〈마왕의 각인〉까지 잃게 되면 정말 큰 일인데…….

현룡과 마르코시어스, 그리고 성기사들이 목숨을 바쳐 지킨 봉인. 그것은 불과 1년여 만에 다시 파괴되었다.

원인을 제공한 건 시어칸일까, 아니면 비프론스일까. 그도 아니면 둘 다일까?

지금이야 작은 틈 사이로 새어 나오는 정도에 불과하지만, 이미 '문'은 열렸다. '그것'이 이미 그렇게 인식해 버렸다. 이제 봉인의 붕괴는 막지 못한다.

게다가 〈마왕의 각인〉과 성검이 하나씩 부족해지면 '그것'을 막을 방법은 없다. 이 세계는 멸망할 것이다.

하지만 그것도 푸르카스에게는 아무 의미 없었다. 그는 절망적일 정도로 이 세계에 질린 상태였으니까. 그리고 나벨리우스는 그 어떤 말로도 그를 말릴 수 없었다.

아니, 푸르카스만이 아니다. 안드레알푸스가 사라지면서 이제껏 잠자코 있던 다른 〈마왕〉들도 각자 자신들의 속셈대로 움직이기 시작할 것이다.

또다시 한숨이 새어 나왔다. 후드를 고쳐 쓰고 하늘을 올려다보았다.

「마르코시어스. 고작 일 년 동안 이 세상의 무엇이 변한 것 같아?」

그들의 목숨으로 연명되어 온 지난 일 년 남짓한 기간에 의미는 있었을까.

그 생각과 함께 떠오른 건 마르코시어스의 〈각인〉을 이은 한 남자의 얼굴이었다.

「……이것 참. 밖에 다니는 건 무서워서 싫은데.」

그래도 이제 곧 끝날 이 세상에서 확인해 두고 싶은 호기심을 품은 채, 가면을 쓴 〈마왕〉도 그 자리에서 모습을 감추었다.

하늘에 생긴 틈 사이로 절망을 닮은 외침이 울려 퍼졌다. 그리고 그 누구의 귀에도 닿지 않은 채 그대로 사라졌다.

◇

"하아, 이 문제를 어떻게 해결해야 하나……."

아침 식사 후, 자간은 옥좌의 방에서 한숨을 쉬었다.

오늘은 잠을 푹 잔 덕분인지 머리까지 시원한 기분이었다. 그래서 상황을 정리해 봤다가 다시 골치만 아파져서 한숨을 참을 수 없었다.

"이런, 어쩐 일로 한숨을 다 쉬십니까, 자간 씨."

그렇게 말한 건 키메리에스였다.

최근 한 달은 마술 운용 시험과 훈련 때문에 그와 함께 꽤 많은 시간을 보내고 있었다. 오늘도 일정 때문에 여기 온 참이었다.

"아, 벌써 시간이 이렇게 됐나."

"그것도 그렇지만, 오늘은 고메리 씨가 안 보여서 또 무슨 폐를 끼치고 있는 건 아닌지……."

아아, 하고 자간은 얼굴을 찌푸렸다.

"고메리라면 오늘 아침에도 발작을 일으켜서 일 하나를 시켰다. 내일쯤에나 돌아올 거야."

"멀리 간 겁니까? 그러면 제가 가는 게 더 빨랐을 텐데요."

속도 면에서 《흑인(黑刃)》 키메리에스를 능가하는 마술사는 없다. 그나마 대적할 수 있는 건 근본적으로 타고난 잠재력이 다른 포레 정도다.

그런데도 자간은 고개를 가로저었다.

"그 녀석에게 잘 맞는 일이다. 쿠로카, 그리고 샤크스와 관련된 일이거든."

"아——……."

모든 것을 깨달은 듯 키메리에스의 눈이 가늘어졌다.

자간은 귀찮다는 듯 어깨를 으쓱였다.

"그리고 처음에 한 질문에 대한 답인데, 시어칸과 제일 처음 옥신각신한 건 〈아시엘 이메라〉 때문이다. 그 후로 3개월이나 신경전을 벌였으니 한숨도 나올 만하지."

자간이야 당장이라도 두들겨 패서 끝내고 싶은 심정이지만, 비프론스가 끼어드는 바람에 쓸데없이 늘어지고 있었다.

——그 녀석은 이제 죽여야겠어. 한 번은 기회를 줬잖아. 다음은 없다.

살려둬 봤자 해만 될 뿐이었다.

그러자 키메리에스가 가라앉은 목소리로 덧붙였다.

"그리고 〈아자젤〉 말입니까?"

자간은 침통한 표정으로 고개를 끄덕였다.

엘프의 숨겨진 마을에서 발견한 수기에 그 이름이 있었던 게 시작이었다. 〈아자젤〉의 이름을 추적하기 시작하면서 흡혈귀 알시에라를 만났고, 옛 친구인 마르크를 뒤쫓으라는 단서를 발견했다. 그리고 그 정체에 도달했을 때 그것이 나타났다.

대욕장이 완성된 날, 자간과 발바로스는 가여운 소녀의 몸을 빼앗은 '그림자'와 조우했다. 알시에라는 답하기를 꺼렸지만, 그것은 분명 〈아자젤〉이었다.

——그건 자신의 적이라고 했으니까.

자기가 알아서 마무리하겠다고 했지만, 자간은 그런 종류의 트러블을 다른 사람의 손으로 끝내는 취미는 없었다.

——사실 안드레알푸스는 실패한 것 같고 말이지…….

의지하고 있었던 건 아니지만, 역시 일이란 건 자기 손으로 직접 해결해야 하는 게 최고다.

하지만 성검은 후계자에게 물려줬다고 했는데 〈마왕의 각인〉은 가지고 있었다. 〈천사 고해〉가 없어도 그 녀석이 최강의 〈마왕〉이라는 사실에는 변함이 없다.

——그렇다면 비프론스의 짓인가…….

전성기 시절의 시어칸은 안드레알푸스보다 더한 무투파 마술사였다고 한다. 하지만 그것만으로 안드레알푸스를 쓰러뜨리는 건 거의 불가능하다는 게 자간의 생각이었다.

자간이 이길 수 있었던 건 그 녀석이 목숨을 걸고 싸우지 않았기 때문이다.

그 무시무시한 〈마왕〉이 처음부터 죽일 작정으로 **싸워서** 이기지 못할 상대는 없다. 만약 졌다면 제대로 싸우지 않았기 때문이다.

비프론스는 자신의 몸을 먼지 같은 형태로 바꿀 수 있다. 자간도 정체는 모르지만, 마술과 마술 도구가 아니라 그런 생물이라고 생각하는 게 더 맞을지도 모른다.

그 먼지가 체내를 침식하면 제아무리 안드레알푸스라도 질 수밖에 없다.

당연하지만 비프론스는 몇 번이나 교전한 자간에게도 똑같은 짓을 했다. 그런데 희미하게나마 자간의 눈에는 그 '먼지'가 보였다. 그래서 닿기 전에 **필사적으로** 때렸던 것이다.

자간은 등받이에 몸을 기대고 천장을 올려다보았다.

"적이 너무 많아서 일이 더 꼬였어."

"머리를 박살 내서 끝낼 수 있다면 참 좋을 텐데 말이죠……."

씁쓸하게 웃으며 동의하는 키메리에스의 말을 듣고 자간은 생각에 잠겼다.

——문제가 산더미처럼 많다고 생각했지만, 실제로는 단순할지도 몰라.

생각을 정리하며 입을 열었다.

"음, 의외로 박살 낼 머리는 하나만으로 충분할지도 모르겠군. ……지금이라면 말이지."

"지금이라면?"

자간은 손가락을 하나씩 세우며 말했다.

"현재 내 적은 세 명. 시어칸과 비프론스, 그리고 〈아자젤〉이다."

알시에라는 〈아자젤〉과는 엮이지 말라고 했지만 이미 늦었다.

이렇게 자간 앞에 나타나 습격해 온 이상 제거하는 수밖에 없다. 그런 놈을 내버려뒀다가는 네피와의 평화로운 생활을 영위하기 힘들다.

그런 다음 손가락 하나를 구부리고 오른손으로 두 개, 왼손으로 한 개를 세웠다.

"이 중에 시어칸과 비프론스는 손을 잡은 것 같지만 주도자는 시어칸이다. 비프론스가 주도자라면 더 비열한 방법을 사용할 테니까. 즉 시어칸이 죽으면 비프론스도 싸울 이유가 없어진다는 말이다."

물론 비프론스는 그런 이유가 없어도 시비를 걸겠지만, 그건 다른 문제고 그에 상응하는 준비도 필요하다. 즉 한동안은 얌전하게 지낼 거라는 뜻이다.

키메리에스도 거기에 이견은 없는 듯 작게 고개를 끄덕였다.

이어서 왼손으로 세운 손가락을 앞으로 내밀었다.

"다음은 그 〈아자젤〉이다. 대책은 세워뒀지만 솔직히 지금은 아직 이길 수 있을 것 같지 않아. 다음에 오면 내키지는 않지만 알시에라의 힘을 빌려야 할지도 몰라."

"……자간 씨가 그렇게까지 말할 정도로 강한 상대이군요."

지금까지 자간이 '혼자서는 못 이긴다'고 말했던 상대는 한 명도 없었다. 키메리에스도 칠흑 같은 털을 떨고 있었다.

"그런데 한 가지 의문이 있다. 녀석은 나타난 지 한 달이 지나도록 왜 침묵하고 있는 거지? 아니, **애당초 왜 그 타이밍**에 나타나야 했을까?"

"그 타이밍……?"

그 의미를 곱씹는 것처럼 생각에 잠긴 키메리에스에게 자간은 이렇게 말했다.

"이건 내 생각인데, 〈아자젤〉은 이 세계에서 자유롭게 활동할 수 없는 게 아닐까?"

키메리에스의 눈이 동그래졌다.

"그렇게 생각하면 한 번밖에 나타나지 않은 이유는 설명이 되지만, 근거는요?"

"하나는 그 녀석이 아리스텔라라는 불쌍한 소녀의 몸을 이용했기 때문이다. 전에 봤을 때 그 꼬마에게 〈아자젤〉 같은 괴물은 씌어 있지 않았어. 어떤 방법을 이용해 빙의했기 때문에 그날 밤에 나타날 수 있었던 거지."

구체적인 방법은 자간도 확실히 말할 수 없지만, 그것 역시 비프론스의 짓일 거라 생각했다.

"즉 나타나려면 매개체가 필요하다는 뜻입니까?"

"……맞아."

그리고 그 '매개체'는 철저하게 파괴되었다.

비프론스의 개입 덕분에 간신히 목숨을 부지하고 있었지만, '천사 사냥'은 '천린'과 같은 종류의 병기다. 그것으로 입은 상처가 낫지는 않는다. 아예 새로운 몸을 만들지 않는 한 재기 불능이다.

——그런 일을 겪어야 할 만큼 답이 없는 쓰레기는 아니었는데.

여전히 마음에 남아 있는 후회. 손을 내밀어도 도와주지 못한다는 게 이렇게나 뒷맛이 씁쓸할 줄은 몰랐다.

그렇기 때문에 네피와 포레, 네프테로스 등이 그런 일을 겪게 놔둘 수는 없었다.

그때 키메리에스가 당연한 의문을 표했다.

"하지만 그녀는 쌍둥이가 아니었습니까? 그렇다면 매개체는 하나 더 남아 있다는 뜻이 되는데요."

"……꼭 하나라고 할 순 없지."

데크쉬아와 아리스텔라. 시어칸의 쌍둥이 부하인데, 자간의 옛 소꿉친구인 스텔라가 맡은 소녀 리제트도 같은 얼굴을 하고 있었다. 단순한 우연일 리 없다.

스텔라에게는 이미 경고를 해두었다. 그녀가 옆에 있으면 아무리 〈마왕〉이라도 쉽게 손을 대지는 못할 것이다.

그런 것까지 다 고려해서 자간은 말했다.

"그 의문에 답하기 전에 질문이 있는데, 애당초 시어칸의 목적은 뭘까?"

"그건……."

쿠로카와 같은 희귀종을 습격하면서 샤크스 앞에서는 사람을 구해주는 것처럼 행동했다고 한다. 말과 행동이 너무 달라서 이중인격인지 의심하고 싶어질 정도다.

자간은 말했다.

"'아리스텔라'는 몸의 일부를 남기고 사라졌는데, 그 녀석을 해부해 봤다가 기묘한 걸 알게 됐지."

몸의 일부――잡아 뜯긴 양팔이다.

그걸 애도하기는커녕 태연하게 해부한 걸 보면 결국 자간도 마술사는 마술사였다. 그런데 거기서 얻은 정보는 아주 요긴했다.

"아무래도 녀석은 인간이 아닌 것 같다. 그렇다고 호문쿨루스처럼 불완전한 생명체도 아니야. 적어도 내가 아는 어떤 생물과도 달라. 시어칸이 만들어낸 오리지널 마술 생명이겠지."

"마술 생명……이라."

예상치 못한 말에 키메리에스도 눈을 동그랗게 떴다.

"시어칸은 그 마술 생명을 완성시킬 생각인 게 아닐까?"

흐음, 하고 키메리에스도 고개를 끄덕였다.

"말하자면 희귀종 사냥은 그 재료를 모으기 위해서다?"

"맞아. 그리고 그 쌍둥이보다 완성도 낮은 실패작이 〈아시엘 이메라〉 때 나타난 그 **그림자**들이 아닐까?"

그림자라는 표현에 키메리에스의 몸이 딱딱하게 굳었다.

"그렇다면 설마……."

자간은 망설임 없이 고개를 끄덕였다.

"시어칸이 만들려는 건 〈아자젤〉이다."

〈아자젤〉이 무엇인지는 아직 추론의 영역을 벗어나지 못했다.

——뭐, 대충 상상은 되지만.

쌍둥이가 소식을 끊기 직전에 접촉한 인물은 두 명. 한 명은 자간도 현장을 목격했지만, 그전에 또 한 명, 만난 인물이 있었다.

그리고 그 인물이 한때 기묘한 '악몽'에 시달렸다는 얘기도 최근에야 들었다.

확실한 증거가 없는 가능성을 근거로 삼는 건 경솔한 일이지만, 제일 먼저 빙의되었던 게 그 소녀였다면 그것과의 접촉을 통해 쌍둥이도 **감염**되었다고 생각할 수 있다.

——즉 마신과 〈아자젤〉은 동일 인물이다.

자간은 〈아시엘 이메라〉가 있었던 날을 되돌아보듯 말했다.

"〈아시엘 이메라〉의 그림자들은 살해당한 희귀종들의 모습을 하고 있었다. 원리는 모르겠지만, 〈아자젤〉을 이용해서 죽은 자의 소생 같은 게 가능할지도 몰라."

"그럼, 희귀종을 죽여도 나중에 되살려낼 생각이라는……?"

"대충 그렇지 않을까? 그래 봤자 죽은 사람은 화나겠지만."

그렇게 해서 되살아난 존재가 본인이라는 것을 누가 증명할 수 있을까.

키메리에스는 두통이 나는지 머리를 감쌌다.

"**그 녀석**은…… 그런 말도 안 되는 환상을 좇고 있는 겁니까?"

"……? 무슨 말이지?"

자간이 눈썹을 찌푸리자 키메리에스는 허둥지둥 고개를 흔들었다.

"아뇨, 아무것도 아닙니다. 그보다 그렇게 되면 시어칸은 〈아자젤〉조차 자기 수족처럼 부린다는 것 아닙니까? 쌍둥이의 또 다른 존재라니……."

"말도 안 되는 소리! 파괴되긴 했지만 비프론스가 그 〈아자젤〉의 검체를 가지고 돌아갔어. 아마 지금쯤 신나게 해부하는 중일 거다. 그렇게 귀중한 **예비**를 그렇게 쉽게 쓰고 버릴 리 없지."

그들이 한 달이나 침묵하고 있는 이유는 그것이다.

시어칸은 데크쉬아를 이용해서 한 번 더 〈아자젤〉을 불러낼 수 있다.

그러니 신중하고 소중하게 다룰 것이다. 불완전해도 첫 성과물을 전력을 다해 지킬 것이다. 원래 그런 게 마술사란 족속이다. 그렇게 소중한 걸 자간과 싸우게 했다가 잃는 짓을 할까?

소름 끼치는 것을 보기라도 한 것처럼 키메리에스는 몸을 떨었다. 그러더니 마치 가까운 사람이 제정신이기를 바라는 것처럼 중얼거렸다.

"시어칸이 소중한 부하를 치료할 가능성은……?"

"'되살릴 수 있으니까 모두 죽여도 돼'라고 생각하는 미치광이다. 기껏해야 〈아자젤〉이 완성되었을 때 부활시켜도 된다는 정도로만 생각하고 있겠지."

오히려 지금쯤이면 **정중하게** 구속되어 자매들이 절대 죽지 않도록 **보관**되어 있을 것이다. 키메리에스도 가엾은지 손으로 얼굴을 감싸 쥐었다.

자간은 말했다.

"……이야기가 잠깐 샜군. 요컨대 여기저기서 사건을 일으키고 있는 것처럼 보여도 시어칸과 비프론스, 그리고 〈아자젤〉은 하나의 선으로 이어져 있다는 거다."

〈아자젤〉의 정체가 마신이라면 제일 먼저 그를 부활시키려 한 건 비프론스다. 그리고 시어칸은 다른 방법으로 부활시키려 했다.

따라서 이 둘이 손을 잡고 〈아자젤〉이 움직이기 시작한 것이다.

"현재 모든 사건을 주도하고 있는 건 시어칸이다. 시어칸을 처리하면 비프론스도 얌전해질 테고 〈아자젤〉도 멈추겠지."

물론 비프론스와는 결판을 내야 하고, 한 번 움직이기 시작한 〈아자젤〉이 매개체를 잃은 정도로 봉인될지는 의문이었다.

그래도 시어칸을 쓰러뜨리면 사건 자체는 종식된다.

——거기에 대비해 이미 수를 써뒀지.

남은 건 때가 될 때까지 가능한 한 최선을 다해 준비하는 것뿐.

그런데 키메리에스는 왠지 체념한 것처럼 중얼거렸다.

"……그렇군요. 그렇게 하는 수밖에 없겠네요."

"……?"

자간이 다시 눈살을 찌푸리자 키메리에스는 평소처럼 쾌활하게 웃었다.

"아, 이야기가 너무 길어졌군요. 벌써 시간이 이렇게 됐습니다."

"엇, 그건 안 되지. 오늘도 잘 부탁하마."

"네."

'마왕'과 그 측근은 옥좌의 방을 뒤로했다.

◇

"하암……."

자간 성의 주방에서 크게 하품한 사람은 릴리스였다.

심홍색 머리는 양옆으로 묶고, 황금색 눈을 졸린 듯 비빈다. 허리에는 박쥐 같은 작은 날개가, 엉덩이에는 끝이 뾰족한 꼬리가 달린 몽마, 그것도 휴프노엘 왕가의 제1 왕녀다. 아쉽게도 가슴은 납작하지만.

몽마답게 노출이 심한 차림이었는데, 그 위에 새하얀 앞치마를 두르고 머리에는 삼각 두건을 쓰고 있었다.

"수면 부족이야, 릴리스 짱? 밤새는 건 건강에 안 좋아."

"난 몽마거든?"

원래 몽마는 꿈속에 사는 종족이고 밤이 되면 그 진가를 발휘한다. 이렇게 대낮에 집안일하는 게 오히려 이상했다.

그런 릴리스를 보고 옆에 있는 인어가 얄밉게 웃었다.

셀피다. 인간족이라면 귀가 있어야 할 자리에 수생생물의 지느러미가 있고 바다처럼 푸른 머리를 가진 소녀다. 지금은 두 다리로 서 있지만, 원래는 어류의 하반신을 가졌다.

소꿉친구 소녀는 쾌활하게 웃으며 말했다.

"그런데 릴리스 짱이 어쩐 일로 일하는 중에 하품을 다 하실까. 무슨 일 있었어?"

"딱히 그런 건 아니지만, 그냥 좀……."

셀피가 냄비를 젓던 국자를 멈추고 시선을 돌린다.

"고민이 있으면 내가 들어줄까?"

"그게, 고민이랄까, 걱정……인가?"

그렇게 대답하자 셀피는 납득한 듯 고개를 끄덕였다.

"하긴 쿠로카 일행이 출발한 지 벌써 사흘이나 됐으니까――."

릴리스와 셀피, 그리고 캣 시인 쿠로카는 같은 고향 출신인 소꿉친구 사이다.

쿠로카는 릴리스와 셀피가 모르는 곳에서 말로 다 못 할 고난을 겪었고 얼마 전――이라고 해도 치유된 지 벌써 두 달이 지났지만――까지는 앞도 보지 못했다.

그런 쿠로카도 시력을 되찾고 경과도 좋아지자 본업에 복귀했다. 치료 중에는 〈마왕〉의 성에 머물렀지만, 그녀는 원래 마술사

와 상반되는 조직인 교회의 사제이다.

그런 쿠로카의 호위로 함께 일하는 샤크스라는 마술사가 있는데, 이게 또 절망적으로 분위기 파악을 못 하는 남자였다. 서로 그리 싫어하진 않는 것 같은데 이상하게 매번 마음이 엇갈렸다.

그런 두 사람이 함께 큐아노에이데스를 떠났으니 걱정하지 말라는 건 불가능하다.

――그쪽은 그쪽대로 걱정인데…….

두통이 오는지 이마를 짚고 있는 릴리스를 보고 셀피가 명랑하게 웃었다.

"괜찮아! 쿠로카가 운이 좀 안 좋긴 해도 샤크스 씨는 몸을 던져서 지켜줄 것 같은 느낌이 드는 아저씨잖아? 그렇다면 남은 건 마음의 문제지."

"그 마음이 문제라고 생각하는데?"

그런 남자를 좋아하게 된 게 가장 큰 불행이다.

샤크스는 쿠로카를 어떻게 생각하고 있을까. 지금까지 고생한 소꿉친구가 더 고생하는 건 아닌가 하는 생각에 릴리스의 납작한 가슴이 아팠다.

"그래도 아마 괜찮을 거야. 샤크스 씨는 고양이라면 사족을 못 쓰는 사람이잖아."

"어, 진짜?"

"응. 가끔 안뜰에 길고양이가 들어오곤 하면 엄청 다정한 얼굴로 먹이를 주곤 해. 그러다가 쿠로카가 다가오면 또 새빨개져서는 버벅거리고."

"그건 여자로 보는 거야, 아니면 고양이로 보는 거야?"

아마 쿠로카도 같은 의문을 품고 있지 않을까 싶었다.

"그리고 고양이 말이 나왔으니 말인데, 네피 씨도 이곳에 오기 전까지는 고양이를 본 적이 없다고 했어."

"아, 하긴 비경의 숲에 고양이는 없겠지……가 아니라!"

릴리스는 머리를 흔들며 목소리를 높였다. 셀피와 얘기하다 보면 늘 이야기가 딴 길로 샌다.

"가, 갑자기 왜 그래?"

"아니, 그게…… 요즘 왕이 좀 피곤해 보이지 않아?"

"그래? 네피 씨와 있을 때는 보고 있는 사람이 쑥스러울 정도로 기운이 넘치는데."

"당연히 네피 씨와 있을 때는 그렇겠지."

그 행복한 얼굴을 보고 있으면 시답잖은 걱정이나 하는 자신이 한심하게 느껴지는 게 사실이다.

"내 말은 그게 아니야. 그건 결국 피곤한 걸 잊고 있는 거지 피로가 해소된 건 아니잖아?"

"음── 자간 씨도 마술사니까 그런 부분은 알아서 잘 관리하고 있지 않을까? 피로 때문에 쓰러진 마술사가 있다는 얘기는 한 번도 들은 적이 없거든."

우리의 왕은 마술사 중에서도 그 정점에 군림하는 〈마왕〉이다. 그런 그가 피로해서 쓰러지다니, 신출내기 마술사라도 실소를 터뜨릴 일이다.

"그치만 피로해 보이는 **마력의 빛**을 띠고 있단 말이야……."

겉으로는 조금도 그런 낌새를 보이지 않지만 마력까지 속이진 못한다.

그렇게 중얼거리자 셀피도 진지한 얼굴로 릴리스를 향해 돌아섰다.

"진짜야?"

"응……."

자칸은 무시무시한 〈마왕〉이긴 하지만 릴리스 같은 비마술사도 부하로 공평하게 대해주는 **왕**이기도 하다. 한 달 전에도 커다란 욕실이 있었으면 좋겠다고 했더니 성의 뒤쪽에 대욕장까지 만들어주었다.

그야 네피와 그녀의 어머니인 오리아스가 기뻐할 것 같아서 그런 게 제일 큰 이유겠지만, 결과적으로 부하의 요청을 들어준 건 사실이다.

그래서 〈마왕〉의 비호를 받는 릴리스의 입장에서는 어떻게든 보답하고 싶은 심정이었다.

그때 주방의 문이 열렸다.

"늦게 와서 미안해."

들어온 사람은 작은 소녀였다.

눈이 휘둥그레질 정도로 아름다운 초록 머리. 그 사이로 투박하게 생긴 뿔이 솟아 있고 커다란 호박색 눈동자를 가졌다. 열 살 정도 되는 앳된 외모를 하고 있지만, 그 정체는 용이자 〈마왕〉의 딸이다.

——이 애가 어쩐 일로 지각을 했지?

늘 바쁜 네피야 가끔 늦는 일이 있지만, 포레는 늘 시간에 맞춰 정확하게 왔다. 혹시 무슨 일이라도 있는 건 아닐까?

그런 소녀에게 셀피는 친근하게 손을 흔들었다.

"아, 포레 아가씨. 신경 쓰지 마세요——."

"……늘 궁금했던 건데, 포레 아가씨는 이곳의 공주님이잖아? 그런데 왜 요리를 해?"

정확히 말하면 이곳에 있는 모두가 왕족이거나 〈마왕〉의 딸이다. 심지어 〈마왕〉의 신부(?)인 네피까지 같이 주방 여기저기를 뛰어다니는데, 도대체 왜 이런 일을 하고 있는지 의문이었다.

"할 수 있으니까 하는 거지. 밥은 조금이라도 더 맛있는 게 좋으니까."

웬만해서는 표정 변화가 없는 소녀지만, 묵묵히 요리를 돕는 포레는 릴리스까지 보호 본능을 느낄 정도로 기특했다.

릴리스는 발판을 준비해주며 미소를 지었다.

"그래도 도움이 되는 건 사실이야. 간을 맞추는 건 포레 아가씨랑 라파엘 님, 그리고 네피 님이 제일 잘하거든."

집사인 라파엘과 시녀……라고 할까, 〈마왕'〉의 신부인 네피가 바쁘다 보니 최근에는 거의 포레가 맡아서 하다시피 하고 있었다.

——그런데 요즘 들어 네피 님도 주방에 있는 시간이 줄긴 했어.

안 그래도 성의 가사 전반을 감독하고 있다. 거기에 자신의 마술과 마법——이라고 하면 되려나——하이 엘프로서 공부할 것도 늘어났으니 정신없이 바쁜 것도 무리는 아니다. 자기 시간이란 건 거의 없을 것이다.

어쩌면 그것 때문에 자간의 피로가 눈에 띄게 된 것인지도 모르겠다.

발판 위로 올라간 포레는 별것 아니라는 듯 고개를 옆으로 흔들었다.

"릴리스도 잘하고 있으니까 자신감을 가져도 돼."

"그, 그런가? 고마워."

예전에는 용이라서 조금 겁을 먹기도 했지만, 그런 만큼 이 소녀에게 칭찬을 받으면 적잖이 기쁘기도 했다.

그런데 왠지 오늘 포레의 표정은 건성이라고 해야 하나, 다소 멍해 보였다. 지각한 것과도 관계가 있는 걸까.

——무슨 고민이라도 있나?

마술사도 아닌 릴리스가 도움이 될지는 모르지만, 그래도 말을 걸어보려고 할 때였다.

"릴리스는, 아까 무슨 이야기를 하고 있었어?"

"응? 아, 그게……."

반대로 질문을 받은 릴리스는 당황했다. 무슨 이야기를 말하는 걸까.

"아, 릴리스 짱이 자간 씨가 피곤해 보인다는 얘기를 했어."

"……릴리스가?"

호박색 눈동자가 자신을 향하자 릴리스는 그대로 굳어버렸다.

"그러니까 내 눈에는 그렇게 보인다고 해야 하나."

"……."

설명이 애매모호했는지, 의아해하는 눈을 보자 릴리스는 초조해졌다.

"그게, 난 몽마라서 사람의 정기라고 해야 하나, 마력으로 건강한지 아닌지가 눈에 '보이거든'."

몽마는 꿈을 조종한다. 악몽을 꾸게 할 수도 있지만 원래는 꿈으로 상대의 욕망을 만족시키는 게 목적이다. 그리고 그 대가로 정기를 빼앗는다.

——사실 이 성은 이용객도 꽤 많은 편이지.

류카온에서 이 성으로 온 후, 릴리스는 몽마로서도 활동하고 있었다. 자간의 부하 마술사들의 욕구를 꿈속에서 해소해주는 일이다.

아까 릴리스가 하품을 한 원인 중 하나도 여기에 있었다.

물론 자간에게 허락은 받았다.

무릇 인간이란 매일 같이 자간과 네피, 쿠로카와 샤크스 같은 관계를 보고 있으면 자기도 그런 상대를 가지고 싶어지는 법이다.

그런 관객들이 이상적인 '꿈'을 꾸도록 해주는 게 밤에 릴리스가 하는 일이다.

그런데 뭐라고 해야 하나, 그들은 좀처럼 진전을 보이지 않았고 그저 그 모습을 멀리서 바라만 하려는 기묘한 감정에 휩싸였다. 그래서 성의 주인이 원하는 '꿈'도 건전하다고 할까, 하루 종일 마을 광장에서 딱 붙어만 있는 흐뭇한 내용이 전부였다.

극악무도한 마술사, 그것도 〈마왕〉 직속 부하들이 이렇게나 평화롭다니.

그런 와중에 상대는 일류 마술사들이다 보니 대가로 받는 정기의 질은 또 최고급이었다. 오죽하면 릴리스가 바가지를 씌우는 듯한 이상한 죄책감을 느낄 정도였다.

포레는 깜짝 놀라 눈을 동그랗게 떴다.

"……깜빡했어. 나랑 자간만 그런 줄 알았네."

"그건 마력이 '보인다'는 뜻?"

포레는 작게 고개를 끄덕였다.

——마력이 '보인다'는 게 무슨 문제라도 있나?

포레는 살피는 듯한 시선을 던졌다.

"셀피와 쿠로카도 '보여'?"

"나? 난 전혀 아니야. 쿠로카 짱도 그런 이야기는 한 적 없으니까 안 보이지 않을까? 아니, 보통은 다들 안 보이잖아!"

"……그래."

그러자 포레는 한층 더 경계하는 시선으로 릴리스를 바라봤다.

"릴리스는 어디까지 '보여'?"

"어디까지냐니, 음, 건강한지 아닌지 정도……?"

정력을 받는 입장에서는 당연히 정력이 강한 사람이 좋다. 그래서 질의 좋고 나쁨과 크기는 보이지만, 다른 게 더 있나? 고개를 갸웃거리자 포레는 맥이 빠진 것처럼 눈을 깜빡거렸다.

"그게 다야? 흐름이나 연결 같은 건?"

"연결? 잘 모르겠는데……."

그렇게 대답하자 용 소녀는 그제야 안심한 듯 가슴을 쓸어내렸다.

"이상한 질문을 했네. 미안."

"아니, 괜찮아……."

도대체 뭘까.

당황을 감추지 못하고 있자 포레도 설명이 부족했다고 느꼈는지 입을 열었다.

"마력의 흐름이 '보인다'는 건 마술사로서 엄청난 재능이야. 가지고 있다면 미리 파악해 두고 싶었어."

"아── 그런 거구나. 미안하지만 몽마에겐 평범한 힘이야. 물론 왕가로서 '보인다'는 것에 나름대로 자부심을 느끼고 있지만, 마술에는 별로 도움이 안 되지 않아?"

그런데 포레는 진지한 목소리로 말했다.

"자간에게는 그게 '보여'. 그래서 이례적으로 빨리 〈마왕〉이 될 수 있었던 거고."

아무래도 그 정도로 대단한 능력인 모양이다. 감탄하고 있자 셀피가 재미있다는 듯 말했다.

"그럼, 은안의 왕에게도 '보였던' 건가?"

그 말에 릴리스는 눈을 커다랗게 떴다.

──그러고 보니 이렇게 불렸었지──은안의 왕──

벌써 한 달 전인가. 대욕장이 완성된 날에 알시에라가 흘린 자간의 아버지의 이름이다.

이제야 포레가 걱정하는 게 무엇인지 알 것 같았다.

――우리 세 왕가는 은안의 왕의 직계니까.

게다가 은안의 왕은 쿠로카의 〈천무월(天無月)〉의 이전 소유자라고 한다. 그 소꿉친구인 릴리스와 셀피에게서 어떤 단서나 연결고리를 찾고 있었던 건지도 모른다.

하지만 릴리스는 그런 종류의 힘은 전혀 없기 때문에 어깨를 으쓱이며 대답했다.

"은안의 왕에겐 그런 힘이 있었는지 모르지만, 천 년도 더 전의 선조인걸. 아마 우린 이어받지 못했을 거야……. 아, 잠깐만."

말하다가 뭔가 모순된 점을 깨달았다.

셀피가 고개를 갸웃거렸다.

"왜 그래?"

"아니, 은안의 왕은 천 년 전의 영웅이잖아? 왕의 아버지라니……. 어라? 이상하지 않아?"

자간은 겉으로 보이는 그대로의 나이――18, 19세 정도 된다는 건 릴리스도 들은 적이 있다.

"에――? 예전 〈마왕〉도 천 살 정도였으니 은안의 왕도 그 정도 오래 살지 않았겠어? 그렇지 않더라도 용은 몇만 년이나 살잖아."

"……세대교체일 거라는 생각은 안 들어?"

어이없어하는 포레의 말에 릴리스도 정신이 들었다.

"그, 그런가. 그럴 수도 있겠다……. 그래도 은안의 왕이라는 칭호를 다른 사람이 이어받았다는 이야기는 들은 적 없는데……."

일반에 알려지지 않았더라도 세 왕가의 제1 왕녀인 자신이 모른다는 건 있을 수 없는 일이었다.

——즉…… 어떻게 된 일이지?

생각이 정리되지 않아 혼란스러워하자 포레가 힐끔 쳐다봤다.

"릴리스, 불 꺼야지. 냄비 타겠어."

"아!"

포레가 주의를 주자 릴리스는 서둘러 아궁이에서 냄비를 내렸다.

그 후에는 요리에 집중하느라 이야기는 계속 이어가지 못했다.

——오늘 밤, 왕의 **꿈**에라도 물어볼까?

그것이 이제부터 벌어질 사건의 도화선이 되리란 건 모른 채, 릴리스는 그렇게 생각했다.

◇

"——안녕하세요. 이제부터 일하실 건가 봐요?"

집무실로 들어가자 작은 소녀가 앉아 있는 게 보였다.

양옆으로 묶은 금색 머리와 달을 닮은 황금색 눈동자. 밤을 상징하듯 검은 드레스를 걸치고 팔에는 으스스하게 생긴 인형을 안고 있었다.

입술 사이로는 날카롭고 뾰족한 송곳니 두 개가 보였다.

햇빛도 신경 쓰지 않는 흡혈귀의 모습에 네프테로스는 한숨을 쉬었다.

"**또** 너야? 나한테 붙어 있어 봤자 아무 재미도 없을 텐데, 알시에라?"

벌써 한 달이 되려나.

자간의 성에서 열린 대욕장 완성 축하 연회에 초대받아 온 이후로 이 소녀는 계속 네프테로스를 따라다니고 있었다. 뭐가 신경에 거슬렸던 걸까. 아니면 마음에 들었던 걸까.

그렇다고 구체적으로 뭔가를 하는 것도 아니다. 뭐, 의도를 알 수 없는 말과 행동에 휘둘리고 있긴 하지만.

알시에라는 뭐가 재미있는지 쿡쿡거리며 웃었다.

"네, 재미있지는 않네요."

"그럼 형부에게 가지 그래? 시어칸이 노리고 있지? 미리 말하지만, 난 〈마왕〉을 상대로 널 지킬 수 있을 만큼 강하진 않아."

그 대답이 퍽 마음에 들었는지 알시에라의 눈이 가늘어졌다.

"쿡쿡, 재미있지는 않지만 그쪽을 보고 있으면 즐거워요."

"……무슨 말인지 모르겠네."

"몰라도 돼요."

자간의 성에서는 이리저리 휘둘리는 게 이 소녀지만, 네프테로스 앞에서는 늘 이런 상태였다. 우호적인 건지 적대적인 건지, 네프테로스 입장에서는 마음을 열어도 되는지 판단이 서지 않아 피로하기만 했다.

알시에라는 여전히 무슨 생각을 하는지 알 수 없는 얼굴로 말했다.

"요즘 몸은 좀 어떠세요?"

"컨디션 말이야? 뭐, 네가 온 후로는 대체로 괜찮아."

자간 성의 대욕장 완성 직후, 네프테로스는 건강이 급격히 나빠졌다.

——그때 일은 잘 기억이 안 나지만…….

리처드의 말로는 몽유병 비슷한 증상까지 있었다고 한다. 주위 사람들에게까지 폐를 끼치는 것 같아서 웬만해서는 혼자 있지 않도록 했는데, 그 덕분인지 최근에는 별다른 이상 없이 잘 지내고 있다.

그건 그렇고, 일단 집무 의자는 비워둬야 해서 알시에라를 쫓아내듯 손을 흔들었다.

"일단 거긴 샤스틸의 자리야. 좀 비켜줄래? 이제 곧 집무 시간이야."

집무 시간에 이런 일로 옥신각신하다가는 일도 제대로 못 한다. 하지만 알시에라는 그런 말은 들리지도 않는 것처럼 의자에서 꼼짝도 하지 않았다.

벌써 한 달이나 이런 일로 옥신각신하고 있었다. 그 정도면 배려나 경계심도 사라지기 마련이다.

네프테로스는 익숙한 모습으로 다른 의자를 가지고 왔다.

"그럼, 여기 앉아."

"……어쩔 수 없군요."

"나중에 선물 받은 마카롱을 가져다줄 테니 그런 얼굴 하지 마."

"……혹시 나를 동네 아이처럼 생각하는 건가요?"

물론 처음 만났을 땐 어딘가 불길하고 정체를 알 수 없는 아이라고 생각했지만, 자간의 성에서 지내는 모습을 보면 그런 경계심도 사라진다.

——쿠로카 일행도 도와준 것 같고.

절대 나쁜 아이는 아닐 것이다. 적어도 적의를 품고 있는 것처럼 보이지는 않았다.

그러면서 웃어 보이자 알시에라는 어디 몸이 안 좋은 것처럼 벌레 씹은 듯한 표정을 지었다. 이런 면도 귀여웠다.

의자와 함께 알시에라를 응접용 테이블로 옮기자 그녀는 새침한 얼굴로 테이블에 있는 과자를 입으로 가져갔다.

"마카롱보다는 포도주를 마시고 싶은데요."

"네 외모로 포도주를 마시면 난 나쁜 짓을 하는 것 같은 기분이 들 텐데?"

그렇게 말하며 네프테로스가 서류를 정리하기 시작하자 알시에라는 요염한 미소를 지었다.

"포도주가 안 되면 그쪽의 피도 괜찮은데요?"

불온한 한마디에 네프테로스가 고개를 들자 알시에라는 입술 사이로 송곳니 두 개를 내보이며 미소를 지었다.

——누군가를 보고 있는 것 같은 이 기시감은 뭘까…….

적의가 없는데 공격적이라고 할까, 너무 헷갈린다니까…….

고민하다가 금방 답을 찾았다.

그래서 네프테로스는 어깨를 으쓱이며 대답했다.

"좋아. 내 피를 마셔봤자 맛있을지는 모르겠지만."

알시에라는 깜짝 놀라 눈을 동그랗게 떴다.

"어머, 좀 더 싫어할 줄 알았는데요?"

"네가 다친 건 알고 있고, 흡혈귀에게는 중요한 일이잖아? 아프지만 않으면 딱히 상관없어. 너한테 빚진 것도 있고."

"……기억하고 있어요?"

그 목소리에서는 날카로운 경계심이 묻어났다.

네프테로스는 눈썹을 찌푸리며 얼굴로 흘러내린 은색 머리를 쓸어 올렸다.

"잘 모르겠지만 쿠로카를 지켜줬잖아. 난 그 아이가 없어지면 곤란하거든."

그런 쿠로카를 지켜주었다. 네프테로스에게는 충분히 은혜를 입었다 할 수 있었다.

"흠…… 그렇군요."

네프테로스의 대답을 들은 알시에라는 생각에 잠기듯 고개를 숙였다. 아무래도 그녀가 예상했던 대답은 아니었던 모양이다.

알시에라가 잠자코 있자 네프테로스도 궁금했던 걸 물어보기로 했다.

——물어봤자 대답해 줄 리가 없지.

그러면 무난한, 그러면서 알시에라의 관심을 끌 만한 것부터 공략하는 게 좋겠지.

질문할 내용을 정리한 다음 상대의 반응을 살피듯 조심스럽게 물었다.

"저기, 나도 궁금한 게 있는데."

"뭔가요?"

"형부랑은 예전부터——그러니까 류카온에서 만나기 전부터 아는 사이였지?"

그 지적에 알시에라의 눈이 가늘어졌다.

경계하는 건지 감탄하는 건지는 모르겠지만, 일단 흥미를 끄는 첫걸음에는 성공한 것 같았다.

알시에라는 다음 이야기를 재촉하듯 말했다.

"왜 그렇게 생각하죠?"

"그때 네가 다시 만났다는 식으로 말했었잖아."

——아아, 정말 놀랐어요. 다시 당신과 만나게 되는 날이 오다니——

해저 도시 아틀라스티아에서 만난 그녀는 분명 그렇게 말했다.

그때는 무슨 뜻인지 몰랐지만, 자간의 아버지에 대해 들은 지금이라면 알 수 있을 것 같았다.

알시에라가 자간을 '은안의 왕'이라고 부르는 건 그의 아버지와 겹쳐 보고 있기 때문이고 자간과도 안면이 있어서가 분명했다.

——혹시 그 '은안의 왕'이라는 사람을 좋아했었나?

그건 심한 억측이라고 생각해서일까. 입 밖으로 꺼내진 않았지만.

네프테로스의 지적에 알시에라는 한순간 시선을 피하는가 싶었지만, 그것도 그녀의 자존심이 허락하지 않는 모양이었다. 작은 한숨과 함께 수긍했다.

"이제 와서 숨길 일도 아닌 것 같군요. 네, 제가 어린 시절의 은안의 왕을 아는 건 사실이에요."

확신하고 있긴 했지만, 이렇게 본인 입으로 직접 들으니 조금

의외였다.

이 소녀는 대체 자간의 무엇을 알고 있는 걸까.

——질문을 꺼낼까? 다른 얘기를 하나 더 끼워 볼까?

잠깐 고민했지만, 알시에라에게 원하는 답을 듣는 건 간단한 일이 아니다. 좀 더 동요하게 만든 다음에 해야지, 안 그러면 교묘하게 얼버무릴 것 같았다.

네프테로스는 다음 패를 준비하면서 확인하듯 말했다.

"뭐? 그럼, 하나 더 물어봐도 돼?"

"……물어봤자 대답할 생각은 없어요."

자간에 관한 얘기는 꽤나 하기 싫은 모양이었다. 어쩐 일로 말과 행동에까지 동요를 보인 소녀의 모습에 네프테로스는 조금 기쁘기까지 했다.

그래서 이렇게 경솔한 말을 꺼내고 말았다.

"마르크라는 사람에게 형부를 찾아달라는 의뢰를 한 거, 너지?"

자간의 소꿉친구이자 형이었던 소년의 이름이다.

게다가 알시에라와 같은 '천사 사냥'의 명수.

그 정체는 교회의 수장인 교황이기도 했다고 한다. 그런 남자가 왜 자간의 옆에서 부랑아 노릇을 하고 있었냐면 누군가의 의뢰 때문이었다고 들었다.

그런데…….

긴장으로 인해 순식간에 공기가 팽팽해졌다.

네프테로스의 뺨에도 한 줄기 땀이 흘렀다.

――너무 깊이 파고들었나……?

2백 년 전 이야기라도 그 〈마왕〉 안드레알푸스를 물리친 상대다. 진심으로 화나게 만들면 자신 정도는 간단히 목 졸라 죽일 수 있을 것이다. 자신과 이 소녀는 그만큼 실력 차이가 컸다.

관심을 끌기 이전에 소녀를 화나지 않게 하는 게 대전제였다.

그런 네프테로스의 겁에 질린 얼굴을 보고 이제야 정신을 차린 걸까, 알시에라는 한숨을 깊이 내쉬었다. 그와 동시에 팽팽한 공기도 흩어졌다.

"……전 부탁한 기억이 없는데요. 그쪽이 마음대로 '약속'한 것뿐이죠."

내뱉는 것처럼 퉁명스러운 목소리에 네프테로스는 주제넘었다는 생각과 함께 반성했다.

"……미안, 내가 좀 경솔했어."

"괜찮아요."

휙 돌린 얼굴에는 마치 '자기도 어른스럽지 못했다'고 말하는 듯한 자책감 어린 빛이 떠올라 있었다.

그 반응에 네프테로스도 그만 웃음을 터뜨렸다.

"이번에는 뭐예요?"

"아냐. 이거, 나쁜 의미로 하는 말은 아닌데, 넌 왠지 형부랑 많이 닮은 것 같아."

"……뭘 보고 그런 생각을 한 거죠?"

노골적으로 고개를 돌렸지만, 그 손가락은 치마 위에서 꼼지락

거리고 있었다. 딱히 싫지는 않은 눈치다.

——이상한 데서 기뻐하네, 이 녀석…….

자간의 양녀인 포레도 이런 면이 있었다.

——그러고 보니 이 아이, 포레랑은 사이가 좋단 말이지.

뭔가 통하는 게 있는 걸까. 어쨌든 조금 전 한 말에 대한 사과도 겸해서 띄워주듯 말했다.

"음, 아까처럼 화났을 때 얼굴도 그렇지만 따뜻한 마음을 알기 어렵다고 할까, 다정하게 대해주면서 헷갈리는 행동도 그렇고. 그런 점이 쏙 빼닮았어."

막상 말하고 보니 이게 과연 칭찬이 맞는지 의아했지만 알시에라는 기분 나쁘지 않은 눈치였다. 득의양양하게 손가락으로 황금색 머리를 꼬아가며 '좀 더 말해도 돼요'라고 말하는 듯한 눈빛을 보냈다.

이것 역시 자간의 양녀인 포레를 연상시키는 반응이었다.

"은안의 왕은 상당히 알기 쉬운 분이라고 생각하는데요?"

"최근에 그렇게 변한 거야. 처음 만났을 때는 장난 아니었어……."

최근 들어서야 네피에게도 솔직하게 말할 수 있게 되었고, 다른 마술사들과도 오해 없이 대화할 수 있게 된 느낌이다.

하지만 네프테로스와 만난 지 얼마 안 됐을 무렵에는 어마어마했다. 어떤 의미에서 보면 집사인 라파엘이 더 알기 쉬울 정도였다.

그런 이야기를 하자 알시에라도 얼굴을 찡그렸다.

"내가 그렇게까지 알기 어려운 사람은 아닌 것 같은데요……."

"글쎄? 너도 처음 봤을 땐 장난 아니었어. 난 네가 형부를 습격하는 줄 알았다니까?"

어떤 사건으로 인해 자간이 어린 모습으로 변하게 되면서 그 해결책을 찾아 해저 도시로 갔을 때 있었던 이야기다. 작아진 자간의 뒤에서 나타나 피를 빨아먹는 시늉을 했었다. 그 바람에 어른으로 성장한 포레와 한바탕 마찰이 있었다.

고작 4개월 전 일인데도 꽤 옛날 일처럼 느껴졌다.

즐거운 추억을 떠올리듯 그 이야기를 꺼내자 알시에라도 재미있다는 듯 웃었다.

"어머, 그때는 정말 습격할 생각이었는지도 몰라요."

요염하게 미소 짓는 흡혈귀 소녀는 테이블 위의 과자를 하나 더 입안으로 던져 넣었다.

이제야 경계심을 풀었다고 할까, 기분이 좀 풀린 것 같다. 네프테로스도 그때를 그리듯 이렇게 대꾸했다.

"그거, 사실은 너무 반가워서 무심코 끌어안은 거지?"

처음엔 자간도 네피에게 그런 태도를 취하곤 했다.

"으읍——콜록콜록콜록!"

"괘, 괜찮아?"

알시에라가 요란하게 기침을 해대자 네프테로스도 서둘러 달려가서 등을 문질러주었다.

불사신은 호흡도 하지 않고 심장도 뛰지 않는다. 그래도 상당히 동요했는지 기침을 하는 알시에라의 눈가에는 눈물까지 맺혀 있었다.

옛날이야기를 한다는 게 그만 정곡을 제대로 찌른 모양이었다.

"미, 미안해. 그렇게 놀랄 줄은 몰랐어……."

"아뇨, 괜찮아요…."

아무렇지도 않은 척 고개를 들더니 황금색 머리를 흔들었다.

그런 다음 비난하는 것 같은 눈빛으로 쳐다보자 네프테로스는 몸을 움츠렸다.

——이번엔 진짜 화났나?

아까처럼 공기가 얼어붙을 정도는 아니지만, 방금 얘기로 기분이 풀어질 거란 건 안이한 생각이었다.

경계 태세를 유지하던——네프테로스는 이내 맥이 빠졌다.

"……?"

심한 욕이 나올 줄 알았던 알시에라의 입에서는 아무 말도 나오지 않았다.

그 눈동자는 무언가를 호소하는 것처럼 보였지만, 마치 목소리가 나오지 않게 된 것처럼 입만 열 뿐이었다.

보기에 따라서는 너무 충격을 받아서 마음이 미처 따라가지 못하는 것 같기도 했다.

"……."

"저기…… 왜 그래?"

또 기분이 상한 걸까.

아까처럼 분노를 산 건 아닌 듯하지만 어쩐지 상태가 이상했다.

네프테로스가 고개를 갸웃거리자 알시에라는 별안간 인형을 꽉 끌어안고 머리를 숙였다.

소녀는 얼마 후에야 목소리를 되찾은 것처럼 중얼거렸다.

"……네, 그쪽 말이 맞아요."

"무슨 소리야?"

알시에라는 억눌린 목소리로 참회라도 하는 듯이 대답했다.

"……꽉 안고 싶었어요. 용서받지 못한다는 걸 알았지만 참을 수 없었어요."

"용서받지 못해……?"

그때 자간도 깜짝 놀라긴 했지만, 용서받지 못할 정도로 완고한 반응은 아니었는데.

네프테로스가 당황하는 것도 알아차리지 못했는지, 알시에라는 독백을 이어갔다.

"그때 본 은안의 왕의 모습은 내가 아는 **그 아이** 모습 그대로라서…… 너무 반갑고 믿을 수가 없어서……. 불사신인 내가 이런 말을 하는 것도 웃기지만 마치 기적 같았어요……."

도대체 어떤 심정으로 이런 말을 하는 걸까.

인형을 꼭 끌어안은 채 등을 둥글게 만 그 모습은 꼭 길을 잃은 외톨이 아이 같았다. 혹은 나라를 멸망시킬 큰 죄를 저지른 것처럼, 마음이 불안해서 울고 있는 것처럼 보이기도 했다.

——이 아이와 은안의 왕 사이에 무슨 일이 있었던 걸까…….

태어난 지 일 년 정도밖에 안 된 네프테로스는 상상조차 하기 힘들었다.

네프테로스는 네페리아의 복제로 만들어져서 〈마왕〉 비프론스의 장난감처럼 살아온 과거가 있다. 샤스틸이라는 친구가 생기지 않았다면 네프테로스는 훨씬 예전에 망가지고 말았을 것이다.

눈앞에 있는 알시에라는 아무 도움도 받지 못했던 자신처럼, 아니, 그보다 더 어두운 곳을 홀로 걸어온 약한 소녀처럼 보였다.

평소의 여유로운 모습은 그렇게라도 하지 않으면 버텨내지 못할 정도로 궁지에 몰렸기 때문에 필사적으로 괜찮은 척했던 껍데기가 아니었을까.

왜냐하면 이 소녀는 천 년이나 되는 세월을 홀로 살아왔고, 아마 그 천 년 전에는 상상조차 할 수 없는 지옥을 살아왔을 테니까.

네프테로스가 별 생각 없이 한 한마디가 알시에라가 자신을 지키는 껍데기에 균열을 만들고 만 것이다.

"……."

네프테로스는 무슨 말을 해주면 좋을지 몰라서 그저 작은 흡혈귀의 어깨를 가만히 안아주기만 했다.

그래서 묻지 못했다.

네프테로스가 진짜 궁금했던 것.

해저 도시에서 처음 만났을 때의 일을.

――저기, 그때 그 말, 나한테 한 거 아니었어?

――그럼, 잘 있어요, 사랑하는 은안의 왕――그리고 **아자젤**――

이 소녀가 남은 목숨을 걸고 물리치려는 적. 자간이 찾고 있던 비밀. 그리고 아마도 굉장히 '좋지 않은 것'.

혹시 자신은 그런 것과 엮이게 된 건 아닐까.

그러니 지금 이 소녀는 네프테로스 옆에 있는 게 아닐까.

캐묻고 싶었지만 이 모습을 보니 아무 말도 할 수가 없었다.

얼마나 그러고 있었을까.

집무실 문을 두드리는 소리에 알시에라는 고개를 들었다.

"――네, 들어오세요."

"왜 네가 그래?"

마치 자기 방인 것 같은 행동에 네프테로스는 어이가 없었지만, 다행히 알시에라는 좀 진정이 된 것 같았다.

들어온 사람은 소녀와 젊은 성기사, 두 명이었다.

늠름하게 빛나는 선홍색 눈동자에 같은 색의 머리에는 나비 모양의 머리 장식이 달려 있다. 몸에 걸치고 있는 건 주교의 법의인데 허리춤에는 대검을 차고 있었다.

샤스틸이다. 열두 명의 성기사장 중 한 명이자 이 교회의 지도자이기도 한 소녀이다.

또 한 청년의 이름은 리처드. 이쪽은 호위도 겸하고 있어서 세례 갑옷을 입고 있었다.

들어온 사람은 두 명뿐이었지만 네프테로스는 샤스틸의 발밑에 의식을 집중했다.

집무 중에는 모습을 드러내지 않지만, 샤스틸의 발밑에 펼쳐진 그림자 속에는 음울한 얼굴을 한 마술사가 숨어 있을 터다.

리처드가 네프테로스를 향해 웃어 보였다.

“여기 계셨습니까, 네프테로스 님……과 알시에라 님.”

“잠깐 실례 좀 하고 있었어요.”

알시에라는 아무 일도 없었던 것처럼 미소 지었다.

——……뭐, 괜찮겠지.

이 소녀는 이렇게 늠름하게 있어 줘야 한다. 안 그러면 괜히 마음만 불편하다.

네프테로스도 다시 서류 정리를 하려고 일어나는데 누가 로브를 잡아당겼다. 그쪽을 보니 알시에라가 고개를 돌리지 않은 채, 로브 자락을 꽉 잡고 있었다.

그러더니 꺼져 들어가는 듯한 목소리로 중얼거렸다.

‘아까 나눈 얘기는 비밀로 해주세요.’

아무래도 아까는 꽤 흥분했던 모양이다.

“……네, 네.”

그 모습을 어떻게 본 건지 리처드가 쓴웃음을 지었다.

“두 분 상당히 친해지신 것 같군요.”

“네. 자기 피를 마셔도 된다고 말씀해 줄 정도의 사이랍니다.”

“피……?”

심상치 않은 말에 리처드가 경계심을 담아 허리춤의 검에 손을 올렸다.

그 모습을 본 샤스틸이 아무것도 아닌 것처럼 말렸다.

“알시에라 님 특유의 농담이다. 악의는 없으니까 신경 쓰지 마,

리처드.”

이미 집무 시간은 시작되었기 때문에 지금은 ‘직무 중’인 샤스틸이다. 이젠 익숙한 모습으로 알시에라의 헷갈리는 말과 행동을 정리했다.

반면 리처드는 아직까지도 경계를 풀어도 괜찮은 건지 망설이는 것처럼 되물었다.

“……그렇습니까?”

“방금 한 말은 ‘그런 농담을 해도 화내지 않을 정도로 사이가 좋아졌다’는 뜻이다.”

“……그 한마디로 거기까지 의미를 알아낸 건가요?”

“자간과 라파엘과 지내다 보면 다 알게 돼. 귀공도 익숙해지는 게 좋을 거야.”

무심한 말에 리처드는 머리를 감쌌다.

“쉽지는 않을 것 같습니다만.”

당연한 말이긴 하지만, 어째서인지 알시에라까지 머리를 감싸고 있었다.

“……? 왜 그러지, 알시에라 님?”

“……아뇨. 그쪽이 보기에도 그렇게 보이나요? 그, 은안의 왕과 닮았다고 할까, 알기 어렵다고 할까.”

중대한 사태라도 되는 것처럼 말하는 알시에라의 물음에 샤스틸은 멍한 얼굴로 눈을 깜빡였다. 그리고 고개를 한 번 끄덕이더니 이렇게 확실히 말했다.

"그래. 자간과 남매 사이는 아닌지 의심이 들 정도로 닮았어."

그 대답을 들은 알시에라는 결국 손으로 얼굴을 가렸다.

"음, 이번엔 또 왜 그래?"

"……신경 쓰지 마세요. 그냥 책임을 느껴서 그런 것뿐이에요."

"그래……?"

도대체 뭐에 대해 책임을 느낄 필요가 있는지는 모르겠지만, 네프테로스는 애매하게 고개를 끄덕였다.

——역시 옛날에 만났던 일과 관계가 있는 걸까?

이렇게나 꼬이고 특이한 성격의 소유자다. 만약 자간이 어렸을 때 만난 게 사실이라면 무의식적으로 영향을 받았다 해도 전혀 이상하지 않다.

하지만 섣불리 건드려서는 안 될 이야기라는 건 조금 전 대화를 통해 충분히 깨달았다.

공상의 영역을 벗어나지 않는 추측을 머릿속 한구석에 치워두고, 네프테로스도 하던 일을 계속 이어 나갔다.

그러다가 다시 고개를 들었을 때, 알시에라의 모습은 이미 사라지고 없었다. 정말 무슨 생각을 하는지 알 수 없는 소녀다.

의아하긴 했지만 지금 네프테로스는 할 일이 있었다.

불가사의한 흡혈귀의 존재를 기억 한편으로 몰아넣고 일에 몰두하다 보니 어느새 점심 무렵이 되었을 때의 일이다.

누가 집무실의 문을 거칠게 두드렸다.

"샤, 샤스틸 님! 큰일입니다!"

귀에 익숙한 요란한 목소리——세 바보 어쩌고 하는 남자다——가 울려 퍼졌다.

"무슨 일이지?"

예사롭지 않은 모습에 샤스틸도 심각한 얼굴로 일어났다. 대답과 동시에 집무실의 문이 열렸다.

"그, 그게……."

안으로 들어온 사람은 역시 세 기사 중 한 명이었는데, 우물쭈물하는 말투로 자신의 뒤를 가리켰다.

"포레?"

덩치 큰 남자의 뒤에 숨어 있던 것은——이라고 해봤자 덩치 크기가 너무 다르다는 의미이지만——자간의 딸인 작은 소녀였다. 외출할 때면 늘 쓰는 고양이 머리 모양의 후드를 쓰고 있었다.

샤스틸과는 견원지간이라고 할까, 아니, 포레가 일방적으로 이유 없이 싫어했지만.

"꼬랑댕이 머리…… 음, 샤스틸에게 물어보고 싶은 게 있어서 왔어."

"……무슨 일이 있었지?"

포레의 고분고분한 태도에 샤스틸도 긴장한 표정을 짓기 시작했다.

"샤스틸, 있지——."

그날 샤스틸은——아니, 큐아노에이데스 교회 집무실은 지금껏 한 번도 없었던 혼란에 휩싸였다.

◇

둔탁한 충격과 함께 흙먼지가 피어올랐다.

"괜찮습니까, 자간 씨!"

그곳은 큐아노에이데스 지하 마왕전——그보다 더 깊은 곳에 존재하는 거대한 동굴이었다. 자간 성의 지하에도 똑같이 커다란 동굴이 있지만, 이곳이 더 넓고 벽과 천장도 잘 보강되어 있었다.

달려온 사람은 사자 얼굴을 한 마술사였다. 그의 몸은 강철 같은 근육으로 뒤덮여 있어서 단순한 근력만으로 보면 자간을 웃도는 거대한 사내였다.

《흑인(黑刃)》 키메리에스——자간이 신뢰하는 그의 오른팔이자 복심이었다.

잔해더미에서 몸을 일으킨 자간은 고개를 옆으로 흔들었다.

"신경 쓰지 마. 미처 못 피한 내 잘못이다."

머리에서 피가 뚝뚝 떨어졌지만, 출혈 자체는 이미 멎은 상태였다. 상처도 몇 초만 더 있으면 아물 것이다. 머리카락에 남아 있던 피가 떨어진 것뿐이었다.

마술사 중에서도 특히 육체 강화에 특화된 자간이라면 내장이 다 도려져도 십여 초만 있으면 재생된다.

그렇지만 은색 눈동자에서는 짙은 피로감이 묻어나고 있었다.

"……자간 씨, 역시 이건 무모한 일인 것 같습니다. 건방지게 들릴지도 모르지만, 인간의 동체 시력으로는 아무리 마술을 사용해도 저를 포착하는 건 어렵습니다."

"알고 있다. 그래서 네게 부탁한 거다."

원래 마술사의 실력은 마술의 숙련도를 가리킨다.

하지만 그것은 평범한 힘――'폭력'일 필요는 전혀 없다.

예를 들어 무엇이든 벨 수 있는 검을 가지고 빛처럼 빠르게 움직일 수 있는 성기사가 있다고 하자.

마술사가 그런 성기사와 정면으로 싸울 필요는 전혀 없다. 눈 깜짝할 사이에 죽는 무미무색무취의 맹독을 만들어서 몰래 마시게 하면 된다. 아니, 좀 더 간단하게 바닥없는 구덩이를 만들어서 밀기만 해도 된다.

그런 발상을 하고 실행에 옮길 수 있는 지식이 바로 마술사의 실력이다.

자간이 〈마왕〉이 되었을 때, 발바로스가 네피를 납치한 사건을 예로 들어보자.

그때 만약 발바로스가 자간을 무시하고 계속 도망 다녔다면 어떻게 됐을까.

공간 전이가 특기인 그 남자를 누가 궁지에 몰아넣을 수 있을까. 같은 분야의 〈마왕〉인 《경계의 고양이》 푸르카스가 아니면 불가능하다.

이것이 바로 마술사의 '힘의 차이'라는 것이다.

자간이 이길 수 있었던 것은 발바로스가 자간과의 '전투'에서 승리하는 데 집착하고 있었고 자간도 그것을 알고 있었기 때문――즉 얼굴만 보이면 자간이 만든 싸움판으로 끌어들일 수 있다는 것을 알았기에 가능했다.

——그래서 내가 키메리에스를 존경하는 거고.

마술사는 그런 '마력'이 큰 의미를 가지지 않는 존재이기에 자간은 키메리에스에게 존경을 표했다.

이 남자가 마왕 후보에 이름을 올렸던 것은 자간처럼 '마술 먹어치우기'라는 일종의 반칙 기술을 가지고 있었기 때문이 아니다. 원래라면 마술사로서 거들떠보지도 않을, 순수한 힘만으로도 그만큼 인정받았기 때문이다.

말하자면 '폭력'이라는 분야에서는 자간 이상 가는 실력자가 바로 키메리에스라는 이 마술사다.

——그런 마술을 전문으로 하면서 왜 이렇게 신사적인 걸까.'

마술사는커녕 웬만한 성기사보다 더 훌륭한 인격자다.

자리에서 일어난 자간은 키메리에스에게 말했다.

"미안하지만 조금만 더 함께해 줄 수 있겠나? 결국 이런 종류의 기술을 익히려면 되풀이해서 연습하는 수밖에 없으니까."

그렇게 부탁하자 키메리에스는 곤혹스러운 듯 웃었다.

"알겠습니다. 하지만 그전에 잠깐 휴식을 취하는 건 어떨까요."

"……흐음. 네가 그렇게 말한다면 무시할 순 없지."

피로가 쌓이지 않았냐고 물으면 아니라고 대답할 순 없다. 게다가 이 상태로 성에 돌아가서 네피에게 불필요한 걱정을 끼치면 본말전도다.

자간은 키메리에스의 조언을 순순히 받아들여서 잔해더미 위에 털썩 엉덩이를 깔고 앉았다.

"휴식 대신 뭐 하나 물어봐도 될까?"

"네. 얼마든지요."

"무엇 때문에 그렇게 강한 힘을 얻은 거지?"

자간과 똑같이 키메리에스의 존재는 마술사로서 이질적이었다. 웬만한 이유가 없는 한 그 길을 선택하려 하지 않고, 역시 웬만한 각오가 없는 한 여기에 이르기까지 살아남지도 못했을 것이다.

키메리에스의 눈이 휘둥그레졌다.

"……흐음. 그냥 호기심이다. 하기 싫은 이야기라면 대답하지 않아도 돼."

자간이 한발 물러나려 하자 키메리에스는 고개를 옆으로 흔들었다.

"아닙니다. 고메리 씨에게는 비밀로 해주셨으면 합니다만."

"음, 물론이지."

키메리에스가 고메리에게까지 비밀로 하는 건 드문 일이었다.

그는 커다란 잔해더미 하나를 골라서 앉았다.

"글쎄요, 처음엔 복수를 위해서였습니다."

"그렇군. 합당한 이유지."

자간은 고개를 끄덕였다.

아주 알기 쉽고 공감할 수 있는 이유다.

"제가 어렸을 적에 한 친구가 있었습니다. 당시의 저는 저 혼자 잘난 줄 아는 난폭한 놈이었고 친구는 그런 저와 대조적으로 아주 부드러운 사람이었죠. 다친 사람을 보면 치료해주고 어려움을 겪는 사람이 있으면 도와주고 그러는 게 당연하다고 말하는 그런 남자였습니다."

지금의 키메리에스를 보면 상상도 할 수 없는 이야기였다.

——그렇다면 그런 영향을 준 사람은 그 '친구'인가?

어쨌든 그의 복수와 깊은 관련이 있다는 건 상상하기 어렵지 않았다.

"그런데……."

키메리에스가 으드득 이를 갈았다.

"그러던 어느 날, 마술사가 우리 마을을 습격했습니다. 사자 수인은 원래 마술을 사용하지 않아도 마술사와 대등하게 싸울 수 있을 정도로 강한 힘을 가진 종족입니다. 하지만 아버지와 형, 장로님까지……. 살아남은 건 저와 친구뿐이었습니다."

사자 수인은 이미 멸종되었다는 말이 나올 정도로 희귀한 종족이다. 키메리에스의 유소년기라면 80년 정도 전이 되는 셈인가.

그러나 그런 이야기를 하는 키메리에스의 눈동자에 있는 것은 증오가 아닌 낙담이었다.

"잘난 줄 알고 거들먹거리던 내가 얼마나 무력한지 뼈저리게 깨달았죠. 너무 분하고 나 자신이 한심해서 몇 시간을 울었습니다. 하지만 그 친구가 있어 준 덕분에 저는 절망하지 않을 수 있었어요. 그런데……."

"마을을 습격한 건 바로 그 친구였습니다."

그 말에 자간의 눈도 휘둥그레지고 말았다.

"……어째서, 그 녀석은 왜 그런 짓을 한 거지?"

키메리에그는 고개를 옆으로 흔들었다.

"모릅니다. 그날 아침까지만 해도 우리는 평소처럼 싸움도 하고 마을 일을 거들기도 했거든요. 처음부터 마을의 동태를 파악하기 위해 제게 접근한 건지도 모르죠."

이 정도면 단순히 배신이라고 단정할 일이 아니다.

처절한 과거와는 반대로 이야기를 하는 키메리에스의 목소리는 공허 그 자체였다.

"그 후, 저는 분노로 이성을 잃고 몇 년을 마수로 방황하며 살았습니다. 그런 저를 고메리 씨가 거두어서 마술을 가르쳐 주었고요."

——고메리와 그런 인연이 있었군.

솔직히 평소에는 골치 아픈 할망구이지만, 정상적으로 살았던 때도 있었다는 건가.

"마술을 익힌 후에도 복수에 관한 생각은 지울 수가 없었습니다. 사실 마술을 배운 것도 그 친구와 고메리 씨를 이기기 위한 겁니다. 그런데 고메리 씨는 그런 제 복수심조차 다짜고짜 나무라서…… 성가시긴 했지만 싫지만은 않더군요."

"으, 으음. 그랬군……."

듣고 있자니 괜히 민망해지는 이야기였다.

그런데 키메리에스의 얼굴이 다시 어두워졌다.

"그런데 10년 정도 지난 어느 날, 고메리 씨가 쓰러진 겁니다."

——뭐야, 혹시 사랑의 힘이 너무 많아져서 그런 건가?

자간은 목구멍까지 차오른 말을 간신히 눌러 삼키고 되물었다.

"……무슨 일이 있었나?"

"마수로 미친 듯이 날뛰며 살던 저를 멈춰 세운 사람은 고메리 씨입니다. 그런데 사실 그때 고메리 씨도 큰 부상을 입었던 겁니다. 스승인 오리아스 님조차 치유할 수 없을 정도로 악화한 상태였죠. 그런데 나는 싸우기 위한 마술밖에 몰라서……."

키메리에스는 손으로 얼굴을 덮었다.

"……그때였습니다. 제 앞에 다시 친구가 나타난 건."

그는 여전히 갈등이 해소되지 않은 것처럼 말했다.

"친구는 이렇게 말하더군요. 자기가 고메리 씨를 구해줄 수 있다고. 하지만 그 대신 **복수를 위한 힘**을 버리라고. 저는 선택의 기로에 섰습니다. 복수냐, 아니면 고메리 씨냐."

그게 어떤 힘인지 궁금했지만, 그가 어떤 선택을 했는지는 명백했다.

왜냐하면 키메리에스의 옆에는 지금도 고메리가 있으니까.

"그때 결심한 겁니다. 제가 지금의 저로 있을 수 있는 건 고메리 씨 덕분이니까 이제부터는 고메리 씨를 지킬 수 있게 강해지자고. 그게 제가 싸우는 이유입니다."

"……그렇군. 강할 만도 해."

마왕 후보가 될 만도 했다.

자간은 장난스럽게 말했다.

"그 이야기, 고메리도 알고 있나?"

"이야기하진 않았지만, 아마도 알고 있지 않을까 합니다."

하긴 그 할망구는 그래 보여도 전 마왕 후보다. 그것도 발바로스와 누가 더 뛰어난지 다툴 정도의 고위 마술사다.

치명상을 입은 자신이 치유된 걸 안 시점에서 무슨 일이 일어났는지 정도는 추측할 수 있었을 것이다.

——고메리 녀석이 키메리에스 앞에선 꼼짝도 못 하는 이유가 있었군.

자기 때문에 복수를 포기한 데 대한 부채감일 터였다.

자간이 볼 때는 그것을 '변명'으로 삼고 있는 것에 불과했지만, 어쨌든 반세기 이상이나 지났는데도 여전히 자신 안에서는 아직 정리가 되지 않은 것 같았다.

그렇게 생각하다가 퍼뜩 깨달았다.

——응? 잠깐, 반세기라면 그렇게 오랜 시간도 아닌가……?

50년 후에 네피와 알콩달콩 잘 지내는 자신의 모습이 도저히 상상되지 않았다. 오히려 100년이 지나도 지금처럼 사소한 일로도 얼굴이 새빨개지거나 고민하는 광경밖에 떠오르지 않았다.

키메리에스가 고개를 갸웃거린다.

"저기, 자간 씨가 고민할 이야기는 아닌 것 같은데요."

"음, 뭐라고 해야 하나, 나 자신을 돌아보고 있었을 뿐이다. 신경 쓰지 마라."

"아——…… 네."

키메리에스가 너무 쉽게 납득하자 자간은 조금 우울해졌다. 그러다가 문득 깨달았다.

――그렇다면 그 복수 상대인 '친구'라는 놈은 아직 살아 있다는 건가?

그런데도 끝까지 '친구'라고 부르고 이름을 밝히지 않은 걸 생각하면…….

자간은 확인하듯 말했다.

"굳이 대답할 필요는 없지만, 하나만 더 묻지."

"말씀하시지요."

"그 친구라는 작자의 이름이 혹시 '시어칸' 아닌가?"

키메리에스는 대답하지 않았다.

하지만 충분한 대답이 되었다.

자간은 조용히 일어났다.

"잡담에 시간을 너무 낭비한 건 아닌지 모르겠군. 곧 저녁 식사 시간이니 돌아가 봐야겠어."

"……그렇군요."

어두운 목소리로 대답하는 키메리에스의 모습에 자간은 자신의 가슴을 탁 두드려 보였다.

"나는 가능한 한 부하가 원하는 건 다 들어주자는 주의다. 네가 가지고 싶다면 시어칸의 목을 줄 수도 있고 네가 원한다면 목숨 정도는 살려줄 수도 있다."

시어칸의 생사여탈을 키메리에스에게 맡기겠다는 뜻이었다.

키메리에스는 깜짝 놀라 눈을 깜빡이더니 이내 작게 웃었다.

"역시 당신을 따르길 잘한 것 같습니다, 나의 왕."

◇

"오셨어요? 자간 님."

성으로 돌아가자 네피가 맞아주었다.

——어라, 오늘은 포레가 없군.

평소라면 여기에 딸인 포레도 있겠지만, 그 녀석도 이것저것 하고 싶은 게 많겠지.

키메리에스의 추억담을 듣다 보니 어느새 시간이 흘러버렸다. 훈련을 재개하기에도 어중간한 시간이라 조금 빨리 마무리 지었는데, 그 바람에 타이밍이 맞지 않았던 모양이다.

딸의 얼굴을 못 본 건 조금 아쉽지만, 네피의 사랑스러운 미소를 보니 오늘 하루 쌓인 피로가 순식간에 사라지는 기분이 들었다. 자신은 이 순간을 위해 살아가고 있는 게 분명했다.

——앗, 아니지! 앞으로 더 나아가야지!

행복한 시간인 건 사실이지만 50년이 지나도 이 상태 그대로라면 네피는 물론이고 오리아스에게도 면목이 안 선다. 무엇보다 자간 자신이 참을 수 없었다.

그렇다면 지금 무엇을 해야 할까.

——데이트를 하자고 해야겠지.

전에 데이트——심지어 먼저 하자고 말한 건 네피였다——를 한 건 한 달이나 더 전이다.

〈아자젤〉과의 싸움으로 자신의 미숙함을 통감했다고 해도 그 대책과 훈련 때문에 한 달이라는 시간 동안 사생활을 낭비한 셈이었다.

사생활이라는 건 네피와 함께하는 시간을 말한다.

……물론 포레나 오리아스 같은 가족과 함께하는 시간도 사생활에 포함되지만, 네피와 평온한 시간을 보내고 싶은 게 현재 자간의 출발점이었다.

그건 포레를 비롯한 다른 가족이 늘어나도 마찬가지다.

아니, 오히려 가족이 늘어났으니 네피와 함께하는 시간을 무엇보다 더 소중히 여겨야 한다. 자신의 행복을 나중으로 미뤄야 하는 관계는 가족이라 부를 수 없다.

그래, 〈아자젤〉이나 시어칸, 비프론스 따윈 상관없다.

자간은 네피와 평온하게 살고 싶은 마음에 방해가 되는 놈들과 싸우고 있는 것뿐이었다. 그것 때문에 네피와 보내는 시간이 줄어드는 건 본말전도다.

"네피!"

"네, 자간 님."

자간은 데이트하자는 얘기를 꺼내려다가 알아차렸다.

"응……? 안색이 별로 안 좋군. 푹 쉬고 있는 거지?"

"네? 어라……?"

자간의 지적에 네피는 서둘러 얼굴을 매만졌다.

"죄송해요. 그렇게 티가 날 정도일 줄은 몰랐어요……."

"사과할 일은 아니다. 그보다 무슨 일이라도 있었나?"

걱정하는 마음에 물어보니 네피는 눈을 동그랗게 뜬 채 고개를 흔들었다.

"아, 아니에요. ……그게, 어머님과 하는 수업은 유익한 게 너무 많아서 밤늦게까지 그날 배운 걸 정리하다 보니 잠이 부족해서 그런가 봐요."

"음, 그런가."

뭐, 오리아스와의 관계가 양호하다면 좋은 일이니 자간이 주의를 기울여야 할 일은 아니다.

네피는 쑥스러운지 두 손으로 얼굴을 가렸다.

"건강을 유지하는 마술을 사용하고 있긴 하지만 잠깐만 긴장을 풀면 그만……."

"신경 쓰지 마라. 그보다 내일은 좀 쉬도록 해. 네피가 쉬어도 괜찮도록 인원도 보충해 뒀지?"

요즘 들어 성안에서는 영 보기가 힘들지만, 알시에라도 가사는 할 줄 안다.

네피는 수줍게 어깨를 늘어뜨렸다.

"그렇……군요. 자간 님에게 걱정을 끼치게 되면 본말전도겠죠. 충분한 휴식을 취하도록 하겠습니다."

이제 네피는 자신의 입장과 주위를 잘 이해하게 되었다.

혼자 다 끌어안고 있는 게 다른 사람들을 위한 일이 되지는 않는 건 물론이고 오히려 마이너스가 되기도 한다는 걸 알았다. 그래서 마지못해 그 제안을 따르기로 했다.

잠시 후, 네피는 "아" 하고 목소리를 높였다.

"저야 확실히 쉬긴 하겠지만, 자간 님, 아까 무슨 이야기를 하려고 하셨죠?"

역시 네피는 다르다고 해야 하나. 사소한 점 하나도 놓치지 않았다.

"아, 그게……. 실은 몸을 움직여서 그런지 상당히 배가 고프군. 오늘 밤은 좀 든든하게 먹고 싶은데."

아무리 자간이라 해도 이 상황에서 '내일 데이트하러 가자'는 말은 할 수 없었다.

"네! 그럼, 자간 님의 몫은 많이 드릴게요."

자간이 식사와 관련해서 원하는 걸 말하는 경우는 드물어서——전부 다 맛있으니 어쩔 수 없다——그런 걸까, 네피는 기쁘게 대답하고 뛰어갔다.

——역시 기뻐하는 네피의 얼굴은 귀엽단 말이지.

사랑스러운 소녀의 뒷모습이 보이지 않을 때까지 손을 흔들다가——자간은 털썩 무릎을 꿇었다.

"자, 자간 씨, 왜 그러십니까?"

그 모습에 키메리에스도 동요해서 외쳤다.

——이를 어쩐다! 요즘 들어 네피와 연인다운 일은 조금도 못하고 있잖아!

네피 성분 결핍으로 호흡 곤란이 올 것 같았다. 이것만큼은 그 어떤 마술로도 채울 수 없다. 〈봉서(封書)〉를 이용해서 네피의 모습을 담은 그림을 보는 것을 통해 일시적인 처치는 가능하지만, 끌어안거나 무릎 위에 앉히거나 뺨을 비비고 귀를 매만지지 않는 한 근본적인 해결은 되지 않았다.

——아아……. 다음엔 시내에서 서로의 옷을 골라주기로 약속한 지 얼마나 지났지? 무려 두 달이다! 도대체 뭘 하고 살아온 거냐, 자간!

자신의 한심함과 네피에 대한 그리움으로 머리가 어떻게 될 것 같았다. 왜 내가 이런 고통을 맛봐야 하는 거지?

"……미안하다, 키메리에스. 역시 나는 시어칸을 죽여야 할 것 같아."

"——읏, 그가 무슨 짓이라도 했습니까?"

시어칸 같은 마술사가 살아 있기 때문에 자간과 네피는 연인다운 시간을 즐기지 못하는 것이다. 전부 그 녀석 때문이다.

이렇게 된 이상, 죽이는 수밖에 없다.

그리고 비프론스도 귀찮은 일을 저지를 것 같으니까 하는 김에 같이 죽이자. 이미 성도 라지엘에서 보낸 신혼여행(임시) 때 같은 전과도 있다. 또 데이트 중에 방해할 것 같으니 같은 실수를 반복하지 않도록 잘 처리해 두자.

그렇게 고민하는 〈마왕〉은 깨닫지 못했다.

네피가 떠난 주방에서 릴리스가 뚫어져라 지켜보고 있다는 사실을.

「그럼 내가, '은안의 왕'의 이름을 잇도록 하지.」

은색 눈동자를 가진 소녀는 아무 망설임도 없이 그렇게 말했다.

난 이해할 수 없었다.

아니, 믿을 수 없었다.

그리고 정말 미안하다는 듯 나를 안아주었다.

「……아셰, 앞으로 네가 살아가는 동안 힘든 일도 괴로운 일도 있을 거야. 하지만 나는 그때 네 곁에 있어 주지 못해. 그러니까…….」

소년은 나보다 먼저 죽고 말았다.

인간임을 버리고 불사신이라 되면 영원히 살 수도 있지만, 소년은 그러지 않았다.

나라고 그런 걸 원하는 건 아니다.

그런 건 이미 다 알고 있었는데 소년은 내가 미처 예상하지 못한 말을 했다.

나는 떨리는 목소리로 대꾸했다.

그게 무슨 뜻인지 아느냐고.

「응. 그러니까 내가 '은안의 왕'이 될 거야. 내 묘에 이름은 필요 없어. 이 세상에서 '은안의 왕'의 이름이 회자되는 한, 나는 너희와 함께 있을 수 있잖아. 그게 내가 너희에게 남겨 줄 수 있는 유일한 거야.」

이 소년은 세상을 구한 영웅이다.

나와 비교하면 짧은 시간이지만 남은 인생을 영광 속에 보낼 수 있을 터였다.

그런데 그는 그 모든 걸 버리고 '은안의 왕'의 이름을 잇겠다고 했다.

「우리 같이 이야기를 생각해 보자, 아세. 모두 흠뻑 빠질 수 있는 모험담 말이야. '은안의 왕'은 전설적인 영웅이니까. 맞다! 사악한 용을 물리친 얘기는 어떨까. 넌 그걸 도와주는 공주님 역할이야.」

소년은 어린아이처럼 천진난만하게 이야기했다.

나는 바로 대답하지 못했다.

무슨 말인가 하려고 했다가는 눈물을 참지 못할 것 같아서였다.

그래서 애써 웃으며 대답했다.

용을 악역으로 만들면 오로바스가 화낼 거라고.

「앗, 오로바스를 화나게 하면 안 되지. 그럼, 오로바스는 나랑 같이 싸우는 동료로 하자. 실제로 나는 오로바스의 등에 타고 싸웠으니까 거짓말은 아니잖아? 나쁜 용의 이름은…… 그래, 마르바스는 어때?」

그 후에 우리는 수많은 이야기를 만들어냈다.

서로 아직 어린아이라서 특별할 것 없는, 흔해 빠진 이야기였다.

그래도 둘이 함께 온 힘을 다해 만든 이야기였다.

「네게 모든 걸 떠안기게 된 걸 용서해줘.」

그로부터 얼마 후, 소년은 마지막의 마지막 순간까지 미안해하며 그렇게 말했다.

나는 무엇 하나 변하지 않은 모습으로 고개를 옆으로 흔들었다.

많은 사랑을 받았다고.

많은 것을 남겨 주었다고.

그러니 넌 이제 걱정하지 않아도 된다고.

자연스럽게 잘 웃었는지는 모르겠다.

그래도 소년은 내 뺨을 만지며 이렇게 말했다.

「**자간과 릴리스**를 부탁해.」

그것이 마지막 말이었다.

◇

그 순간, 알시에라는 눈을 떴다.

자간 성의 지하에 있는 커다란 동굴. 알시에라가 '천사 사냥' 정비와 **탄약 정제**를 위해 빌린 공간이다. 자신이 이곳을 차지하고 있기 때문일까, 최근엔 성의 주인인 자간이 이곳을 떠나서 마왕전에 틀어박혀 있는 일이 많았다.

"……또 그 꿈이군요."

최근 옛날 꿈을 자주 꾼다.

복부를 만져보니 또 시커멓게 젖어 있었다. 드디어 죽을 때가 가까워진 모양이다.

이제 와서 죽음에 대해 공포를 느끼는 건 아니지만, 옛날 기억을 떠올리는 일이 많아졌다. 불사의 몸으로 천 년이나 이 세상에서 살아왔다. 상당한 인내심을 요하는, 주마등 같은 것인지도 모른다.

——살아 있으면 반드시——.

그 또한 알시에라에게 그렇게 말한 사람 중 한 명이다.

자신은 그 말에 멍청할 정도로 솔직하게 대답하고 천 년이나 '살았다'. 이젠 슬슬 편해져도 될 때다.

하지만, 하고 알시에라는 씁쓸한 미소를 지었다.

"그래도, 맞아요. 나쁘지만은 않았어요."

그도 그럴 것이 그 천 년 동안 알시에라는 결코 혼자가 아니었으니까.

그리고 때마침 생각난 것처럼 쿡쿡거리며 웃었다.

"아, 맞아요. 당신도 그랬어요, 아자젤."

절대 고독하지 않았다.

——그 아이와도 다시 만나게 되었으니…….

은안의 왕과 한 약속도 충분히 지켰다.

자신이 죽을 곳도 정했다.

이제 그때까지 준비만 하면 된다. 남은 건 여가 시간을 즐기는 거다.

천 년을 살아온 인생의 마지막에 가지는 여가 시간이라도 정말 할 일이 없었다. 대충 떠오르는 일들로 시간을 보내도 남을 정도로 긴 시간이다.

기껏해야 방 한쪽 구석에서 즐거워하는 가족을 멍하게 바라보는 게 전부다.

――의외로 인간의 노후는 그런 건지도 모르겠군요.

유감스럽게도 자신은 이렇게 어린 모습을 하고 있지만.

테이블 위에는 '천사 사냥' 두 정과 텅 빈 약협이 있었다.

이 '천사 사냥'의 탄환은 특별 제작한 것으로 알시에라만 만들 수 있었다. 기껏해야 하루에 십여 발, 꼬박 한 달을 투자해야 3백 발 조금 넘게 만들 수 있을까 말까 한다. 그렇다고 매일 붙어서 탄환만 만들고 있을 수도 없는 노릇이다.

3개월 전 〈아시엘 이메라〉가 있었던 날, 한 번은 〈슈테른〉과 〈몬트〉 탄환이 다 떨어진 적이 있었다. 그 후로 시간을 들여서 탄환을 다시 만들기 시작해서 이제야 천 발 정도 될까 말까 한 상황이다.

이 몸이 **그때**까지 버티지 못하더라도 이 '천사 사냥'은 남는다. 누가 이것을 맡아서 사용해 주면 자간의 힘이 될 수 있을 텐데.

한숨이 흘러나왔다.

"고작 천 발……."

〈아자젤〉을 상대로 고작 이것밖에 안 되는 탄환으로 어디까지 싸울 수 있을까.

현재 개인적으로 가장 강력한 힘을 가진 사람은 알시에라다. 잘난 척하는 게 아니라 약체화한 지금도 13명의 〈마왕〉 정도는 혼자서 전멸시킬 수 있을 정도의 힘은 된다.

그런데도 부족했다.

아주 조금 시간을 벌 수 있을 정도로밖에 싸우지 못한다.

자간에게는 이건 자신의 싸움이라고 큰소리를 쳤지만, 결국은 그들에게 맡길 수밖에 없다는 뜻이다. 이 무슨 한심한 꼴인지.

아니면 이것이 개인으로서 가진 힘의 한계인지도 모른다.

어차피 알시에라는 천 년 전의 잔재, 아지랑이에 지나지 않았다. 선택하는 사람은 현재를 살아가는 자이지 자신이 아니다.

——그렇다고 아무런 이야기도 하지 않는 것도 무책임하지만…….

알시에라는 다시 쿡쿡 웃었다.

"네, 맞아요, 아자젤. 당신 말대로이긴 하지만 오로바스가 죽은 이상, 어쩔 수 없어요."

그때 계단을 내려오는 발소리가 들렸다.

잠시 후, 동굴에 나타난 건 어린 소녀였다.

"잘 왔어, 알시에라."

"다녀왔어요, 포레."

알시에라와는 참으로 기이한 인연을 가진 소녀다.

처음 만났을 때는 꽤 미움을 샀었다. 그래도 은인이기도 한 오로바스의 딸이자 은안의 왕의 아들인 자간의 양녀이고, 그리고…….

전부 사실이지만 전부 적절하다고 말하긴 어려운 관계.

그래도 하나만 고른다면——

——'친구'……가 되는 셈인가?

설마 지금 시대에 그런 것을 가지게 되다니, 참 알다가도 모를 게 인생이다.

"오늘은 일찍 왔네? 무슨 일 있었어?"

지금은 저녁이니 슬슬 저녁 식사 준비를 시작했을 때인가.

그리고 마왕전에서 돌아온 자간을 네피가 맞고 있을 시간이기도 하다.

——그런데 은안의 왕이 아니라 나를 찾아온 걸 보면 두 사람에겐 비밀로 하고 싶은 이야기라도 있는 모양이군요.

평소 같으면 포레도 아버지를 껴안으며 인사하러 갔을 것이다.

그런데 마찬가지로 성을 잠깐 비웠던 알시에라도 오늘은 조금 일찍 돌아왔다. 평소라면 낮에는 교회에 틀어박혀 있다가 밤이나 되어야 돌아온다.

알시에라는 어깨를 으쓱이며 대답했다.

"그 아이랑 얘기하다가 아픈 곳을 찔리는 바람에 도망치듯 돌아왔네요."

포레는 알시에라가 한 말의 의미를 음미하듯 고개를 끄덕인 다음 천천히 입을 열었다.

"네프테로스 말이야?"

"쿡쿡, 그나저나 무슨 일이라도 있나요?"

딱히 숨길 일도 아니지만 얼버무리듯 대답하는 게 이제 버릇이 되어 버렸다. 포레도 이젠 알시에라의 그런 성격을 다 알고 있으리라. 빈 의자 하나를 가지고 오더니 알시에라 옆에 오도카니 앉았다.

"아버지의 이름이 들렸어."

"어라, 내가 입 밖으로 꺼내서 말했던가요?"

부주의했다는 생각에 알시에라는 입을 막았다.

그렇지만 이미 들었다면 어쩔 수 없다.

"그렇군요. 옛날 생각이 나서 그랬어요."

"듣고 싶어. 아버지 이야기."

자간을 아버지라 부르게 된 지금도 오로바스는 포레에게는 소중한 부모 용이다. 오로바스와 교류가 있었던 알시에라의 입에서 그 이름이 나왔으니 궁금해하는 것도 당연한 반응이었다.

"그쪽 기대만큼 재미있는 이야기는 아니에요."

"그래도 듣고 싶어."

포레 역시 절대 물러날 기색이 없었다.

――저런 고집도 들어주고 싶어 하는 은안의 왕의 마음도 헤아려 주고 싶긴 하네요.

알시에라는 지장 없는 범위 안에서 대답하기로 했다.

"그래요……. 천 년 전의 생존자에게는 그 나름의 역할이 있었어요."

"알시에라가 일종의 수호자라는 얘기?"

"……어머."

포레가 스스로 알아챈 걸까, 아니면 자간이 간파한 걸까. 알시에라가 그 이야기를 한 적은 없는데…….

――어쨌든 언젠가 답을 찾게 되겠지만요…….

그렇지만 알시에라도 오로바스도 지금은 과거에 지나지 않는다. 중요한 건 답을 알게 된 그들이 무슨 선택을 할 것이냐 하는 것이다.

알시에라는 작게 고개를 끄덕이고 나서 입을 열었다.

"맞아요. 침묵하는 수호자. 이제부터 할 이야기는 꿈 이야기. 속세를 떠난 방관자예요."

배우는커녕 무대에 설 권리조차 없는 자다. 뭐, 방관자치고는 이미 충분히 엮인 것 같기도 하지만, 그 정도면 아직 허용 범위 안이다. 적어도 자간 쪽 사람들의 행동을 유도할 일은 하지 않았으니까.

그리고 그제야 포레의 첫 번째 질문에 대답했다.

"오로바스의 역할은 전도사. 아무 이야기도 못 하는 저를 대신해 천 년 전의 진실을 이야기할 사람이었어요."

그런데 일 년하고 몇 개월에 걸친 전투에서 죽고 말았다.

——그 전투에서 세계의 힘을 다 사용할 순 없었다.

그래서 이미 힘을 잃어가고 있던 마르코시어스와 전성기가 지난 성기사장만 그 전투에 참가했다. 다른 〈마왕〉이나 아직 성장 가능한 젊은 성기사장들을 지켜야만 했기 때문이다. 그 구멍을 메우기 위해 현룡이 움직였지만, 그조차 살아남지 못했다.

오로바스를 잃게 되면서 이 시대 사람이 천 년 전의 진상을 알아내는 건 굉장히 어려운 일이 되었다. 그래서 이렇게 알시에라가 마지못해 이야기하게 된 것이다.

포레가 당황한 얼굴로 알시에라를 올려다본다.

"알시에라는, 아버지한테 화났어?"

"제가요? 왜 또 그런……?"

"그치만 아버지는 알시에라를 도와주려던 거 아니었어?"

알시에라는 씩씩한 소녀의 머리를 살짝 쓰다듬어 주었다.

"그건 아니에요. 지난 천 년 동안, 전 충분하고도 남을 정도로 그분에게 많은 도움을 받았는걸요."

유일하게 마음에 걸리는 게 있다면 그 은혜를 갚지 못했다는 것.

"정말 훌륭한 분이었어요."

"……물어봐도 돼? 알시에라에게 아버지는 어떤 존재였어?"

막연한 질문에 웃음이 터질 뻔했다.

"그렇군요……. 설명하기 좀 어려운데, 비유하자면 보호자 같은 존재라고 할까요?"

"보호자?"

"네. 그 시대에는 가족이 없는 아이가 많았어요. 마찬가지로 복수하기 위해 싸우려는 아이도 많았고요. 오로바스는 그런 우리에게 싸우는 법을 가르쳐준 은사이자 살아가기 위한 기술을 가르쳐 준 부모 같은 존재였답니다."

휴우 하는 한숨과 함께 포레가 호박색 눈을 반짝이며 몸을 앞으로 내밀었다.

"그리고?"

"그렇군요. 한마디로 말하면 엄한 분이었다고 할 수 있겠네요. 목숨을 버릴 듯이 싸우면 엄청 많이 야단맞았어요. 오로바스는 자살하는 방법을 가르쳐준 게 아니니 당연한 일이지만요."

“아버지가 화내는 모습은 상상이 안 돼.”

어쩌면 오로바스는 포레 앞에서는 과묵한 부모 용이었는지도 모른다.

“그런가요? 심장이 멎을 만큼 큰 목소리로 호통을 치셨어요. 뭐, 지금은 그 심장도 진짜로 멎고 말았지만요.”

흡혈귀 특유의 농담이었지만, 포레는 조금도 웃지 않았다. 하긴 조금 어려웠을 수도 있겠다.

“얼마나 심하게 들볶는지 당시엔 나를 싫어하는 줄로만 알았지 뭐예요. 그런데…….”

“무슨 일이 있었어?”

다음 이야기를 궁금해하는 포레의 모습에 알시에라는 마지못해 대답했다.

“……내가 아주 소중한 ‘친구’를 구하지 못했을 때, 어떻게 울어야 할지도 몰라서 멍하게 있었더니 옆에 서서 괜찮다고, 이제 괜찮으니까 울어도 된다며 머리를 쓰다듬어 주셨어요.”

누구나 위대한 현룡이라며 칭송하는 오로바스였지만, 알시에라에게는 잔소리 많고 다정한, 그냥 아저씨였다.

물론 천 년 후에 그 딸에게도 똑같이 치유 받게 될 줄은 꿈에도 몰랐지만.

――……괜찮아 이제는 괜찮아――.

그 말과 함께 포레에게 안겨 있은 지 벌써 두 달이나 지났다.

알시에라는 씁쓸하게 웃었다.

“별로 재미있지도 않은 이야기예요.”

"전혀 안 그래. 난 아버지 얘기를 들을 수 있어서 기쁘기만 한 걸."

"……당신은 참 착한 아이예요."

머리를 쓰다듬어 주자 포레는 머뭇거리며 되물었다.

"알시에라와 아버지는 어떤 곳에서 살았어?"

"어머, 아버지가 말해주지 않았어요?"

들을 기회가 없었는지도 모르지만, 눈치채고 있을 줄 알았다.

그런 반응에 고개를 갸웃거리는 포레를 알시에라는 재미있다는 듯 바라보며 이렇게 대답했다.

"마왕전이에요. 천 년 전에 오로바스와 제가 살았던 곳."

처음엔 평범한 동굴이었지만 그들이 살게 되면서 지상의 건물을 지하로 끌어내렸다. 천사로부터 몸을 숨기기 위해서는 지하가 안성맞춤이었다.

그게 바로 현재의 마왕전이다.

포레는 벌떡 일어났다……기보다는 의자에서 뛰어내렸다.

"가보고 싶어."

"지금이요? 슬슬 저녁 먹을 시간인데요."

"으——……."

이래 봬도 이 소녀는 식사 준비도 거들어주고 있었다.

알시에라도 가사를 담당하고 있으니 포레 대신 얼마든지 일할 수 있지만 같이 가는 건 어렵다.

포레가 힘없이 어깨를 늘어뜨리자 알시에라는 웃으며 말했다.

"그럼, 식사하고 가기로 하죠."

"밤샘은 안 돼. 자간에게 야단맞아."

마술사면서 묘한 부분에서 착실한 소녀였다.

"그러면 내일 가기로 해요."

"응!"

소녀의 솔직한 반응에 알시에라는 흐뭇해하며 물었다.

"궁금하다는 게 그거였어요?"

"어?"

"은안의 왕과 네피 아가씨가 들으면 껄끄러운 이야기라도 있었던 거 아니었어요?"

오로바스의 이야기를 하느라 잊고 있었던 모양이다.

서비스하는 셈 치고 물어봤지만, 다음 순간, 알시에라는 그것을 후회하게 되었다.

"……아, 맞다."

포레는 수줍게 뺨을 긁적이더니 아주 진지한 얼굴로 이렇게 말했다.

"알시에라의, 연애 이야기를 듣고 싶어."

이리하여 알시에라의 새로운 수난이 시작되었다.

◇

"——으으으음! 고조되는 이 강대한 사랑의 힘은 뭐지?"

난리를 피우고 있는 건 비틀린 뿔을 가진 마인족 마술사였다.

큐아노에이데스에서 마차를 타고 서쪽으로 하루 정도 거리에 있는 광산 도시 오리히오——그 이름대로 광산 마을에 쿠로카와 샤크스는 있었다.

표면적으로는 교회의 세력 아래 있지만, 돌을 판다면 사람의 손보다는 마술이 압도적으로 빠르다. 게다가 이 광산에서는 마술사에게 높은 가치를 가진 광석을 캐낼 수 있다.

그 결과, 광부의 대부분이 마술사인, 교회와 마술사의 유착이 극심한 마을이 생겨났다.

통상적으로 이런 광산 도시에는 광부들을 위한 숙소, 그리고 그들의 푼돈을 기다리는 도박장과 창녀촌 등이 줄지어 있었다.

하지만 이곳에는 마술을 위한 약제와 인조 생명의 핵, 마술 도구, 나아가 마도서까지 있어서 마술사를 위한 가게라는 점을 숨길 생각조차 없어 보였다.

그런 도시의 한적한 술집에 들어가 보니 이 골치 아픈 할망구가 그런 얘기를 떠들어대고 있었다.

쿠로카는 머리가 지끈거려서 이마를 짚었다.

"저기, 왜 당신이 여기 있는 거죠……?"

그렇게 물었지만, 전혀 들리지 않는 모양이었다. 골치 아픈 할망구는 무릎을 털썩 꿇었다. 눈에 띄니까 제발 그만뒀으면 좋겠다.

《요부》 고메리——장난스러운 말이나 행동과 달리 〈마왕〉 자간이 왼팔이라고까지 평가하는 복심이다. 평소에는 노파의 모습을 하고 있지만 지금은 미녀의 모습을 하고 있었다. 진지할 때는 그 모습을 하고 있다곤 하지만 도저히 그렇게 보이지 않았다.

고메리는 술집 한가운데서 다른 손님에게 폐가 되는 것도 아랑곳하지 않은 채 비틀거리며 일어났다.

너무 당황해서 주위는 눈에 들어오지도 않는 것 같았다.

젊은 모습을 하고 있으면——입만 다물고 있으면——누구도 부정할 수 없는 미녀이기 때문에 근처 테이블에 있던 마술사로 보이는 양아치가 엉덩이를 향해 슬쩍 손을 뻗었다.

"——커헉?"

치한은 맞지만 손가락이 닿기도 전에 바닥에 처박혔다. 마치 거대한 손바닥에 짓눌린 것 같았다.

——이건 그때 키메라에게 오빠가 사용한 마술……?

〈마왕〉 비프론스가 보낸 이형인 키메라를 자간은 가볍게 손만 흔들어서 물리쳤다. 그걸 고메리는 손을 흔들기는커녕 시선조차 주지 않고 처리한 것이다.

이런 괴짜이긴 해도 마술사로서는 '초'가 붙을 정도로 일류이다.

마술사가 아닌 쿠로카도 알 수 있을 정도였다. 마술사 정도 되면 눈앞에 있는 할머니(미녀)가 얼마나 대단한 사람인지 모를 수가 없다.

'저 뿔과 정신 나간 말과 행동……. 어쩌지, 이 녀석, 《요부》 고메리다.' '제길, 왜 이런 곳에? 녀석의 근거지는 큐아노에이데스잖아.' '눈 맞추지 마. 무슨 짓을 당할지 모른다고!' '안 돼! 이 녀석의 근처에 있다가는 변태로 오해받을 수도 있어!'

두려움보다는 엮이고 싶지 않은 마음이 더 큰 눈치였지만, 주위 손님들은 동요하며 거리를 두었다.

골치 아픈 노파는 여전히 뭔가 중얼거리고 있었다.

"이 방향…… 설마 자간 성인가? 하지만 이 사랑의 힘은 왕의 것이 아닌데. 지금 그 성에 이 정도 사랑의 힘을 가진 자라면……! 설마 알시에라 아가씨?"

"알시에라 님?"

그냥 흘려들을 수 없는 이름이 나오자 쿠로카는 자기도 모르게 반응했다.

그 목소리에 정신을 차렸는지, 미녀 할머니는 그제야 의자 하나에 다시 앉았다. 같은 테이블에 앉아 있던 손님이 허둥지둥 도망쳤다.

"크, 생각해 보니 성벽의 덩어리 같은 그 꼬마가 연애 한 번 안 해봤을 리 없지! 좀 더 주의 깊게 관찰해야 했는데. 왜 다들 내가 없는 곳에서 사랑의 힘을 뿜어대고 다니는 거지?!"

……전혀 제정신으로 돌아오지 않았다.

쿠로카는 한숨을 쉬었다.

――샤크스 씨, 빨리 돌아오면 좋겠는데.

현재, 쿠로카와 샤크스는 이 마을에서 어떤 조사를 하는 중이었다. 이 할머니가 왜 여기 있는지는 모른다.

쿠로카는 교회 측, 샤크스는 마술사 측의 탐문 조사를 하느라 둘로 나뉘어 행동하고 있었다.

보는 것처럼 이 오리히오는 마술사가 큰 영향력을 행사하는 마을이다. 교회의 존재는 어디까지나 표면적인 것에 지나지 않아서 얻을 수 있는 정보도 얼마 되지 않았다. 그래서 쿠로카의 탐문 조사는 이미 끝난 상태였다.

그래서 약속한 합류 장소인 술집으로 돌아와 보니 이 노파가 소란을 피우고 있었던 것이다.

일단은 휘말리고 싶지 않아서 쿠로카는 조용히 카운터에 걸터앉았다.

"우유 하나 주세요."

"……아가씨, 여긴 술집인데?"

아무래도 술을 주문해야 하는 모양이다.

——술은 쓰기만 해서 도무지 좋아할 수가 없는데…….

당연히 술 이름 같은 건 모른다. 거친 사람들이 드나드는 곳이라 그런지 메뉴판도 보이지 않았다.

쿠로카는 어쩔 수 없이 가게 주인에게 말했다.

"그럼, 순한 술로 추천해주세요."

초보자에게 맞는 술이 있긴 할까 싶었지만, 가게 주인은 망설임 하나 없이 커다란 잔에 금빛 액체를 따랐다. 색은 맥주와 비슷했지만 거품은 거의 없었다. 증류주 계열일까? 안타깝지만 보기만 해선 종류까지 알 수는 없다.

그런데 이번에는 커다란 스푼으로 벌꿀을 대담하게 퍼 넣고 섞기 시작했다.

——벌꿀을 이렇게나 많이…….

왠지 어린애 취급을 받는 것 같아서 한마디 하고 싶었지만, 어쩌면 원래부터 그런 술일지도 모른다. 쿠로카는 가게 주인이 술을 섞는 모습을 가만히 지켜보고 있었다.

"……자, 나츠우메슈다."

눈앞에 놓인 잔에 얼굴을 가까이 대고 향을 맡아본다. 달콤하면서도 새콤한, 독특한 향기였다.

——아, 이건 고향 마을에서 맡아본 적 있는 향……인데?

정확히 어떤 냄새인지 설명하긴 어렵지만, 가끔 이런 향이 감돌곤 했던 기억이 있다.

묘하게 그리운 느낌에 쿠로카의 머리 위에 달린 삼각형 귀가 움찔움찔 떨렸다. 좋은 술인이 어떤지는 모르지만, 향기는 마음에 들었다.

막 잔에 입을 대보려던 순간이었다.

"——나는 증류주로 부탁해!"

발작은 멈췄는지 고메리가 아무렇지도 않게 옆자리에 털썩 앉았다.

"……저기, 무슨 용건이신지?"

"키히히, 우문이군. 내가 이런 곳에 오는 이유라고 해봤자 하나밖에 더 있나?"

"스토킹입니까?"

"왕이 보내서 왔다고 했잖아……."

의외로 정상적인 답이 돌아오자 쿠로카는 당황했다.

——그럼 좀 더 진지하게 행동했으면 좋겠는데…….

자간의 성에서 몇 번 얼굴은 본 적 있었지만, 통 익숙해지지 않았다. 만날 때마다 사랑의 힘이니 뭐니 하면서 항상 이런 식으로 소란을 피운다. 사이좋게 지내는 건 애초에 무리였다.

쿠로카의 속내를 읽은 듯 고메리는 고개를 깊이 끄덕였다.

"물론 네가 말하는 목적도 부정하진 않지만!"

"그건 부정해 주셨으면 좋겠는데요."

고메리의 앞에도 술잔이 놓이기를 기다리며, 쿠로카는 물었다.

"그래서, 용건이 뭔가요? 샤크스 씨는 아직 안 왔는데요."

"말이 나왔으니 말인데, 그 남자는 좀 괜찮다 싶으면 이 모양이라니까. 이런 마을에서 여자 혼자 다니게 놔두는 건 납치라도 해 달라고 부탁하는 거나 마찬가지 아닌가?"

뜻밖의 말에 쿠로카는 목소리를 높였다.

"그, 그건! 내가 둘로 나뉘어 움직이는 게 더 효율적이라고 해서……."

"그래도 그건 아니지. 네 실력이야 뛰어나지만 그래도 넌 희귀종이야. 그리고 여긴 마술사들의 마을이고."

"아……."

보통 고양이 수인이라면 마술사들이 신경도 쓰지 않겠지만, 쿠로카는 '캣 시'라 불리는 희귀종이다. 게다가 인간의 귀와 고양이 귀를 모두 가진 '네 개의 귀' 소유자다. 교회와 〈마왕〉 자간의 비호 아래 있지만, 언제나 위태로운 처지라는 건 변함없다.

——혹시 그래서 날 지켜준 건가?

실은 고메리의 기행 덕분에 쿠로카 근처에 오려는 사람은 아무도 없었다. 자신을 걱정해줬다고 생각하니 그 괴상한 행동도 쉽게 나무랄 수는 없었다.

하지만 샤크스의 책임은 아니라서 쿠로카는 머뭇거리며 말했다.

"제 판단이 경솔했던 건 인정하지만, 그렇다고 샤크스 씨 잘못은 아니에요."

"흠. 과연 그럴까."

고메리는 눈을 가늘게 뜨며 쿠로카를 흘겨봤다.

"그럼 지난 사흘 동안, 그 녀석이 너한테 무슨 짓을 했는지 말해봐."

"그건, 이것저것 많이 도와주셨어요. 이동 중엔 제 꼬리가 안 보이게 상의나 로브를 빌려주셨고, 밤에 추워서 떨고 있으면 망토를 덮어주시기도 했고요. 게다가……."

"흠흠! 그래서?"

눈을 번득이는 고메리는 코피를 뚝뚝 흘리고 있었다.

"……저기요."

"앗! 이래선 안 되지. 사랑의 힘이 너무 고조된 것 같은데. 아니, 나는 신경 쓰지 말라니까. 좀 더 자랑해도……가 아니라 얘기해도 돼."

"……."

쿠로카는 순간 속아 넘어간 자신을 자책하며 고메리를 노려봤다.

하지만 고메리는 그런 따가운 시선 따윈 아랑곳하지 않고, 얼굴을 쑥 들이밀었다.

"그래서 로브를 빌려줬다고? 그 얘기, 좀 더 자세히 들을 수 있을까?"

"그, 그냥 빌려준 게 다예요! 이상한 일은 전혀……."

"아니, 아주 중요한 일이야! 그 녀석이 로브를 여벌로 하나 더 들고 다닐 것 같아? 아니지! 그렇다면 입고 있던 로브를 그대로 빌려줬다는 말이잖아?"

"그게 뭐 어때서요! 그야, 조금 더러워지긴 했지만, 그건……."

"으으음, 남친 셔츠! 그래서 헐렁한 소매를 주체하지 못하고 '음, 그치만 샤크스 씨, 이건 좀 큰 것 같은데요'라거나 '샤크스 씨의 냄새가 나요'라고 말했을 때의 그 녀석의 반응이 궁금한데."

고메리가 토씨 하나 틀리지 않고 맞추자 쿠로카는 자기도 모르게 벌떡 일어났다.

"——읏, 그걸 어떻게 알죠? 설마 다 보고 있었던 거예요?!"

버럭 소리를 질렀다가 그제야 정신을 차렸다. 큰소리를 내는 바람에 가게 안에 있는 손님들의 시선이 쏟아졌다.

얼굴이 새빨개진 채로 있자 고메리는 거기에 쐐기를 박듯 중얼거렸다.

"어라, 진짜 그렇게 말했어?"

"~~~읏."

더는 참기 힘들어진 쿠로카는 쓰러지듯 카운터에 엎드렸다.

"아, 아니야. 놀리려고 한 건 아니야. 나는 그런 어프로치가 없으면 사랑의 힘을 고조시켜서 그 벽창호에게도 유효한 조언을 해 주려고 그랬지…….”

——하지 마. 이럴 때 다정하게 굴지 마!

울음이 터질 것 같아서 떨고 있는 쿠로카의 어깨에 고메리가 슥 손을 올렸다.

“이 말만은 반드시 해야겠군. ……나이스 사랑의 힘. 그대는 아름다워.”

——역시 마술사는 너무 싫어요!

마음속으로는 욕을 했지만 입 밖으로 꺼낼 기력은 남아 있지 않았다.

그 무렵에야 드디어 샤크스가 돌아왔다.

늘씬한 장신이지만 새우등을 한 자세 때문에 살짝 작아 보였다. 다갈색 머리는 덥수룩하고 다박나룻까지 길러서 별로 볼품없는 외모를 가진 청년이다.

“……이런, 또 무슨 난리가 났던 거지?”

쿠로카는 도저히 대답할 마음이 들지 않아서 카운터에 엎드려 있자 고메리가 자못 유쾌하게 말했다.

“요 며칠, 너희 둘 사이에 얼마나 진척이 있었는지 듣고 있었다. 아주 맛있었다고만 말해두지.”

“고메리 누나, 쿠로스케 좀 놀리지 마. 아무리 검을 들고 있어도 이 녀석은 **평범한 여자아이**란 말이야.”

“평범…… 으음.”

심장을 두들겨 맞은 것 같은 충격에 쿠로카의 입에서 신음이 흘러나왔다.

——그러면 평소에도 여자처럼 대해주세요……. 아, 잠깐. 그런데 로브도 빌려줬고, 가만히 생각해 보면 여자로 대해준 것 같은데? 에, 어라?

이제야 그 사실을 깨달은 쿠로카는 자신의 얼굴이 새빨개지는 것을 느낄 수 있었다.

엎드려 있기를 잘했다.

"이런……. 쿠로카 아가씨, 귀가 새빨간데, 괜찮나?"

전혀 괜찮지 않았다.

그때 샤크스가 끼어들었다.

"적당히 해. ……그런데 왜 고메리 누나가 왔지? 정기 연락치고는 좀 요란한 것 아닌가?"

맞는 말이었다. 이래 봬도 이 할망구는 〈마왕〉의 오른팔이다. 그런 사람이 직접 움직인다는 건 꽤 큰일이라는 뜻이다.

그런데 고메리는 별일 아니라는 듯 웃었다.

"너희가 출발한 지 사흘이 되었으니 슬슬 뭔가 포착해서 도움이 필요할 거라는 왕의 지시가 있었다."

쿠로카와 샤크스가 찾고 있는 건 시어칸과 비프론스의 행방이었다.

이동하는 데만 하루가 걸려서 실제로 조사한 건 오늘까지 포함해서 이틀이었다.

고작 이틀이긴 하지만, 각각 교회와 〈마왕〉으로 이루어진 연맹의 지시에 따라 움직이고 있다 보니 놀랄 정도로 쉽게 정보를 모을 수 있었다. 오리히오가 교회와 마술사가 유착한 마을이라는 점도 크다. 이곳에는 양쪽의 정보가 남김없이 다 모였다.

샤크스가 덥수룩한 머리를 긁적이며 탄식했다.

"……여전히 우리 보스는 무섭다니까."

"키히, 높은 평가를 받고 있다는 뜻이니 그냥 기쁘게 받아들이는 게 어떤가?"

"아──, 그, 내가 말한 무섭다는 뜻은 보지도 않았으면서 이쪽의 상황을 꿰뚫어 보고 있다는 거야. 고메리 누나, 왜 키메리에스 나리가 아니라 당신을 보낸 거지?"

글쎄, 하며 고메리는 고개를 갸웃거렸다.

"그러고 보니, 발이 빠른 키메리에스가 전력으로는 더 적합하긴 하군."

쿠로카도 샤크스가 무슨 말을 하려는지 짐작할 수 있었다.

"……우리가 단서를 찾기 전까진 신분을 감추는 게 좋겠지. 하지만 잘못한 게 하나도 없는 마술사들이라면, 머지않아 훼방꾼을 처리하려 들 거야."

암부(暗部)에 있었을 때, 쿠로카는 오히려 그런 식으로 표적을 유인해 내기도 했다.

그 말을 들은 샤크스는 칭찬하듯 쿠로카의 머리를 살짝 쓰다듬어 주었다.

손은 크고 따뜻했지만 손끝은 거칠고 너덜너덜해서 뭐라 설명하기 어려운 감촉이었다. 조용히 어루만져주는 것 같은 손길에 동요하던 마음도 조금씩 진정되는 게 느껴졌다.

"그렇다면 우리와 접촉하는 사자는 오히려 눈에 띄는 게 낫겠지. 《요부》 고메리가 〈마왕〉 자간의 복심이라는 건 누구나 아는 사실이고, 그런 것도 모르는 **가짜**라면 적대시해도 아무 문제 없으니까."

사실, 이 노파는 쿠로카와 접촉하기 전부터 이미 소란을 일으키고 있었다.

즉, 그런 식으로 쿠로카와 샤크스가 자간의 관계자거나 협력자일 수 있다는 점을 주변에 알린 셈이다.

이런 곳에서 푼돈이나 벌고 있는 마술사들 중 자간의 분노를 감수하면서까지 쿠로카 일행을 공격할 자는 없을 것이다.

그런데 고메리는 어이없다는 듯 한숨을 내쉬었다.

"그런 일에는 머리가 잘 돌아가면서, 왜 그렇게 벽창호인 거냐?"

"내가 지금 왜 야단을 맞아야 하는지 모르겠군."

샤크스는 억울하다는 듯 소리치며 고메리를 밀어내고는 쿠로카 옆에 앉았다. 아직 충격에서 벗어나지 못한 쿠로카를 위해, 벽이 되어주기로 한 모양이다.

그리고는 쿠로카 앞에 놓인 술잔을 휙 낚아챘다.

"그리고 이 녀석한테 이런 거 먹이지 마. 쿠로스케한텐 아직 이르다고."

"……읏――."

또 어린애 취급이다.

쿠로카는 비난의 뜻으로 신음을 흘렸지만, 샤크스는 전혀 눈치채지 못한 듯했다. 왜 그러냐는 듯, 고개만 갸웃거릴 뿐이다.

다른 손님들도 이제 그들에 대한 관심이 사라졌는지, 술집은 다시 떠들썩해졌다.

그때를 기다렸다가 샤크스가 입을 열었다.

"——마력을 찾을 수 없다면**물건**의 행방을 찾아라—— 보스의 예상이 맞았어. 최근 3개월 동안, 누군가 일부 마술 도구를 대량으로 사재기했다더군."

쿠로카와 샤크스가 찾고 있는 건 시어칸과 비프론스. 두 〈마왕〉의 위치였다.

상대가 〈마왕〉 정도 되면, 마술로 추적하는 건 거의 불가능에 가깝다. 특히 비프론스는 과거에 호되게 당한 경험이 있어 이미 철저한 대책을 마련해 놓았다고 한다. 그렇다 보니 이렇게 몇 개월이나 교착 상태가 이어지고 있는 것이다.

그래서 자간은 마술이 아닌, 다른 방법으로 추적하기로 했다.

——마술은 무(無)에서 무엇이든 만들어내는 편리하기만 한 게 아니다——.

비프론스와 시어칸. 〈마왕〉이 둘씩이나 있다면, 마술 도구나 촉매도 그에 걸맞게 상당한 양을 축적해 두었을 것이다. 경우에 따라서는 자체적인 제조 시설까지 갖추고 있을 가능성도 있다. 그렇다면, 그들은 연 단위의 농성을 계획하고 있을지도 모른다.

그런데 아이러니하게도 외부와 아무 접촉 없이 그런 시설을 몇 달이나 가동하는 건 불가능에 가깝다.

단순한 공격이나 강화 마술이라면 마력만으로도 가능하겠지만, 합성생물이나 호문쿨루스 같은 경우에는 촉매와 약제 같은 부수적인 재료가 반드시 필요하다.

그런 것들을 자체적으로 제조하고 유지하려면 방대한 마력이 필요하고, 마을 하나 정도는 되는 규모의 시설이 뒷받침돼야 한다. 게다가 전면적인 가동을 위해서는 일손이 필요하고, 그 인력을 유지하려면 물자도 공급되어야 한다. 애당초 마술사도 인간이다. 생물은 살아 있는 한 음식을 섭취하고, 쓰레기도 배출하는 법이다.

그리고 그들은 지금 숨을 죽인 채 폭풍이 지나가기를 기다리는 게 아니라, 무언가를 준비 중이거나 이미 행동에 나선 상태다.

그렇다면 어디에선가 반드시 '보급'이 이뤄지고 있을 것이다.

자간이 주목한 건 바로 그 지점이었다.

진지한 이야기가 시작되자, 쿠로카도 고개를 들었다.

"〈마왕〉인데도 마술사답지 않은 움직임이네요."

"그렇지. 그, 뭐라더라? 보스는 타피=오카라는 상품을 사들이기 위해 교역을 시작했잖아? 그 일을 하면서 뭔가 깨달은 모양이야."

타피=오카 주스 때문에 계획이 들통났다는 걸 알면, 비프론스와 시어칸은 어떤 표정을 지을까. 쿠로카조차, 아주 조금이나마 동정심이 들었다.

"매입은 여러 지역에서 이루어진 것 같지만, 물자의 운반에는 교회의 루트가 이용된 것으로 보입니다. 소량이라면 몰라도 대량의 상품은 결국 공식적인 무역 경로를 이용할 수밖에 없으니까요."

이런 점이 바로 마술사의 단점이다. 그들은 좋든 싫든 개인주의적인 존재라 협력 관계를 유지하기 어렵고, 기술을 감추려는 성향도 강해서 교역이나 상업과는 잘 맞지 않는다.

그러니 결과적으로, 물류나 식수, 식량 같은 생활 인프라는 교회와 같은 공식 단체가 장악하게 된다. 〈마왕〉이라 할지라도 결국은 그 교역망에 의존할 수밖에 없는 것이다.

흥미를 느낀 듯, 고메리의 눈이 가느스름해졌다.

“그래서, 그 물건은 뭐였지?”

“영약(엘릭서)이야. 약으로도 쓰이지만 주된 용도는 호문쿨루스의 보존액이지.”

그 약을 처음 개발한 사람은 호엔하임이라는 아주 옛날에 살았던 마술사다. 마술 중에서도 연금술이라는 분야를 확립한 인물로, 호문쿨루스의 창시자이기도 하다. 당연히 교회에서는 그를 피도 눈물도 없는 악마로 전하고 있다.

그런데도 교회는 이 꺼림칙한 약제를 약으로 사용하고 있었다.

이유는 의외로 속물적인데, 이 약은 일반 대중에게까지 효능이 알려진 덕분에 아무리 규제해도 밀수와 밀조――마술사가 만드는 거니 밀조라고 부르기도 애매하지만――가 끊이지 않아 결국 박멸이 불가능하기 때문이다.

그래서 차라리 통제할 수 없는 밀거래를 내버려두느니, 교회에서 정식 '상품'으로 취급하는 편이 **낫다**는 결론을 내린 셈이다.

고메리가 고개를 갸웃거린다.

“엘릭서? 그러고 보니 〈아시엘 이메라〉 때 불량품 호문쿨루스

들이 배회하고 있었지.”

그 불량품 중에는 쿠로카의 어머니도 있었다.

——웃으며 살자고, 그때 결심했어요.

그래도 어머니의 마지막 모습이 뇌리에서 떠나지 않았다.

무의식적으로 팔을 움켜쥐자, 샤크스가 아무 말 없이 조용히 손을 겹쳐 잡아주었다. ……조금이지만 마음이 편해지는 것 같았다.

고메리가 흐음, 하고 신음을 흘렸다.

“엘릭서 자체는 그리 희귀한 것도 아니지. 그걸 굳이 분산해서 매입했다는 건 그쪽에서도 그 루트로 추적당할 거란 걸 예상했다는 뜻 아닐까?”

“아니, 꼭 그런 건 아닐 거야. 단순히 한 점포에서 감당할 수 있는 양이 아니었기 때문일 수도 있어.”

샤크스의 말에 고메리의 눈이 동그래졌다.

“그렇게 양이 많단 말이야?”

“그래. 만약 호문쿨루스를 만들었다면 수만 단위로 만들었을 거야. 물론 그렇게 대규모로 호문쿨루스를 제조할 수 있는 시설을 갖추는 건 〈마왕〉에게도 쉬운 일은 아니겠지만.”

“만 단위라고?”

그 말에 고메리도 아연실색할 수밖에 없었다.

하지만 만 개나 되는 호문쿨루스를 만드는 것도, 그것을 조종하는 것도 쉬운 일이 아니다. 설령 〈마왕〉이라 할지라도 말이다. 게다가 샤크스가 언급한 제조 문제도 있다. 호문쿨루스를 만드는 재료는 될지라도 호문쿨루스 자체를 만드는 건 아닐 것이다.

샤크스는 머리 뒤로 손을 깍지 낀 채, 의자 등받이에 몸을 기댔다.

"보스는 시어칸에게 자신 이외의 〈마왕〉을 적으로 돌려도 싸울 수 있는 대책이 있을 거라고 했었지. 처음엔 설마 했는데 이렇게 많은 물자를 모은 걸 보니 꼭 틀린 얘기도 아니었는지도 몰라."

그럼에도 현재 시어칸 일당의 상황을 보면, 단순한 눈속임을 위해 그런 대량의 물자를 준비했다고 보긴 어렵다.

"호문쿨루스는 아닐지도 모르지만, 어떤 형태로든 병력을 준비하고 있다고 봐야 할 것 같습니다."

〈마왕〉이 군을 일으키는 건 전례가 없는 일이다. 수십 명의 부하를 거느린 자간조차 이질적이라는 평가를 받는데, 만 단위 병력을 보유한 〈마왕〉이 등장한다면 교회조차도 감당하기 어려울 것이다.

고메리는 정보를 정리하는 듯 잠시 생각에 잠기더니, 이내 입을 열었다.

"만약 그게 사실이라면, 협력하고 있는 건 시어칸과 비프론스뿐만이 아닐지도 몰라. 적어도 〈마왕〉이 한 명 정도는 더 있어야 해. 안 그러면 그 병력을 운용하는 데 필요한 마력이 부족할 테니까⋯⋯ 옳거니, 그랬군."

그 말에 세 사람은 동시에 머리를 감싸 쥐었다.

"그래서 안드레알푸스인가."

"그렇겠지."

"그렇게 봐야겠죠."

〈마왕〉 안드레알푸스의 소식이 끊어진 지 한 달. 자간도 그가 반격을 당했을 거라 보고 있었다.

——그 무시무시한 〈마왕〉이 졌다니…….

안드레알푸스가 시간을 멈추고, 성검의 진정한 힘을 다루는 반칙에 가까운 능력을 발휘하는 모습을 쿠로카도 본 적이 있다. 자간이 정면으로 도전해서 그렇게 많은 피를 흘린 건 처음 봤다.

그런 자가 패배했다니, 도대체 무슨 일이 벌어지고 있는 걸까.

짧은 침묵 뒤에 샤크스가 입을 열었다.

"그럼 우리는 물자 운반을 방해하는 쪽으로 움직이는 건 어떨까 싶은데."

"기각. 너희 임무는 시어칸과 비프론스의 위치를 찾는 거잖아?"

"그래도 그냥 두고 볼 순 없잖아요."

쿠로카도 한마디 거들었지만 고메리는 어이없다는 듯 고개를 저었다.

"그래서 왕이 너를 보낸 거잖아?"

"""아."""

——오빠는 도대체 어디까지 내다보고 있었던 걸까요.

그 성…… 아니, 큐아노에이데스에 있으면 네피 때문에 늘 안절부절못하는 흐뭇한 오빠지만, 적으로 돌리면 이토록 무서운 사람이다.

고메리는 자리에서 일어났다.

"이런, 밤에는 성으로 돌아갈 수 있을 줄 알았는데 아무래도 조금 늦겠군."

뚝뚝거리는 소리를 내며 어깨를 돌리는 고메리를 향해, 쿠로카는 다소 어색하지만 진지한 눈길을 보냈다.

"……저기, 조심히 돌아가세요."

"키히, 너야말로 열심히 해. 돌아가면 농후한 연애 이야기를 기대하고 있으마."

"과연 그런 일이 일어날까요?"

쿠로카가 냉담하게 말하자 노파도 침통한 표정을 지었다.

그러더니 샤크스를 날카롭게 노려본다.

"가기 전에 하나만 확인하자. 방은 어떻게 쓰고 있지? 설마 쿠로카 아가씨랑 같이 쓰고 있는 건 아니겠지?"

"말이 되는 소릴 해. 그랬다간 라파엘 님한테 죽는다고."

쿠로카의 얼굴이 굳었다.

——그건 이해하지만, '말이 되는 소릴 해'는 너무 심한 거 아니에요?

물론 의붓아버지인 라파엘이 과보호를 하는 건 사실이지만, 이건 마치 쿠로카 옆에는 절대 있고 싶지 않다는 말처럼 들리지 않는가.

고메리는 그런 샤크스를 수상쩍은 눈초리로 바라봤다.

"뭐? 잠든 쿠로카한테 망토를 덮어주지 않았어?"

"앗, 아니, 그건, 첫날엔 숙소를 못 잡아서, 어쩔 수 없이……."

샤크스는 순간 횡설수설하다가 이내 의연한 표정으로 말했다.

"확실히 말하지. 난 쿠로스케 같은 아이에게 손을 댈 정도로 한

심한 놈은 아니야."

머릿속에서 뭔가가 뚝 하고 끊어지는 소리가 들렸다.

"——너무해!"

쿠로카는 자기도 모르게 카운터를 세게 내려치면서 벌떡 일어섰다.

"왜 샤크스 씨는 늘 그렇게 사람을 어린애 취급하는 거예요!"

그렇게 다정하게 지켜줬으면서, 쿠로카의 마음은 전혀 눈치채지 못했다는 말은 절대 못 하게 할 테다.

쿠로카의 감정을 어렴풋이 눈치채고 있으면서도 아무것도 모르는 척 이렇게 심한 말만 한다. 절대로 용서 못 해.

울고 싶지 않았는데, 어느새 눈앞이 흐려졌다.

평소와 달리 심각한 얼굴을 하고 있는지, 샤크스도 깜짝 놀라 당황하기 시작했다.

"자, 잠깐만! 아니야! 방금 한 말은 그냥 농담이라고 할까……."

"머, 멍청한 놈, 빨리 사과해! 난 잘못한 것 없다!"

"그건 아니잖아, 누님!"

이 상황에서도 조심스럽게만 대하다니, 그렇게 자신이 부담스러웠던 걸까.

쿠로카는 샤크스가 멀찍이 치워둔 술잔을 거칠게 집어 들었다. 그 바람에 술이 좀 흘렀지만, 그건 알 바 아니다.

"나는 어린애라는 말을 들을 나이도 아니고, 이렇게 술도 마실 수 있어요!"

"아, 바보야! 그건――." "그건 안 돼―!"

당황한 두 마술사는 말리려 했지만, 쿠로카는 이미 술잔을 입에 댄 상태였다.

방금 술이 흐르는 바람에 반밖에 남지 않아서 단숨에 다 마셔 버렸다.

그런데 쿠로카가 깜빡한 게 하나 있었다.

자신이 유례없는 불운 체질이라는 사실을.

――……? 어쩐지 맛이 이상해…….

대량대량의 벌꿀이 들어간 덕분에 맛은 달지만, 과자 같은 달콤함과는 달랐다.

우메(매실)니 어쩌니 했던 것 같은데, 매실 맛은 나지 않았다. 어른들은 이런 걸 맛있다고 하는 걸까? 맛은 잘 모르겠지만, 마셨다고 뭐가 달라지진 않았다.

"이걸로――."

막 말을 꺼내려는 순간, 시야가 일그러졌다.

"에……?"

머리가 지끈거리고 뜨거웠다. 아니, 머리뿐만이 아니다. 가슴이, 배 속이, 온몸이 뜨거웠다.

더는 서 있기 힘들어지자 샤크스가 얼른 부축했다.

"――아앗?"

그의 손이 닿는 순간, 소름이 돋았다.

……아니, 소름이라고 하기엔 너무 강렬했다. 전류처럼 간질간질하면서도 좀 더 만져줬으면 싶은, 지금껏 느껴본 적 없는 낯선

감각.

“뭐 하는 거야! 얼른 토해!”

“머가 그러케…… 음냐.”

쿠로카는 토하란다고 토할 만큼 요령 좋은 사람이 아니다.

그런데 지금은 혀가 잘 돌아가지 않았다.

고메리도 머리를 싸매며 술잔을 들었다.

“이런 부주의했군. 내가 마셔야 했는데.”

“아니, 누님 잘못이 아니야. 내가 제대로 설명했어야 했어.”

또 어린애 취급을 당했지만, 지금 꼴로는 반론도 할 수 없었다. 고작 술 한 잔에 이렇게 돼버린 쿠로카는 어린애라는 말을 들어도 할 말이 없었다.

하지만 뒤이어 샤크스가 꺼낸 말은 예상과 달랐다.

“술이 마시고 싶었던 거면 다음에 가르쳐줄게. 하지만 이건 곤란해.”

“하앙……?”

샤크스는 침통한 표정으로 이렇게 말했다.

“나츠우메는 개다래를 말하는 거다.”

쿠로카는 무슨 말인지 알 수 없었다.

——개……다래……?

고양이가 좋아하는 식물이라는 것 정도는 알고 있다. 분말로 만들거나 쥐어짜거나, 열매를 그냥 먹기도 하는 등, 다양한 조리법이 있다고 들었는데, 개다래를 섭취한 고양이는 술에 취한 것 같은 상태가 된다고 한다.

묘수인이나 캣 시도 예외는 아닌지, 돌이켜보면 고향 마을에서도 개다래를 재배했던 기억이 있다. 하지만 어른들의 기호품 같은 거라 어린아이는 개다래 나무 근처에도 가지 못하게 했었다.

그래서 실제로 먹어본 적은 당연히 없지만…….

"으으…… 읏, 하아…… 하아……"

흘러나온 목소리는 도저히 자신의 것이라 믿기 어려울 정도로 묘한 색기가 흘렀다.

이젠 앉아 있는 것조차 힘들어서 샤크스에게 거의 매달리다시피 하고 있었다.

심장이 빠르게 뛰고 호흡은 점점 거칠어졌다. 숨을 쉴 때마다 머릿속이 울리는 듯했다. 하지만 그보다 더 심각한 문제는 속옷이었다. 살짝 지린 건 아니지만, 거의 일어나기 힘든 상태였다.

이런 게 바로 술에 취한 상태인 걸까?

눈물을 글썽이며 올려다보자 샤크스는 보기 드물게 얼굴까지 새빨개져 당황했다.

"흐아앗, 지, 진정해, 쿠로스케!?"

당황해서 어쩔 줄을 몰라 하는 샤크스를 보다 못한 고메리가 나섰다.

"하아…… 넌 그냥 가만히 있어. 쿠로카 아가씨, 진정하고 내 말 잘 들어."

그렇게 운을 떼더니 쿠로카의 머리에 있는 사람의 귀를 향해 얼굴을 가까이 대고 작게 속삭였다.

'나츠우메슈는 우리에겐 진미 중 하나이지만 묘족에겐 발정을 유발하는 효과가 있다더군.'

머릿속이 새하얘졌다.

——발, 정……?

즉, 뭐지? 지금 이 이변은, 설마 그런 건가?

멍하게 있는 쿠로카의 어깨를 고메리가 툭 친다.

"괜찮아. 이제 아무도 널 어린애 취급 못 하게 됐다. 키히히."

"——q아w세drfgty아허……?"

제대로 된 말을 이루지 못하는 비명을 지르자 고메리는 샤크스의 등을 밀었다.

"그럼! 나는 왕에게 받은 임무가 있어서 이만 실례하지! 나중에 자세한 보고, 부탁하마!"

"쓸데없는 말 좀 그만해! 그보다 쿠로스케는 어쩔 거야!"

"……방이라면 2층에 있다."

이런 술집의 2층은 보통 숙박도 겸한다.

그리고 종종 '그런' 용도로도 사용되는 공간이라는 건 쿠로카도 알고 있었다.

재밌어서 미치겠다는 얼굴로 웃는 고메리. 새빨개진 얼굴로 당황하는 샤크스. 사랑싸움이라면 밖에서 하라고 말하는 듯 얼굴을 찌푸리는 술집 주인.

그 모든 게 빙글빙글 돌더니 시야가 점점 어두워졌다.

——그냥 될 대로 되겠지!

그리고 쿠로카는 의식을 놓아버렸다.

◇

"——알시에라의 연애담이 듣고 싶어."

쿠로카가 궁지에 빠진 것을 알 리 없는 이곳에서 알시에라 또한 시련에 직면해 있었다.

하지만 그 사실을 자각하지 못한 알시에라는 포레의 말에 고개를 갸웃했다.

'연애담'이라는 게 뭐지?

——연애담…… 연애답? 아니, 연애땀? 젊은 애들 사이에 유행하는 말인가요?

천년이나 류카온에 틀어박혀 있어서 그런지, 가끔 요즘 사용하는 말을 이해하지 못할 때가 있다. 이것도 그런 것 중 하나인가?

아무리 생각해도 이해가 안 돼서 되물었다.

"연애담이라는 게 뭔가요?"

"사랑 이야기. 좋아하는 사람과 관련된 거 말이야."

설명을 들은 알시에라는 그제야 고개를 끄덕였다.

"아아, 그렇군요. 연애 말이군요…… 에엥?"

최근 몇 세기 정도는 나온 적이 없는 목소리가 튀어나왔다.

포레는 심상치 않은 기대감이 어린 눈빛을 보내고 있었다.

"응. 알시에라가 어떤 사랑을 했는지 알고 싶어."

"후……후후, 불사자에게 구애해 봤자 이루어질 일은 없답니다. 게다가 이런 외모를 가진 저에게 구애할 남자가 대체 어디에 있겠어요?"

불사자의 몸은 시체다. 안아봤자 차갑기만 하고 아이도 가지지 못한다. 안지도 못하고, 외모는 어려 보여도 사실은 천 살이 넘은 여자를 좋아할 남자가 있다면, 그건 상당히 비틀린 성벽의 소유자일 것이다.

보통은 이 정도로 대답하면 넘어갔는데, 포레는 절대 그런 빈틈을 주지 않겠다는 듯 부정했다.

"——있었던 거 알아."

"……그러고 보니, 그랬군요."

이 소녀에겐 들키고 말았다.

——그야 은안의 왕 앞에선 못 할 이야기지만요…….

살짝 당황했지만, 알시에라는 씁쓸하게 웃었다.

"**불사자가 된 후로** 누군가와 그런 사이가 된 적이 없는 건 사실이에요."

어물쩍 넘어가려는 대답이었지만, 포레는 기분 상한 기색 하나 없이 생각에 잠겼다.

"왜? 마술사라면 같이 계속 살 수도 있잖아."

그 순수한 말에, 알시에라는 그녀의 머리를 쓰다듬어 주었다.

"포레, 당신 주위에 있는 마술사는 상당히 특이한 자들뿐이라는 건 알고 있죠?"

원래 마술사는 철두철미하게 자기밖에 모르는 족속들이다. 누군가를 사랑한다는 건 있을 수 없는 일이었다.

그렇지만 천년이란 세월 동안 그렇게 특이한 사람이 한 명도 없었던 건 아니다.

그녀를 동정한 사람은 있었다.

진심으로 사랑해 준 이도 있었다.

그런 그들의 존재를 부정하는 건 아무리 알시에라라도 오만한 짓이다.

알시에라는 옛 추억을 떠올리듯 고개를 끄덕였다.

"……맞아요. 그런 식으로 접근해 온 사람도 있긴 있었죠."

"그런 이야기도 괜찮아. 듣고 싶어."

포레도 '진짜 사랑' 이야기를 해줄 것이란 기대는 하지 않았다. 왠지 말려든 듯한 기분이 들었지만, 알시에라는 어쩔 수 없이 딱 하나만 이야기해 주기로 했다.

"그래요……. 그럼, 유령선 이야기는 어떨까요?"

"유령선?"

"네. 몇 백 년 전이더라? 류카온 근해에서 싸운 흔적 하나 없이 승조원이 전원 실종된 사건이 있었어요."

포레가 고개를 갸웃했다.

"마술사의 소행?"

"후후, 결론을 재촉하면 안 되죠."

검지를 입술에 댄 알시에라는 문득 기시감을 느꼈다.

——릴리스가 외톨이가 되었을 때도 이런 식으로 자주 얘기를 나누었죠.

고작 몇 년 전. 알시에라에게는 그리워할 정도로 옛날 일은 아닌데 꽤 예전 일처럼 느껴졌다.

그리운 기억을 마음 한편에 묻고, 그녀는 이야기를 이어갔다.

"당시 네프티나 아가씨까지 실종되는 바람에 제게도 협조 요청이 들어왔어요. 마침 심심하던 참이라 잠깐 도와주기로 했죠."

포레가 의외라는 듯 눈을 동그랗게 떴다.

"네프티나라면 셀피 말이야?"

"네. 지금이야 상당히 독특한 사람으로 자랐지만요."

마술사 소굴에 있으면서도 주위 분위기도 파악하지 못하고, 가끔 묘하게 뼈 있는 말을 하곤 한다.

——그런 점은 '그분'을 꼭 빼닮았죠.

외모도 성격도 전혀 닮지 않았지만, 언행이며 '노래'에서 그 사람의 그림자가 보인다. 어쩌면 세 왕가의 소꿉친구들 중에서 그 소녀를 가장 주의해서 지켜봐야 할지도 모른다.

물론 지금은 별로 상관없는 이야기지만. 알시에라는 콜록, 가볍게 헛기침을 하고 이야기를 다시 이어갔다.

"네프티나 아가씨 같은 인물이 사라졌다면 그냥 넘길 수는 없는 문제이니까 제가 직접 유령선에 오르기로 했죠. 그런데 정작 그 배 자체가 자취를 감춰서 찾아내는 것만으로도 꽤나 고생을 했답니다."

그 말을 들은 포레가 고개를 갸웃거렸다.

"흡혈귀는 바다 위에서도 괜찮아?"

"바로 그 점이에요."

흡혈귀는 불사자 중에서도 최고 등급에 속하지만, 실제로는 약점투성이이기도 하다. 우선 햇빛에 약하다. 약한 개체는 순식간에 재로 변해버린다.

그리고 흐르는 물 위를 건너지 못한다. 바다 같은 건 꿈도 꾸지 못한다.

"이래 봬도 저는 진조(眞祖)로 분류되기 때문에 재로 변하진 않지만, 배는 속이 울렁거려서 저랑 안 맞거든요."

생각만 해도 머리가 지끈거렸다.

그런 알시에라를 본 포레는 뭔가 떠오른 듯 손을 마주쳤다.

"들어본 적 있어. 인간은 배가 흔들리면 속이 안 좋아진다고."

"뱃멀미랑 똑같이 취급하지 말아 주겠어요?"

"달라?"

"……."

그 말을 들으니 왠지 자신이 없어졌다.

"뭐, 어쨌든 배는 결국 찾았고 안으로 침입하긴 했지만, 제가 한동안은 상태가 별로 안 좋았거든요."

물론 배를 통재로 없앨 힘은 남아 있었지만, 주의력은 떨어진 상태였다. 그렇다 보니 생사를 알 수 없는 네프티나와 승조원을 찾는 건 보통 힘든 일이 아니었다. 옆에서 봐도 비틀비틀하는 게, 아주 심각한 상태였을 것이다.

——**그 아이** 눈에도 그렇게 보였겠죠…….

알시에라는 원래 사람들과 잘 어울리는 성격은 아니지만, 천 년을 넘게 살아오다 보니 셀 수 없이 많은 사람들을 만났다.

그중에서도 그 소년의 얼굴은 아직도 생생하게 기억에 남아 있었다.

"그때였어요. 그 소년을 만난 건."

"배 안에서? 생존자가 있었어?"

전원이 실종되었다는 말과 모순된다는 걸 지적하고 싶었던 모양이다. 당연한 의문에 알시에라는 쿡쿡 웃었다.

"폭풍이 몰아치던 밤이었어요. 어쩌면 그 유령선이 폭풍을 불러온 걸 수도 있지만, 아무튼 운이 나빴던 거죠. 배 밖으로 튕겨 나가 표류 중인 소년이 있었거든요."

"그 애를 구해준 거야?"

"그 소년 입장에서는 오히려 민폐였겠지만요."

포레는 깜짝 놀라 눈을 깜빡였다.

"구해줬는데 왜?"

"구조된 그가 도착한 곳이 현재 승객들이 전원 실종된 유령선이었으니까요. 바다를 표류하는 게 차라리 더 낫지 않겠어요?"

못 본 척할 수 없어서 일단 구해주긴 했지만, 구해준 알시에라도 그냥 구명보트라도 내려줄 것 그랬다고 반성했을 정도다.

포레는 석연치 않은 표정을 지었지만, 다음 이야기를 재촉했다.

"어떤 아이였는데?"

"한 15~16살쯤 됐을까요. 꽤 오래 항해했는지, 아니면 밀항자였는지 꾀죄죄한 얼굴을 하고 있었지만 파란 눈동자가 정말 예뻤어요. 잘 갈고 닦고 매너도 가르치면 꽤 괜찮은 사람이 되겠다 싶었죠."

"흐음."

연애담에 흥미를 보인 것에 비해 남자에게는 별로 관심이 없는 것 같았다. 이 나이대 여자아이는 원래 이런 건지 아무래도 상관없다는 반응이었다. 알시에라는 그런 시기와는 인연이 없어서 짐작조차 가지 않았지만.

――이 아이가 이성에게 관심을 가지기 시작하면 큰일이 날 것 같지만요.

아버지, 할아버지, 심지어 할머니까지 격노할 게 눈에 선했다.

게다가 연애를 한다면 그 상대가 인간인지 용인지도 문제다. 왜냐하면 용은 이미 멸종 위기에 처했고 그녀가 마지막 개체일지도 모르기 때문이다.

친구로서 이래저래 걱정이 많았지만, 일단 이야기를 계속했다.

"일단 구해주긴 했지만 제겐 행방불명이 된 사람을 찾아야 하는 임무가 있어서 그대로 수색에 들어갔는데 그 소년도 저를 따라오더군요."

"평범한 인간이었어?"

"네. 하지만 외모만 보면 그쪽이 저보다 연상이었으니까요. 어쨌든 최선을 다해 에스코트 하려는 모습이 참 귀엽더군요."

알시에라가 옛날 일을 떠올리며 고개를 끄덕이고 있자 포레는 의아하다는 듯 고개를 갸웃했다.

"수컷인데 귀여워?"

"수컷이라도 귀여울 수 있어요."

"이해가 안 돼. 짝이 되려면 강한 개체가 더 좋은 거잖아? 귀여운 건 강한 것의 반대 아니야?"

상상 이상으로 순수한 반응에 알시에라는 미소가 절로 나왔다.

"후후, 용으로서는 아주 올바른 감성이라 할 수 있겠네요. 그런데 네피 아가씨는 은안의 왕이 강해서 짝이 된 걸까요?"

"……음. 아마, 아닐걸."

알시에라는 솔직한 소녀의 머리를 가만히 쓰다듬어 주었다.

"바로 그런 겁니다. 상대의 어디를 사랑스럽게 느낄지는 사람마다 다른 법이거든요. 그런데 정작 본인은 왜 그 점을 좋아하게 되었는지도 잘 몰라요. 그게 바로 사랑이라는 겁니다."

"……연애라는 건 너무 복잡한 것 같아."

포레가 얼굴을 찌푸리자 알시에라는 당치도 않다는 듯 고개를 저었다.

"아뇨. 이 세상에서 가장 단순한 감정 중 하나예요."

"전혀 아닌 것 같은데……."

"아뇨. 단순하기 때문에 구부러지지도 않고, 때로는 세상을 구할 수도 혹은 멸망시킬 수도 있는 힘을 가지는 겁니다. 인간이 가질 수 있는 최고이자 최악인 감정이 바로 이 사랑이라는 것이에요."

알시에라는 수없이 보아왔다.

——사랑으로 인해 세상이 멸망하는 모습도 구원받는 모습도.

그래서 지금도 믿었다.

세상을 구할 수 있는 것도, 바꿀 수 있는 것도, 현재를 살아가는 사람뿐이라고. 살아가며 사랑할 수 있는 사람뿐이라고.

생각하느라 지쳤는지 포레는 조용히 등받이에 몸을 기대었다.

"……그래서 결국 유령선은 어떻게 됐어?"

"아, 범인은 나와 같은 흡혈귀였어요. 조금 특수한 마술 도구를 손에 넣어서 텐구가 되었더군요."

그리곤 한숨을 쉬었다.

"아마 네프티나의 왕도 그 자의 성격이 좋지 않다는 걸 이미 눈치채고 있었을 겁니다."

같은 흡혈귀 중에 알시에라에게 맞설 수 있는 자는 없다. 사건의 규모에 비해 결말은 다소 싱거웠다.

"셀피의 조상은 구했어?"

"제 눈앞에서 죽은 자가 산 자의 목숨을 빼앗는 건 용납할 수 없답니다."

알시에라는 그렇게 마무리 지으며 포레의 머리를 쓰다듬어 주었다.

"포레는 아직 사랑을 사랑하는 단계예요."

"……? 사랑을 사랑해? 그게 무슨 말이야?"

"언젠가 알게 될 날이 올 겁니다."

그때는 분명 엄청난 소동이 일어날 테지만. ……주로 주위 사람들이.

알시에라는 테이블 위에 방치해둔 '천사 사냥'을 정리하며 자리에서 일어났다.

"자, 잡담은 여기까지만 하죠. 슬슬 저녁 식사 시간 아닌가요?"

"응……."

둘이 나란히 식사 준비를 땡땡이친 셈이 되었다. 그 대신 뒷정리라도 해야지, 안 그랬다간 라파엘의 불호령이 떨어질 것이다.

포레는 알시에라를 가만히 바라보며 말했다.

"다음엔, 알시에라의 진짜 사랑 이야기…… 들려줄래?"

그 말을 듣고 알시에라는 눈이 휘둥그레지나 싶더니 씁쓸하게 웃었다.

"……맨정신으로 이야기하는 건 좀 부담스러운데요."

천년이라는 인생에서도 너무나 중요한 이야기.

그런 알시에라의 얼굴을 본 포레는 놀라는 듯, 하지만 이제야 보고 싶었던 것을 봤다는 듯 눈을 반짝였다.

"그래……. 사랑을 하면 그런 얼굴을 하게 되는 거구나."

"——!"

"앗, 빨개졌다."

그 부모에 그 자식이라더니, 부녀가 나란히 사람을 마구 휘둘러댄다.

떨떠름한 얼굴로 포레를 흘겨본 알시에라는 끝까지 말하지 않았던 기억을 다시 떠올렸다.

그 이후로 두 번 다시 만나지 못한 소년. 그는 어떻게 살다가 어떻게 죽었을까.

——그대의 앞길에 빛이 함께했기를.

이름도 모르는 소년의 500년 전의 인생을 그리며.

◇

저녁 식사 후. 자간은 옥좌의 방에서 조용히 미간을 문지르고 있었다.

——이런 류의 훈련은 눈이 피로하단 말이지…….

최근 한 달, 키메리에스와 함께 훈련을 이어오고 있다. 냅다 내동댕이쳐져서 육체적인 데미지를 입을 때도 있지만, 그보다 더 피곤한 건 《흑인》의 움직임을 눈으로 따라가다 생기는 시신경의 소모였다.

——하지만 단점을 알고도 외면하는 건 게으르고 어리석은 자들이나 하는 짓이지.

자간의 패배는 곧 네피를 비롯한 가족들의 평온이 무너지는 것을 의미한다. 그렇기에 그는 단점을 극복하고 더 강해져야만 했다.

"피곤한 것 같군, 나의 왕."

집사 라파엘이었다.

"아니, 별일 아니다. ……그렇게 보이나?"

"음, 평소엔 그렇게 보이지 않지만, 그건 피곤한 사람들이 자주 하는 행동이다."

"……그렇군. 주의하도록 하지."

마술로 육체의 피로는 잠재웠지만, 행동까지는 주의를 기울이지 못했다. 정신이 미처 따라가지 못해서 그런 건지도 모른다.

——이러다 네피에게 잔소리 듣겠군.

쉬라고 말한 본인이 피곤에 찌든 모습으로 나타나면 면목이 서지 않을 터였다. 오늘 밤은 자간도 충분히 수면을 취하도록 신경 써야겠다.

이윽고 자간은 라파엘을 바라보았다.

"그나저나 무슨 용건이라도 있나?"

라파엘이 이 시간에 일부러 찾아오는 일은 드물다. 용건이 있는 게 분명했다.

자간의 물음에 라파엘의 표정이 평소와 다르게 어두워졌다. 이 성의 사람이 아니라면 그 얼굴을 보고 귀신이라 착각할지도 모르겠다.

"흐음. 그게 말이지……"

라파엘이 대답하려는데 누가 옥좌의 방의 문을 두드렸다.

——누구인지 모르지만 나중에 다시 오도록 하지.

하지만 라파엘은 자간이 대답하기도 전에 옆으로 비켜서 길을 터주었다. 아무래도 나중에 다시 얘기하는 게 좋을 것 같다.

"들어와."

자간의 말이 떨어지자 들어온 사람은 오리아스였다.

이 시간에 벌써 두 번째 손님이다.

"……이미 손님이 와 있는 줄은 몰랐군."

"아니, 괜찮다."

그러나 오리아스는 쉽사리 입을 열지 못하고, 조심스럽게 라파엘의 눈치를 보고 있었다. 이쪽 또한 다른 사람이 들으면 안 되는 종류의 이야기인 것 같았지만, 먼저 차례를 양보해 준 라파엘에게 다른 곳으로 가달라는 말은 하고 싶지 않았다.

어떻게 해야 할지 망설이던 그때.

이번에는 박쥐 떼가 파닥거리면서 옥좌의 방으로 쏟아져 들어왔다.

"……알시에라인가?"

"어머, 나중에 다시 오는 게 좋을 것 같네요."

박쥐 떼는 한데 모여 소녀의 육체를 이루었다.

새하얀 치맛자락을 우아하게 들며 바닥에 내려선 흡혈귀 소녀는 늘 들고 다니는 으스스하게 생긴 인형을 끌어안은 채, 옥좌 뒤로 시선을 던졌다.

"훼방꾼은 나만이 아니군요."

그 시선에 반응하듯 옥좌 뒤의 **그림자**가 액체처럼 꿈틀댔다.

"……쳇, 엿들으려던 건 아니거든. 애초에 좋아서 이딴 곳에 오는 사람이 어디 있냐?"

그림자에서 스르륵 얼굴을 내민 건 예상했던 것처럼 발바로스였다.

지저분하게 기른 흑발, 눈 밑에 짙게 드리운 다크서클. 건강과는 거리가 먼 얼굴. 목에는 수많은 아뮬렛을 걸고 있었다.

보아하니 이쪽도 뭔가 용건——이라기 보다는 보고인가——이 있는 모양이다.

그때 또 다른 발소리가 다가오는 게 들렸다.

"오, 여러분. 벌써 다 모이셨군요."

마지막에 나타난 건 키메리에스였다.

키메리에스는 옥좌의 방에 들어서더니 등 뒤에 씨는 문을 가리켰다.

"닫을까요?"

"……자, 잠깐. 그 말은, 뭐야? 여기 있는 모두가 같은 용건 때문에 왔다는 거?"

발바로스의 말에 오리아스가 어깨를 으쓱였다.

"흠. 아무래도 그런 것 같군."

자간은 옥좌에 기댄 채, 천천히 다리를 꼬았다. 그리고 옥좌의 방에 모인 다섯 명을 순서대로 쳐다보았다.

자간 성의 집사이자 전 성기사장인 라파엘.

〈마왕〉 중 한 명이자 네피의 어머니이기도 한 하이 엘프 오리아스.

'천사 사냥'의 명수이며 최강의 흡혈귀인 알시에라.

전 마왕 후보이자 자간과 대등하게 맞설 수 있는 마술사《연옥》 발바로스.

또 다른 전 마왕 후보이며 자간이 가장 신뢰하는 오른팔《흑인》 키메리에스.

네피와 포레를 제외한 자간 진영의 최상위 전력 다섯 명이 한자리에 모인 셈이다.

이런 자들이 안색이 변해서 한자리에 모이다니, 도대체 무슨 일이 일어난 걸까.

자간은 최대한 경계하며 물었다.

"이야기를 들어볼까. 무슨 일이 있었지?"

다섯 명은 각각 서로의 눈치를 살피듯 얼굴을 마주 보았다.

그 가운데 가장 먼저 입을 연 건 오리아스였다.

"그럼, 미안하지만, 내 이야기부터 하지. **그 문제**와는 별도로 얘기해 두고 싶은 게 있어서 왔다."

오리아스는 진지한 모습으로 말을 꺼냈다.

"자간, 네게는 신세를 많이 졌지만 슬슬 이곳을 떠날까 한다."

그 말에 자간도 눈이 동그래졌다.

오리아스는 어디까지나 손님이지 부하가 아니다. 〈마왕〉으로서의 입장도 있다. 그녀 나름대로 사정이 있겠지만, 지금 타이밍에 이런 이야기를 꺼낼 줄은 몰랐다.

"갑작스러운 이야기군. 무슨 문제라도 생긴 건가?"

"문제라고 할 건 아니지만……."

이곳에서는 말하기 힘든 이유인 건지 오리아스는 말을 머뭇거렸다.

자간은 잠깐 생각했다가 말했다.

"넌 네피의 어머니다. 이곳을 네 성처럼 생각해도 좋아. 만약 골치 아픈 일이 있다면 가능한 한 내가 힘이 되어줄 생각도 있다."

오리아스의 눈이 휘둥그레졌다. 하지만 이내 작고 씁쓸한 미소를 지으며 고개를 살짝 저었다.

"그런 건 아니야. 이 성 사람들도 모두 잘 대해주고 있고 무슨 문제가 있는 것도 아니다."

"그럼 왜지? 네피와도 잘 풀리고 있는 줄 알았는데."

그 말에 오리아스는 한숨을 쉬었다.

"바로 그거다."

"무슨 말이지?"

오리아스는 가슴께를 손으로 누르며 오랜 고민을 토로하듯 이렇게 말했다.

"……두 딸과 손녀가 너무 귀여워서 이러다간 심장이 버티지 못할 것 같아서 그런다."

충격적인 고백에 옥좌의 방은 소란스러워졌다.

이 〈마왕〉은 도대체 무슨 말을 하는 걸까.

발바로스 같은 경우는 무슨 뜻인지 모르겠다는 듯 이마에 땀까지 흘리고 있었다.

자간은 한탄하는 것처럼 왼손으로 얼굴을 가리더니 나머지 오른손으로 오리아스를 질타하듯 손끝을 척 내밀었다.

그리고 〈마왕〉의 위엄을 담아 이렇게 단언했다.

"——그 심정, 나도 알지!"

"그걸 안다고……?"

하지만 불행하게도 그 말에 의문을 표한 사람은 발바로스 혼자였다.

라파엘은 깊이 동의하듯 머리를 끄덕이고, 알시에라는 동정과 공감이 담긴 눈빛을 보내고 있었다. 키메리에스조차 '아—— 그건 어쩔 수 없죠'라고 말하듯 눈을 가느스름하게 뜨고 있다.

물론 오리아스의 심정은 뼈저리게 이해하지만, 그렇다고 그대로 보낼 수도 없는 노릇이었다.

자간은 마음을 진정시키기 위해 머리를 흔든 후, 다시 입을 열었다.

"그래도 일단 진정해라, 오리아스. 그 심정, 내 모르는 바 아니지만, 그래도 생각해 봐. 여기서 네가 그런 이유로 돌아가게 되면 남은 네피와 포레, 네프테로스는 어떻게 생각할까? 모두 자기가 무슨 잘못을 한 건 아닌지 책임을 느끼겠지."

"읏……. 그건…… 그래, 그게 문제군."

"……저기, 그게 〈마왕〉이 둘씩이나 진지하게 이야기할 일이야?"

발바로스가 혼자 뭐라고 중얼거렸지만, 신경 쓰는 사람은 아무도 없었다.

한탄하듯 천장을 올려다보는 오리아스.

"자간, 넌 늘 이런 충격을 받으며 살고 있는 거냐."

"그래. 하지만 두려워하지 마라. 그건 환희에서 오는 두근거림이다. 기쁨과 고통이 뒤섞인 것뿐. 놀랐다고 놓아 버려도 되는 게 아니야."

"……넌 정말 강하군."

"만약 그렇다면 전부 네피 덕분이다. 나아가 네 덕분이기도 한 셈이고."

경의를 담아서 그렇게 말하자 발바로스가 '그 얘기는 언제 끝나는데?'라고 말하듯이 코를 후비기 시작했다. 나중에 좀 때려줘야겠다.

오리아스는 체념한 것처럼 고개를 흔들었다.

"그, 래. 조금 더, 노력해 보지. 시답잖은 고민에 시간을 낭비하게 했군. 용서해 다오."

"신경 쓰지 마. 나도 그런 경험이 있으니까."

〈마왕〉으로서 우정을 확인하고 있자, 이번에는 발바로스가 입을 열었다.

"그 얘기는 이제 끝났지……? 나도 얼른 끝내고 싶은 얘기가 있는데."

"말해 봐."

발바로스가 얼굴까지 드러내며 하려는 얘기다.

──뭐, 이쪽은 대충 짐작이 가지만.

자간이 재촉하자 발바로스는 알시에라를 향해 분노가 서린 시선을 던졌다.

"저기 있는 흡혈귀. 매일 교회를 서성거리는 게 얼마나 신경 쓰이는 줄 알아?"

알시에라는 인형을 안은 채 입가를 가리더니 자못 유쾌하게 웃었다.

"쿡쿡, 마술사가 곤란할 일은 아니라고 생각하는데요?"

"아니, 아주 곤란해. 사실 네가――."

"가끔 그 엘프 여자를 향해 살기를 내뿜는 거 다 알아."

그 말에 주위가 조용해졌다.

발바로스는 머리를 벅벅 긁적이며 말을 이어갔다.

"덕분에 꼬랑댕이 머리가 24시간 잔뜩 날이 서 있어서 곤란하단 말이야. 그 녀석이 그렇게 긴장하고 나면 더 심하게 덜렁대는 건 아냐? 그 뒷수습은 누가 할 것 같아?"

후반부에 말한 문제는 아무래도 상관없지만.

비난을 받은 알시에라가 의아한 표정을 지었다.

"지금 자랑하는 겁니까……?"

"뭐, 뭐어――? 이게 어딜 봐서 자랑이야?"

"아니, 그치만……."

도움을 요청하는 눈빛에 자간도 난처한 듯 시선을 피했다.

"아―― 저기, 그게, 말이다. 그런 이야기는, 샤스틸과 단둘이 하는 게 어떨까 싶은데."

"자간, 너까지 무슨 말이야? 따, 따따따딱히 꼬랑댕이 머리랑 사귀는 사이도 아니거든? 그런 이야기도 안 하고!"

라파엘이 왼팔의 의수를 삐걱거렸다.

"……지금 너도 샤크스 자식과 똑같은 얼굴을 하고 있다만?"

"난 그 정도로 둔하진 않거든!"

이런 남자에게도 둔하다는 말을 들을 정도면 샤크스는 이미 틀렸을지도 모르겠다. 쿠로카가 얼마나 마음고생이 심할지 훤히 다 보였다.

큰 소리로 외치는 발바로스의 옆에서 키메리에스도 더는 못 보겠다는 듯 얼굴을 가렸다.

"고메리 씨가 출장 중이라 천만다행이군요."

"키메리에스, 넌 같은 편 아니었냐?"

"괜찮습니다. 같은 편이라서 고메리 씨에게는 비밀로 하고 있거든요."

"그 얘기를 하는 게 아니잖아!"

완전히 장난감 취급당하는 건 불쌍했지만, 고메리가 이걸 봤다면 이 정도 소동으로 끝나진 않았을 것이다.

그런데 발바로스의 이야기를 농담으로 웃어넘기지 못하는 사람이 한 명 있었다.

"그 이야기, 자세히 좀 들을 수 있을까."

"왜 너까지 나를 장난감 취급하는 거야?"

"……아니, 나는 내 딸 얘기를 한 거다."

굉장히 겸연쩍어하는 모습에 발바로스는 입을 다물었다. 바닥의 얼굴을 응시하는 공허한 눈동자는 '차라리 날 죽여'라고 말하고 있었다. 살짝 진지한 이야기를 좀 했다고 이런 취급을 받다니, 자간조차 조금 안 됐다는 생각이 들었다.

하지만 오리아스는 농담으로 끝낼 생각이 없었다.

"음, 당사자에게 직접 물어봐야겠군."

그러더니 이번에는 알시에라를 향해 감청색 시선을 던졌다.

오리아스 입장에서는 그녀가 딸의 목숨을 노리고 있는 셈이었다. 당연히 예리한 경계와 함께 위압적인 마력이 부풀어 올랐다.

"크윽……."

직접 시선을 받지도 않은 발바로스와 키메리에스조차 엄청난 압력에 뒤로 물러났다. 이 두 사람이 이럴 정도니까 심약한 사람은 이미 숨이 끊어졌을지도 모른다.

그 정도로 엄청난 살기를 받으면서도 알시에라는 마치 산들바람이라도 즐기는 것처럼 고개를 갸웃거리며 대꾸했다.

"어머, 무서워라. 〈마왕〉이 연약한 흡혈귀에게 그렇게 무시무시한 살기를 내뿜다니, 무서워서 죽을 것 같아요."

"……그런 농담은, 썩 좋아하지 않는다."

알시에라의 발밑에 있는 바닥이 함몰되었다.

그런데도 검은 드레스에는 흠집 하나 생기지 않았다. 역시 이 흡혈귀는 예사롭지 않은 존재였다.

하지만 이대로 있다간 옥좌의 방이 무너질 수도 있었다.

「——두 사람 다, 거기까지만 해.」

펑 하는 가벼운 소리를 내며, 오리아스의 마력이 튕겨 나갔다. 그와 동시에 알시에라도 발을 잘못 딛고 비틀거렸다.

말에 마력을 실어서 내보낸 것이다.

그런 다음 알시에라를 먼저 노려보았다.

"너는 그 쓸데없는 도발을 하지 않고는 대화를 못 하는 거냐, 알시에라?"

"쿡쿡, 그건 오해예요, 은안의 왕. 진짜 농담인데……."

"전혀 농담 같지 않으니까 그만두는 게 좋아."

"네?"

자간이 진지한 얼굴로 그렇게 말하자 이번엔 꽤 충격을 받았는지, 알시에라는 아무 말도 하지 않았다.

"그리고 오리아스. 이 녀석이 네프테로스를 죽일 일은 없으니까 안심해."

"……그렇게 단언하는 근거는?"

당연한 의문에 자간은 고개를 끄덕이며 대답했다.

"우선 이 녀석이 네프테로스 옆에 있는 이유 말인데, 〈아자젤〉이란 놈을 제거하기 위해서다."

"——은안의 왕, 아무쪼록 그 이름은 함부로 입에 올리지 마셨으면 합니다."

"……너도 참 집요하군."

"이것은 '부탁'입니다."

알시에라가 평소와 달리 진지한 얼굴로 그렇게 말하자 자간도 흐음 하는 소리를 내며 숙고해 보기로 했다.

"뭐, 그러도록 하지. 요컨대 네프테로스에게 씌어 있을**지도 모르는** 그 녀석의 제거가 목적인 거지, 네프테로스를 노리는 건 아니다."

"네프테로스까지 같이 죽이지 않는다는 이유로는 충분하지 않은 것 같은데?"

"안 죽여. 아니, 못 죽여. 애당초 이 녀석은 **살아 있는 사람**은 죽이지 못하는 맹세를 자신에게 스스로 부여했으니까."

알시에라가 죽인 건 시어칸이 부추긴 '그림자'들과 '아리스텔라'뿐이다. 그 '그림자'들은 원래 죽은 자들이고 '아리스텔라'는 이미 살아 있다고는 할 수 없는 상태였다.

거기까지 말하자 알시에라는 얼굴을 찌푸리며 머리를 감쌌다.

아무래도 정곡을 찌른 모양이었다. 그 반응에 설득력을 느꼈는지, 오리아스도 한층 부드러워진 태도로 되물었다.

"그래도 그녀가 그 '적'을 제거하려는 건 사실이지 않나? 네프테로스까지 같이 죽이지 않는다는 보장은 없는 것 같다만."

"아니, 안 죽인다니까? 간단히 죽일 수 있는 힘이 있는데도 죽이지 않고 도와주고, 그것도 모자라 힘까지 잃어가며 이런 곳에 굴러들어 와서까지 지켜냈다고."

줄곧 의문이었다.

해저 도시 아틀라스티아에서 네프테로스가 싸운 상대——포레를 공격해서 폭주하게 만든 범인——은 누구였을까. 본인은 알시에라인 것 같다고 말했는데, 역시 맞았다.

단 틀린 건 알시에라가 포레를 공격한 게 아니라 네프테로스가 포레를 공격했다는 점이다.

네프테로스의 의식은 마치 꿈을 꾸는 것 같지 않았을까. 그래서 포레가 공격을 받았다는 사실과 교전 상대가 알시에라였다는 점을 바탕으로 알시에라가 포레를 공격했다고 인식한 것이다.

"그랬으니 이제 와서 죽일 바에야 부끄러움을 무릅쓰고 다른 사람에게 도움을 요청하겠지."

잇달아 푹푹 정곡을 찔러대자 알시에라도 비난하는 눈으로 쳐다봤다.

"……포레에게 들었나요?"

"흠, 포레에게는 얘기한 건가? 상황 증거를 보고 판단했다만."

이 반응을 보건대, 포레는 그 일을 기억하고 있었고, 알시에라에게 제일 먼저 털어놓은 모양이었다.

충격을 받았는지, 오리아스의 눈이 휘둥그레졌다.

"그 상처는 네프테로스를 구하다가 입은 건가."

"어머, 내 실수를 남 탓으로 돌릴 정도로 수치를 모르진 않는답니다."

하지만 부정도 하지 않았다.

잠시 후, 오리아스는 머리를 깊이 숙였다.

"딸을 지켜준 은인에게 이상한 의문을 품었다. 용서해다오."

"……당신이 신경 쓸 일은 아닙니다."

두 사람이 화해한 모습을 본 자간은 내심 가슴을 쓸어내렸다.

오리아스에게는 말하지 않았지만, 알시에라가 네프테로스를 죽일 가능성은 있었다.

사실 '아리스텔라'는 구하지 못한다고 판단하고 제거했으니까.

아주 희박하지만, 네프테로스가 그렇게까지 심각할 가능성이 아주 없진 않았다.

——꼭 그게 아니더라도 네프테로스에겐 더 이상 시간이 없을지도 몰라.

그래서 그 뒷감당을 하게 된 게 바로 샤스틸이었다.

샤스틸이라면 분명 네프테로스를 지켜낼 것이고, '천사 사냥'도 한 발 정도는 피할 수 있을 것이다. 고작 한순간을 벌 뿐이겠지만, 그 한순간이면 자간이 도착 할 수 있다.샤스틸의 그림자 속에는 언제나 발바로스가 있으니까.

어쨌든 이것으로 다들 진정된 것 같았다.

——하지만 본론은 이제부터겠지?

과연 이 다섯 명이 모인 이유는 뭘까.

자간이 무슨 얘기가 나올지 기다리고 있자 각자 눈치를 보며 침묵에 잠겼다. 라파엘까지 긴장한 것처럼 보였다.

얼마 후, 제일 먼저 입을 연 사람은 라파엘이었다.

"흠, 그럼 제일 먼저 온 나부터 이야기하지."

"그래. 무슨 일이 있었나?"

라파엘은 조용히 숨을 가다듬은 후, 자간에게 시선을 돌렸다.

"왕이여, 아무쪼록 진정하고 들었으면 한다."

설마 라파엘이 마음의 준비를 요구할 정도의 사태인지는 몰랐는지, 자간의 눈도 휘둥그레졌다.

마음을 단단히 먹고 고개를 끄덕이자 라파엘은 이렇게 말했다.

"포레가 연애에 관심을 가지게 된 것 같다."

자간은 자신의 귀를 의심했다.

하지만 이 자리에 모인 모두가, 오리아스와 알시에라, 키메리에스, 발바로스까지 침통하게 고개를 끄덕이는 것을 보자 자신이 잘못 들은 게 아니라는 것을 알았다.

꽉 쥔 팔걸이가 고목처럼 산산조각이 났다.

"뭐, 뭐라고오오?"

옥좌의 방이――아니, 자간 성이 흔들릴 것처럼 진동했다.

자간과 오리아스, 두 〈마왕〉이 서로 위협하는 충격도 잘 막았던 결계가 자간의 분노를 견디지 못하고 비명을 지르고 있는 것이다.

"포레는 아직 10살(인간 나이로 환산)이다. 그런 아이에게 접근하는 파렴치한이 있단 말이냐. 지금 당장 잡아 와. 잘 다져진 고기로 만들어주마!"

발바로스가 '어라? 전에 나한테 이렇게 화낸 적 있었던 것 같은데?'라고 당황한 표정을 지으며 고개를 끄덕였다.

"상대가 누군지는 모르지만 사실이야. 점심때가 지나서였나? 교회로 덜렁이를 찾아와서 연애 이야기를 들려달라고 하더라고. 그 바람에 덜렁이는 하루 종일 덜렁거리기만 했지."

얼마나 비참한 상황이었을지, 눈에 선했다.

"저도 돌아오자마자 고메리 씨와 어쩌다 친해졌는지 캐묻는 바람에 자간 씨에게 한 이야기를 고스란히 한 번 더 반복해야 했습니다."

키메리에스까지 어쩔 수 없다는 듯 긍정했다.

"내 경우는 점심 전이었지. 뭐라고 대답하면 좋을지 망설이다가 식사 준비에 늦고 말았다."

오리아스의 연애 이야기라면 네피의 아버지 얘기인가? 그건 그것대로 궁금했지만, 지금은 그게 중요한 게 아니었다.

마지막으로 알시에라가 한숨을 쉬었다.

"즉 주변 사람 중에 제대로 된 연애를 했을 것 같은 사람에겐 죄다 묻고 다니는 거였군요."

"연애? 네가?"

자간이 경악하자 알시에라도 못마땅한 표정을 지었다.

"저도 원래는 인간이었어요. 사랑 한두 번 정도는 한 적 있어요."

"상상이 안 되는데……."

"열정적인 사랑이었죠."

요염하게 쿡쿡 웃는 흡혈귀를 향해 자간은 수상쩍은 시선을 보냈다.

"그래서 포레에게 그 얘기를 한 거냐?"

"앗! 아니, 그건 좀……."

결정적인 순간엔 항상 이 모양인 소녀가 도대체 어떤 연애를 했다는 말인가.

일단 그건 놔두고, 자간은 두 손으로 얼굴을 덮었다.

"이럴 수가……. 그러면 포레에게도 좋아하는 사람이 생겼다는 건가?"

도대체 어디서 굴러먹다 온 벌레 같은 놈이 내 딸을 꾀어낸 거지?

포레와 접촉할 수 있는 사람이라면 내 부하들인가? 아니면 큐아노에이데스의 주민? 만약 세 바보 중 한 명이라면 곱게 죽지는 못할 거다.

어쨌든 누구인지 알아내서 죽여야 한다.

아니지, 찾아다닐 것까지도 없다. 포레에게 접근한 흔적이 있는 **벌레**를 한 마리도 남김없이 이 세상에서 없애면 된다. 마술사든 일반인이든 상관없다. 운 나쁘게 휘말린 사람은 그냥 운명이라고 체념하는 수밖에 없다.

자간이 마음만 먹으면 아주 간단한 작업이다.

그리고 그래서 더 문제였다.

——딸에게 벌레가 꼬이는 건 용서할 수 없지만, 그 벌레를 죽였다가 딸에게 미움받는 것도 참을 수 없다!

슬프게도 〈마왕〉은 격앙했지만, 그와 동시에 그 일을 행동에 옮겼다가는 어떤 결말이 찾아올지도 냉정하게 잘 파악하고 있었다.

이게 뭐지? 왜 내가 이런 고통을 맛봐야 하는 거지?

마음속으로 통곡하고 있자 보다 못한 알시에라가 입을 열었다.

"저기, 은안의 왕? 아직 그렇게까지 심각한 건 아닌 것 같은데요."

"도대체 어디가 심각하지 않다는 거지? 시어칸을 죽여도 세상은 끝날 거라는 말을 듣는 거나 매한가지란 말이다!"

"귀형에겐 네피 아가씨가 있지 않나요?"

"신부와 딸은 다르다!"

물론 네피와 행복하게 지내는 게 자간의 최우선 과제이지만, 딸이라는 존재는, 뭐라고 할까, 이성적으로 설명하기 힘든 면이 있었다.

성을 산산조각 낼 것처럼 동요하는 마력을 내뿜고 있는 자간을 보고 라파엘과 오리아스, 알시에라는 일리 있다는 듯 고개를 끄덕였다.

"자간 씨, 진정하세요! 포레 아가씨에게 특정 상대가 있는 건 아닐지도 모릅니다."

"……저, 정말이냐? 위로한답시고 거짓말을 하는 거라면 가만히 안 둘 테다."

"그렇게 동요하는 자간 씨는 처음 봤습니다……."

듣고 보니 그랬다. 자기 힘으로 어떻게 할 수 없는 문제는 처음이니 당연하다면 당연하지만.

그런 가운에 발바로스만 남 일처럼 콧방귀를 끼며 웃었다.

"나 원, 별것도 아닌 일로 호들갑은."

"……네놈이 10년 후에도 똑같은 말을 할 수 있는지 어디 두고 보자."

"뭐, 뭐라고? 난 애 같은 건 만들 생각 없거든?"

그 아이를 만들 상대로 누구를 상상했는지 추궁하고 싶었지만, 지금 자간에게 그럴 여력은 없었다.

자신도 모르게 휴우, 휴우 하는 소리가 새어 나오는 것을 깨닫고서야 과호흡이 올 뻔했다는 것을 깨달았다. 자간은 마법으로 간신히 자신의 맥박을 진정시켜야 했다.

마술을 구사해서 평정심을 되찾은 후에야 다시 고개를 들었다.

“그런데 포레에게 그 상대가 생긴 게 아니라는 건 대체 무슨 말이지?”

대답한 사람은 알시에라였다.

“사랑에 빠진 게 아니라 사랑을 하는 자신에게 관심을 가지게 된 것으로 보여요.”

“그게 무슨 뜻이지……?”

“포레는 상대의 사소한 일 하나로 일희일비하는 은안의 왕과 네피 아가씨를 제일 가까운 곳에서 보고 있어요. 다른 연인들도 다 그런지, 도대체 왜 그런 마음이 들게 되는 건지, 바로 그런 점에 흥미가 생긴 겁니다.”

그리고 뭔가 생각난 것처럼 미간을 꾹 눌렀다.

“제 이야기보다는 그 이야기를 하는 제 모습을 관찰하는 것 같았거든요.”

“……아――, 음. 그건 미안하게 됐군.”

섣불리 놀리는 것보다 더 부끄러운 짓을 한 걸까.

그러고 보니, 네피를 무릎 위에 앉히고 볼을 비비는 모습을 포레가 목격한 게 10번, 아니, 20번도 더 넘는다.

그 바람에 흥미가 생긴 거라면 변명의 여지가 없었다.

라파엘도 고개를 끄덕였다.

“듣고 보니 내가 이야기한 내용에도 흥미가 있는 건지 없는 건지, 애매한 반응을 보이더군.”

“……참, 넌 뭐라고 대답했지?”

“20년 정도 전에 있었던 이야기를 했다. 서로 입장도 다르고 나이 차이도 크다 보니 만족스러운 결말에 이르진 못했지만, 사랑이라 부를 만한 감정을 품은 적은 있지."

——헉, 그게 뭐야? 궁금하잖아.

자간은 목구멍까지 올라온 말을 간신히 삼켰다.

이런 이야기를 꺼낸다면 자간 역시 고메리와 다를 바 없는 인간이 되는 셈이었다. 마술사이기 이전에 인간으로서 그건 결코 바람직한 일이 아니었다. 하지만 동요가 가라앉자 억눌렀던 호기심이 서서히 고개를 들기 시작했다.

자간은 최대한 평정을 가장한 채, 물었다.

"저, 저기, 어떤 사람이었는지 물어봐도 되겠나?"

얼마 동안의 충격 후, 라파엘은 이렇게 짧게 대답했다.

"……히미카라는 이름의 여인이었다."

류카온 특유의 이름이 나오자 자간은 뭔가 알 것 같았다.

——에, '딸'이라면 설마, 그런……?

자간은 마음을 진정시키려는 듯 머리를 흔들었다.

"그럼, 확인하겠다. 포레는 연애 이야기를 듣고 싶어 할 뿐, 좋아하는 사람이 생긴 건 아니라는 건가?"

확신하는 사람도 있고 반신반의하는 사람도 있는 것 같았지만, 수긍해 줬다.

자간은 진심으로 안심한 것처럼 가슴을 쓸어내리면서 미소 지었다.

"그럼 부하와 마을 사람들을 안 죽여도 되는 건가?"

반드시 후회하게 되리란 걸 알면서도 그렇게 할 수밖에 없다고 생각하던 참이었다.

"……단념하셨다니, 정말 다행입니다."

왠지 키메리에스가 어이없어하는 느낌이 들었지만, 거기에 관심을 기울일 여유는 없었다.

발바로스가 납득할 수 없다는 모습으로 콧방귀를 낀다.

"그러면 덜렁이는 왜 찾아오는 거지? 이해가 안 되네."

――그건 지금 제일 재미있고 이상한 게 너희 둘이니까 그렇지.

자간만 그런 생각을 한 건 아닌 것 같았다. 다른 사람들도 체념한 듯 뜨뜻미지근한 시선을 보내왔지만, 발바로스는 알아차리지 못했다.

자간은 만약을 위해 다시 물었다.

"그럼 넌 왜 포레가 샤스틸에게 상담했다고 생각하지?"

"뭐? 그야 마술사 연맹이 듣는 게 싫어서 그런 거 아냐?"

그것도 모르냐는 듯한 대답에 자간을 비롯한 다른 사람들은 묘한 표정을 지었다.

어쨌든 발바로스를 제외한 다른 사람들은 진심으로 포레를 걱정해서 모인 것 같았다.

자간은 툭 하고 의자 등받이에 몸을 다시 기댔다. 어느새 너덜너덜해진 옥좌는 와르르 무너져 내렸지만, 지금은 아무래도 상관없었다.

"일단 지금은 아무 일도 없기를 기도하며 지켜보는 수밖에 없는 건가.”

“언제까지고 아무 일도 없으면 그건 그것대로 걱정 아닐까요?”

“…….”

알시에라의 매정한 말에 자간은 다시 이마를 감싸며 등을 둥글게 말았다.

──그렇게 사랑스러운 내 딸의 매력을 이해하지 못하는 어리석은 놈들뿐이라면 그건 그것대로 없애는 편이 좋겠다…… 아니야. 하지만!

세상을 멸망시킬지 말지 고민하고 있자 발바로스가 문득 생각난 것처럼 입을 열었다.

“생각해 보니 그 꼬맹이, 왜 이제 와서 그런 일에 흥미를 보이는 거지? 자간과 엘프녀가 그러는 걸 하루 이틀 본 게 아닐 텐데.”

“듣고 보니 그렇군…….”

발바로스 입장에서 보면 합리적인 지적이었다. 최근 들어, 아니 며칠 사이에 무슨 변화라도 있었던 걸까.

키메리에스가 뭔가 불길하지만 짚이는 데가 있는지 얼굴을 찌푸렸다.

“……그러고 보니 오늘은 고메리 씨가 안 계시군요.”

“그래. 아침 식사 후에 쿠로카 일행에게 보냈다.”

“……손녀가 나를 찾아온 건 바로 그 직후인 셈이 되는군.”

인정하고 싶지 않은 듯한 오리아스의 목소리가 분위기를 더 무겁게 만들었다.

“““““…….”””””

——또 그 할망구가!

고메리가 없는 동안 알콩달콩 지내려는 생각을 간파하고, 그것을 훼방하기 위해 포레에게 쓸데없는 생각을 불어넣은 것이 분명했다.

오리아스가 침통한 표정으로 고개를 숙였다.

"멍청한 제자 때문에 정말 미안하네……."

"아뇨, 고메리 씨의 성격은 타고난 겁니다. 오리아스 씨 때문이 아니에요."

"아아, 나도 확실히 못을 박아둬야 했는데. 미안하다."

고메리와 관계가 있는 사람들은 모두 책임을 느끼고 누가 먼저랄 것도 없이 머리를 숙였다.

"자간도 그렇지만, 자네에게도 늘 고생만 시켜서 미안하군."

"아닙니다. 늘 있는 일이라……."

피로에 지친 키메리에스의 목소리에서는 한없는 애수가 묻어났다.

이렇게 해서 제1회 자간가 가족회의는 막을 내렸다.

오늘 의제는 그게 전부였나 보다. 이야기를 마친 사람들은 각각 자기 자리로 돌아가고, 옥좌의 방에는 자간 혼자만 남았다.

자간은 부서진 옥좌를 수복하고 나서 다시 한숨을 쉬었다.

——피곤해. 뭐라고 할까, 어쨌든 피곤해.

그 짧은 시간 동안 몇 번이나 동요했는지 모른다. 오늘 아침만 해도 개운하게 일어났는데, 훈련과는 아무 관계도 없는 일 때문에 너무 지쳐버렸다.

——언젠가 그랬던 것처럼 네피가 또 무릎베개를 해주면 얼마나 좋을까…….

그런 망상을 하며, 자간은 수마에 몸을 맡겼다.

「――……배――……자간……배……――자간 선배.」

네피가 부르는 목소리. 조심스럽게 이마를 만지는 듯한 감촉에 그녀가 어루만지고 있다는 것을 깨달았다.

눈을 뜨니 하얀 뺨이 발그레해진 소녀의 얼굴이 보였다. 입고 있는 옷은 시녀복이 아니라 무슨 예복 비슷한 옷――아, 그래, 어젯밤에 꾼 꿈에서 본 옷이다――인데 그 너머에는 햇빛이 비쳐 드는 커다란 나무가 우뚝 서 있었다. 네피는 그 나무에 등을 기댄 채 앉아 있었다.

주위를 둘러보니 돌……이 아니라 석회 비슷한, 흔히 볼 수 없는 재료로 지은 건물이 보였다.

아무래도 이곳은 커다란 건물에 인접한 광장인 것 같다.

그리고 머리 뒤로 느껴지는 부드러운 감촉. 이 편안한 감촉은 낯설지 않았다.

――네피의 무릎베개, 오랜만이군…….

안 그래도 이 무릎베개가 그립던 참이었다――.

「――으앗?」

그제야 정신이 든 자간이 벌떡 일어났다.

역시라고 할까, 자간도 그 꿈과 똑같은 예복 같은 옷을 입고 있었다. 길이가 짧은 치마라서 새하얀 허벅지가 눈부셨다.

네피는 수줍은 듯 입가를 가리며 자간을 올려다봤다.

「죄, 죄송해요, 자간 서……선배, 놀라게 하려던 건…….」

「아, 아니, 괜찮아! 나야말로 미안해. 나도 모르게 잠이 들었던 것 같군.」

「사, 사과하지 마세요. 저도 선배의 잠든 얼굴을 넋을 잃고 보다가——아앗.」

그냥 흘려넘길 수 없는 말을 들은 것 같았지만, 둘이 당황해 말을 얼버무리는 사이, 네피가 갑자기 비명처럼 소리를 질렀다.

「무슨 일이지?」

「아웃, 그게, 발이 살짝 저려서…….」

아무래도 오랜 시간 무릎베개를 해주고 있었던 모양이다. 전후 기억이 전혀 없지만——그리고 신기하게도 그 점을 의아하게 생각하지 않았지만——자간은 얼른 손을 내밀었다.

「괘, 괜찮아?」

「네……. 으으, 전에 했을 때는 이렇지 않았는데…….」

「옥좌의 방에서는 치유의 마술이 늘 발동하고 있으니까.」

「아, 그래서 괜찮았던 거군요.」

서로 마주 보며 고개를 끄덕인 두 사람은 동시에 고개를 갸웃거렸다.

「전에 했을 때……?」

「옥좌의 방……?」

뭐지? 뭔가 굉장히 어긋나는 듯한 느낌이 드는데, 딱히 그렇지도 않은 것 같은 기분이 드는 건…….

당황스러웠지만 지금은 네피부터 도와야 했다.

「일단 다리를 쭉 펴도록 해. 혈액 순환이 잘 되면 저리는 것도 가실 거다. ……할 수 있겠나?」

「해, 해볼게요――아앗?」

「어어어.」

다리를 움직이려고 하는 네피를 부축하려고 했지만, 동요한 나머지 힘이 제대로 들어가지 않았다. 두 사람은 그대로 넘어지고 말았다.

자간은 네피를 안은 채 그대로 뒤로 쓰러졌다. 그 결과, 네피는 자간의 위에 올라탄 모양새가 되었다.

뾰족하게 솟은 귀 끝까지 순식간에 새빨갛게 물들었다.

「하우우, 죄송해요, 자간 선배.」

「아, 아아아아아니, 괜찮아. 나는 괜찮아.」

네피는 얼른 뒤로 물러나려고 했지만, 아직 다리가 저려서 뜻대로 움직이지 못했다.

「무, 무리하진 마. 저기, 난 괜찮고, 불쾌하지도 않으니까!」

안 그래도 부드럽고 따뜻하며 좋은 냄새까지 나는데, 그런 네피와 딱 붙은 상태로 꼼지락거리기까지 하니까 자간은 거의 이성이 날아갈 지경이었다.

네피도 곧 체념한 것 같았다. 힘이 다했는지 자간의 가슴에 몸을 기댔다.

「선생님에게 이런 모습을 들키면 야단맞을 거예요.」

「모, 못 움직여서 그런 걸 어떡하라고. 그리고 라파엘은 안 그럴 거야. 화를 낸다면 오리아스겠지.」

「그, 그렇네요. 어머니니까.」

「「……어라?」」

두 사람은 그렇게 말하다가 또 고개를 갸웃거렸다.

오리아스는 네피의 어머니이자 학교 선생님이기도 했나? 라파엘도 집사이자 선생님이었을……것이다. 아니, 그게 맞긴 한가?

뭔가 잘못된 게 분명한데 그게 뭔지 알 수가 없었다.

그때 네피가 깜짝 놀라 외쳤다.

「저, 저기…… 저기요, 자간 선배!」

「음, 왜 그러지?」

네피는 중대한 비밀이라도 알아챈 것처럼 긴장한 얼굴로 이렇게 말했다.

「그게…… 왜 절 쓰담쓰담하고 계신 거예요……?」

알 수 없는 문제로 고민해 봤자 소용없으니 품에 있는 네피를 꼭 끌어안고 머리를 쓰다듬고 있던 참이었다.

새하얀 머리는 부드러운 것도 모자라 가만히 어루만지면 매끄럽고 심지어 달콤한 향기까지 은은히 감돈다. 눈앞에 그런 게 있는데도 가만히 있는 건 아무리 〈마왕〉이라도 쉬운 일이 아니었다.

그래서 쓰다듬을 수밖에 없었다.

자간은 아주 진지한 얼굴로 고개를 갸웃거렸다.

「안 되나?」

「아뇨, 안 되는 건 아니지만…… 그게, 쑥스러워서, 요.」

「신경 쓰지 마. 보는 사람은 아무도 없으니까.」

분명 아무도 안 볼 것이다.

자간의 고집에 결국 네피도 포기한 듯, 더 이상 저항하지 않고 조용히 머리를 맡겼다. 그러다 무언가 떠오른 듯, 작게 웃음을 흘렸다.

「왜 그러지?」

「후후, 아뇨. 이러고 있는 게 왠지 오랜만인 것 같아서요…….」

「아――……. 그러고 보니, 〈아시엘 이메라〉 이후로 쭉 바빴으니까…… 잠깐, 크리스마스였나?」

「크리스마스가 아니었나요?」

「응……? 아니, 하지만 크리스마스는 아시엘과는 별로 관계가 없을 텐데…….」

애당초 '크리스마스'라는 게 뭐지? 들어본 적은 없는데 당연히 알고 있는 것처럼 느껴진다.

『…….』

몇 번째일까. 이 정도면 자간도 더 이상 위화감을 무시할 수 없었다.

네피도 뭔가 생각하는 게 있는지, 머뭇머뭇 입을 열었다.

「……저기, 자간 선배.」

「……응?」

경계심을 담아 되물으니 네피는 마음을 진정시키듯 심호흡하고 나서 이렇게 말했다.

「……그런데 '선배'라는 게 무슨 뜻이었죠?」

자간과 네피는 몸을 일으켰다.

「네피도 역시 이상하다고 생각한 건가?」

「네……. 하지만 왠지 그렇게 부르는 게 자연스러운 것 같아서…….」

「신경 쓰지 마라. 나 역시 조금 전에야 위화감을 느꼈다.」

게다가 뭐라고 할까. 그 단어가 주는 울림이 참 마음 편하고 좋았다. 평소에 그렇게 부르는 것도 대환영이다. 성기사는 '본인'이나 '동료'라는 호칭을 사용하니 그쪽에서 사용하는 용어인지도 모르겠다.

네피는 주위를 둘러보았다.

「그런데 여긴 어디일까요?」

「그건 모르겠지만, 우린 공부라는 것을 하려던 참이었다. 그렇다면 일종의 배움터라 생각하는 게 맞을 것 같군.」

배움터라는 건 귀족의 적자가 모이는 곳으로 자간과는 전혀 인연이 없는 곳이었다. 교회가 주도하는 곳이 많아서 큐아노에이데스에도 있긴 하다.

실제로 본 적은 없지만 아마 이런 곳이 아닐까 싶었다.

──그러고 보니, 포레도 배움터에 가려면 갈 수 있는 나이지…….

마술사와는 너무 관련이 없어서 깜빡 잊고 있었는데, 딸도 관심이 있을지 모른다. 연애에도 관심을 가지게 되었으니 본인에게 그럴 마음만 있다면 생각해 보는 것도 괜찮을지 모르겠다.

네피는 짧은 치마를 살짝 들어 올려 본다.

「그럼, 이 옷도 거기서 입는 걸까요?」

「아, 아마도?」

이렇게 짧은 치맛자락을 그렇게 들어 올리면 허벅지는 물론이고 그 위까지 다 보일 것 같으……면서도 보이지 않아서 자간은 심히 동요했다.

「……앗, 그러니까 이건.」

그런 자간의 반응에 네피도 자신의 행동이 위험했다는 것을 깨달은 걸까. 순식간에 귀 끝까지 새빨개졌다.

마음을 가라앉히려 깊이 숨을 들이쉰 뒤, 고개를 끄덕이고 옷매무새를 정돈했다.

자간이 뚫어져라 쳐다보자 네피가 수줍게 뺨을 붉혔다.

「왜, 왜 그러세요?」

「아니, 네피는 그런 옷도 참 잘 어울린다 싶어서. 평소와 달라서 아주 신선해.」

「그, 그렇게 말씀하신다면 자간 님도 늠름하신 게 너무 잘 어울리세요.」

서로 가슴을 부여잡고 몸부림치며 거칠게 숨을 몰아쉬었다.

「그, 그런데 이건 도대체 어떻게 된 걸까요? 환영과는 조금 다른 것 같은데요.」

발밑에 있는 풀이나 꽃도, 뒤에 있는 커다란 나무도 만질 수 있고 저번 꿈에서는 펜 같은 것도 만질 수 있었다. 그러니 환영은 아닐 것이다.

하나 더 덧붙이자면 눈앞에 있는 네피도 꿈의 산물이 아니라 진짜 본인이다. 이 상황에 위화감을 느끼고 있고, 자간의 감성과 제6감이 그렇다고 확신하고 있으니 틀림없을 것이다.

그렇다면…….

「흐음. 이 느낌은 아무래도 '꿈'인 것 같은데.」

「꿈……이요?」

「그래. 보통 꿈에서는 모순이나 부조리한 일에도 의문을 품지 않으니까. 게다가 물건을 만질 수도 있고.」

무엇보다 오늘 아침에 눈을 떴을 때는 틀림없이 '꿈'이라고 인식했었다.

——위화감을 느끼게 된 건 이게 '자각몽'이라는 단계로 들어섰기 때문이야.

네피와 접촉했기 때문일까, 아니면 이게 두 번째라서 그런 걸까. 지금은 이게 꿈이라는 건 확실히 인식하고 있었다. 평범한 꿈과는 다른 상태다.

네피는 생각에 잠기듯 고개를 기울였다. 새하얀 머리카락이 가슴 언저리로 사르르 흘러내렸다.

「즉 이곳은 제 '꿈'이고 자간 님의 '꿈'이기도 하다는 뜻인가요?」

「음. 내 '꿈'과 네피의 '꿈'이 연결된 것이겠지.」

꿈속에서 타인과 명확하게 의사소통을 할 수 있다는 것도 기묘한 느낌이긴 하지만.

——그런 일이 가능한 건 한 명밖에 없는데.

범인이 누구인지는 대충 짐작이 갔다. 그런데 왜 이런 짓을 한 걸까.

잠깐 고민하던 자간은 그 자리에 벌렁 드러누웠다.

「이왕 꾸게 된 꿈이니 느긋하게 느긋하게 지내볼까.」

「그래도 될까요?」

「물론이지. 네피도 피로가 많이 쌓였지? 편하게 쉬도록 해.」

자간은 이것을 공격이 아니라 **봉사**로 받아들였다.

그렇다면 거기에 응하는 게 왕 된 자의 도리 아닐까.

「나중에 상이라도 좀 주지, 뭐.」

별생각 없이 중얼거리자 네피도 알아들었는지 이렇게 말했다.

「후후후, 제대로 기억하고 계셔야 할 텐데요.」

「……뭐, 꿈이니까.」

아무리 좋은 꿈이든 나쁜 꿈이든 깨어나면 잊게 된다. 그게 바로 꿈이라는 것이다. 자각몽이라 해도 반드시 기억한다는 보장은 없다.

그런 생각을 하던 자간은 문득 깨달았다.

——꿈속이라면 뭐든 할 수 있는 것 아닌가……?

평소라면 부끄러워서 못 할 그런 짓이나 이런 짓, 대담한 짓도 꿈속이라면 해도 괜찮지 않을까?

본디 마법사란 자신 외에 타인은 신경 쓰지 않는 이기적인 존재가 아니던가.

게다가 자간 또한 다른 젊은 남자들처럼 성욕이 있었다. 이렇게 사랑스러운 소녀가 연인이 되었는데, 만져보고 싶다는 욕구를 느끼는 건 당연했다.

아니, 사실은 온종일 네피 생각뿐이었다. 어차피 꿈속이니 마음껏 만지고 안고, 뺨을 부비고 싶다는 욕망이 차올랐다.

결국 자간은 자신을 해방하기로 했다.

「…….」

자간은 풀밭에 누운 채 가만히 팔을 뻗었다.

네피를 향해서가 아니라 자신의 옆자리를 향해서였다. 상황만 보면 풀밭에 드러눕나 싶더니 뜬금없이 한쪽 팔만 쭉 뻗는 모양새였다.

「이, 이건…….」

다른 사람은 봐도 무슨 뜻인지 모르겠지만, 네피는 깜짝 놀라며 숨을 삼켰다.

――네피라면 이해해줄 거야!

지금 이 자리에 발바로스가 있었다면 '그럴 리 있냐, 멍청아'라고 호통을 쳤겠지만, 다행히 이곳은 꿈속이라 자간과 네피밖에 없었다.

네피는 무슨 중대한 결단이라도 내리려는 것처럼 잔뜩 굳은 얼굴을 하고 있었다.

——아앗, 역시 꿈속이라도 이건 좀 힘든가?

자간은 차마 네피의 얼굴을 볼 수 없어 고개를 돌렸다.

네피는 그 행동을 재촉으로 받아들인 것인지, 마음을 다잡고 고개를 끄덕였다.

그리고 자간의 옆에 스윽 누웠다.

자간이 뜬금없이 뻗는 팔 위에 그 가냘픈 목을 올리고.

바로 팔베개 자세였다.

——아까 무릎베개를 해줬으니까!

그 보답이라고 할까, 감사의 뜻이었다.

현실에서는 이렇게 대담한 일을 할 배짱도 없고, 무엇보다 할 수 있는 타이밍도 없다. 자간은 옥좌의 방에 앉아서 잠을 자고, 한밤중에 네피의 침대로 숨어드는 파렴치한 짓이라도 했다가는 아마 심장이 버티질 못할 것이다.

——후……. 꿈속에선 이런 것까지 할 수 있구나.

예전에 딱 한 번 한 적이 있긴 하지만, 다음 날 아침에 서로 얼굴 보기도 힘들어서 기절할 뻔했다.

그런데 지금은 의외로 자연스럽게——자간은 그렇게 생각하고 있음——할 수 있었고, 그럭저럭 잘 참고 버티고 있었다.

자간은 감탄하면서 네피의 얼굴을 조심스럽게 살폈다.

「……읏.」

네피도 자간을 살피고 있었는지 시선이 마주쳤다.

「……에헤헤.」

버티다 못한 네피가 표정을 풀고 환하게 웃었다.

네피가 이렇게 긴장을 풀고 편하게 웃는 건 드문 일이었다. 게다가 차림새도 평소와 달라서 자간의 맥박은 단숨에 몇 배는 더 빨리 뛰기 시작했다.

「……자간, 님.」

「으, 음! 왜 그러지?」

「아, 아뇨. 괜히 기뻐서 나도 모르게 이름을 부르고 말았어요…….」

별것 아닌 애교였지만 그 파괴력은 상상 이상이었다. 자간의 심장은 정말로 한순간 멎었을지도 모른다. 그만큼 충격은 대단했다.

덜덜 떨었지만, 그래도 자간은 〈마왕〉이다. 용감하게 입을 열고 대꾸했다.

「네, 피.」

「하읏.」

한마디씩 확인하는 것처럼 딱딱 끊어서 부르자 이번에는 네피가 가슴을 부여잡고 몸을 뒤로 젖혔다.

——크윽, 뭐지, 이 쑥스러운 기분은? 부르는 사람까지 괜히 쑥스럽잖아!

이런 걸 아무렇지도 않게, 마치 그냥 응석을 부리는 것처럼 해버리니까 네피가 무서운 거다. 그리고 동시에, 사랑스럽다.

——안 돼! 무슨 말이든 해야지, 안 그러면 정말 못 버티겠어!

이번에는 단순한 돌발 사고가 아니다. 자신이 의식적으로 이 상황을 만든 것이라는 사실이 오히려 더 큰 긴장감을 불러일으키고 있었다.

자간은 화제를 돌리듯 갈라진 목소리로 외쳤다.

「후, 후후! 꿈속이라는 게 이렇게 좋은 것이었다니. 훼방꾼도 없고 너무 좋잖아!」

「그, 그렇네요!」

네피도 주의를 다른 데로 돌릴 계기가 필요했던 모양이다. 귀끝까지 새빨개진 채 과장되게 고개를 끄덕였다.

그런 후에 이상하다는 듯 중얼거렸다.

「그런데 자간 님은 이상하게 **그녀**에게는 무른 것 같아요.」

그건 순수한 의문인 동시에 주의 깊게 관찰하지 않으면 놓칠 수 있는, 소소한 질투도 섞인 목소리였다.

그럴 생각은 전혀 없었던 자간은 당황했다.

「어라, 그런가? 난 분명 다른 부하들과 똑같이 대했는데.」

「아니에요. ……그러니까 저랑 포레를 대할 때의 절반 정도는 다정하신 것 같아요.」

「내가 그렇게까지 달달했다고?」

어디선가 '자신들이 달달하다는 자각은 있구나……'라는 유감스러운 생각이 들려오는 것 같았지만, 자간은 더 이상 캐묻지 않았다.

「하지만 그 녀석은 일반인이잖아. 어느 정도 신경을 써 줘야지, 안 그러면 죽게 만들 것 같은데…….」

게다가 정신적으로 샤스틸보다 더 덜렁댄다는 건 명확한 사실이기 때문에 가능한 한 스트레스를 주지 않도록 배려하고 있었다.

하지만 납득할 수 있는 대답은 아니었는지, 네피는 불만스럽게 뺨을 부풀리며 자간의 옆구리를 손가락으로 쿡쿡 찔러댔다.

——그만해. 뭐야, 그 귀여운 공격은. 내 심장을 멈추게 할 생각이냐!

벌써 한 번 심장이 멎을 뻔한 충격을 받았다. 두 번은 못 버틸 것이다.

분노라는 격렬한 감정은 아니지만, 무심코 불만을 품을 정도로 소소한 '질투'는 의외로 엄청난 파괴력을 동반해서 자간을 엄습했다.

「자간 님은 그런 마음일지 몰라도 셀피 씨에게도 조금 다정하신 것 같아요.」

「아——, 그러고 보니 그 녀석도 일반인이군…….」

무어라 설명해야 할까. 자간에게는 그쪽 인어들이 정신적으로 강인하니 거칠게 대해도 괜찮으리라는 막연한 안도감이 있었다.

또 한 명, 엄밀하게는 일반인이라고 할 수 없지만, 자간이 다정하게 대하는 인물 중에는 쿠로카도 있었다. 하지만 그녀는 '라파엘의 딸'이라는 명확한 이유가 있다. 그래서 네피도 불만스럽게 생각하지 않았다.

듣고 보니 자간이 그 소녀를 다정하게 대할 특별한 이유도 딱히 없었다.

처음 만났을 때 평범한 인간임에도 〈마왕〉을 상대로 당돌하게 말하는 배짱이 마음에 들어서 그런 것도 있지만, 그 이유만이라면 다른 부하들과 똑같이 대했을 것이다.

자각하지 못했던 사실을 깨달은 자간은 잠시 생각에 잠긴 후 입을 열었다.

「왜냐고 물으면 곤란하지만, 뭐라고 할까, 영 처음 만난 것 같지 않아서 그래.」

네피에게 지적받기 전까지는 몰랐지만, 자신의 감정을 말로 표현하면 그랬다.

설명이 너무 애매했는지 네피는 깜짝 놀라 눈을 커다랗게 떴다. 자간도 설명이 부족한 걸 깨닫고 덧붙였다.

「그, 그리고…… 그래, 뒷골목의 형제들을 만난 것 같은 기분이었다…….」

「아아, 그렇군요…….」

그제야 납득할 수 있는 답을 들었는지 네피는 고개를 끄덕였다.

「그러고 보니 리제트 씨에게도 똑같은 반응을 보이셨죠.」

리제트는 소꿉친구인 스텔라가 거두어준 부랑아다. 자간이 직접 만난 건 딱 한 번이지만, 뒷골목의 형제라는 걸 알게 된 후로 태도가 부드러워진 것 같긴 했다.

네피가 신기해하며 말했다.

「자간 님의 남매 중에는 그런 분이 많았어요?」

「뭐, 약한 주제에 센 척하는 꼬맹이들밖에 없었으니까. 하지만 자신이 약하다는 걸 알기 때문에 모두 툭하면 싸우면서도 서로 의

지하며 살았지.」

물론 그중에는 마음 약한 사람도 있었고 사람들과 잘 어울리지 못하는 사람도 있었지만, 모두 누군가에게 배신을 당하거나 거둬지기도 하면서 쓰레기 더미에서 살았다. 그래서 개인차는 있을지언정 외부인은 절대 믿지 않는 날 선 성격을 가지게 되었다.

자간은 성격이 이 모양이다 보니 옆에 있어 주는 사람은 별로 없었지만, 그래도 마르크와 스텔라 둘만은 곁에 있어 주었다.

돌이켜 보니 덜덜 떨면서도 자간에게 당당하던 모습에서 뒷골목 남매들을 떠올렸는지도 모른다.

그리고 자간도 네피에게 물었다.

「역시 네피도 그런 게 신경 쓰이는군. 그, 다른 여자에게 다정하게 대하는 걸 보면.」

「히읏?」

그제야 자신이 무슨 말을 한 건지 자각한 걸까. 네피는 귀 끝부터 뺨까지 새빨개졌다.

「아읏, 그, 죄송해요. 그럴 생각은…….」

「꽤 기분 좋았다. 가끔 이렇게 해주면 좋겠는데. 그, 질투라는 것을, 말이다…….」

더 이상 견디기 힘들어진 네피는 얼굴을 가렸다.

「자간 님, 너무 짓궂으세요…….」

그래도 손가락 사이로 슬쩍 보면서 머뭇머뭇 말했다.

「그런데 아까 생각한 건데요, 혹시 자간 님은 그녀와 실제로 만나신 적이 있는 게 아닐까요?」

그게 무슨 뜻인지 알아차린 자간은 하늘을 올려다봤다.

「……아버지 이야기인가?」

류카온의 영웅 '은안의 왕'——그게 바로 자간의 아버지의 이름이라고 한다. 그렇다면 같은 류카온 출신인 그 소녀와 어디선가 접점이 있다고 해도 전혀 이상하지 않지만…….

「철이 들었을 때는 이미 쓰레기장에 살고 있어서 잘 기억이 안 나는데…….」

「그렇, 죠……. 저도 어머니와 만났을 때는 어머니라는 게 어떤 건지 잘 몰랐어요…….」

「그래. 나 역시 그 아버지라는 작자를 만나더라도 그게 어떤 건지 모를 거다.」

공감하며 고개를 끄덕이고 있자 하늘이 '야박하게 그러지 마'라고 말하는 것처럼 흐려지는가 싶더니 뭔가가 얼굴에 뚝 떨어졌다.

「……음? 비인가?」

「어쩌지, 빨래가——.」

네피는 벌떡 일어났다가 이내 깨달았다.

「아, 여긴 꿈속이었죠.」

밤까지는 별일 없었던 기억이 있다. 오늘 세탁한 빨래는 잘 걷어서 개어 뒀다.

쑥스러운 듯 얼굴을 붉히며 자신의 머리를 툭 때렸다.

저 귀여운 행동은 뭐지? 자간의 심장을 파열시킬 생각인가? 아니, 조금 더 보고 싶은 마음도 들었지만, 지금은 더는 버티지 못할 것 같았다.

「히야아앗!」

「으아아앗, 뭐지?」

내리기 시작한 비는 갑자기 폭포수 같은 기세로 쏟아졌다.

양동이로 퍼붓는 것 같은 장대비에 자간도 허둥지둥 일어났다.

「건물 안으로 들어가자, 네, 피……?」

「네, 자간 님……?」

자간은 말을 하다말고 멍하게 있었다.

그곳에 배움터 비슷한 건물의 모습은 보이지 않았다.

아니, 건물만이 아니다. 네피가 기대어 있던 커다란 나무도, 발밑의 풀과 꽃도, 전부 다.

그 대신 끼익, 끼익, 소리를 내는 것은 마루. 찢어진 돛에 멋대로 돌아가는 조타륜.

어느새 자간과 네피는 폭풍이 몰아치는 배 위에 있었다.

◇

「여, 여긴 대체……?」

「네피, 여긴 위험해. 배 안으로 들어가자!」

배는 크게 요동치고 있었고 파도가 갑판까지 들이치고 있었다. 꿈이라는 게 믿기지 않을 정도로 바람도 싸늘해서 여기서 바다로 내동댕이쳐졌다가는 무사하지 못할 것 같았다.

——아무리 꿈속이라 해도 정신이 죽으면 현실에서도 죽을지 모른다.

마술 중에는 그런 것도 존재한다. 꿈을 죽여서 표적을 폐인으로 만드는 것인데, 제법 강한 마술사도 제대로 저항 한 번 못 하고 죽게 된다.

얼른 상의 단추를 풀고 로브처럼 펼쳐서 네피를 품 안에 안아 보호했다.

그런데 배 안으로 들어가는 문은 어디 있을까. 하늘은 시커먼 구름으로 뒤덮여 있어서 낮인지 밤인지도 확실하지 않았다. 앞이 제대로 보이지 않아서 섣불리 움직였다가는 바다로 떨어질 것 같았다.

바로 그때였다.

「——이쪽이에요!」

조금 떨어진 곳에서 그렇게 외치는 소리가 들렸다.

목소리가 들리는 방향으로 고개를 돌리니 갑판에서 조금 아래로 내려간 부분에서 불빛이 새어 나오는 게 보였다. 그들을 향해 손짓하는 작은 인영도 있었다.

「저기다. 가자, 네피.」

「네, 자간 님.」

누구인지는 모르겠지만 자간과 네피는 그쪽을 향해 걸음을 옮겼다.

하지만 흔들리는 갑판 위를 달리는 건 쉬운 일이 아니었다. 몇 번이나 넘어질 뻔하면서 간신히 문안으로 굴러 들어갔다.

「쿡쿡, 무사해서 다행이에요.」

그제야 상대의 얼굴을 본 네피의 눈이 동그래졌다.

「알시에라 님?」

자간과 네피를 배 안으로 맞아들인 건 흡혈귀 소녀였다.

――그러고 보니, 이 자식, 원래는 몽마라고 했던 것 같은 데…….

그런데 꿈속이라서 그런 걸까, 옷차림은 평소와 같은 드레스가 아니었다. 화려한 붉은 기모노――류카온의 유 · 카타라고 하는 민족의상을 입고 있었다.

――밤의 일족은 흐르는 물을 싫어한다는 말을 들었는데 그래서일까?

꿈속에서도 그 영향에서 벗어나지 못하는 건가. 자간이 의아해하는 걸 알아차리지 못한 건지, 소녀는 금색 쥘부채를 펴서 입가를 가리더니 마음이 놓인다는 듯 말했다.

「귀형이나 되는 분이 하마터면 큰일 날 뻔했잖아요, **자간 님.**」

덧붙여 말하자면, 릴리스 외에 다른 사람의 꿈속으로 들어올 수 있는 이는 거의 없다. 알시에라 역시 가능성이 높지만, 이 소녀가 알시에라 본인이 아닌 이상 다른 이들은 불가능하다.

「아우우…….」

'알시에라'는 머리를 감싸며 주저앉았다. 옷차림도 류카온 스타일이다 보니 아무리 알시에라라고 생각하라고 해도 불가능했다

「설마 네피 아가씨에게도 간파 당할 줄이야…….」

「잘은 모르겠지만 그 우스꽝스러운 옷도 그만 입지? 이야기하

기 영 껄끄러운데.」

자간은 그렇게 타일렀지만 '알시에라'는 고개를 옆으로 흔들었다.

「그럴 순 없어요. 제가 빌릴 수 있는 **배역**이 그분밖에 없어서요.」

「배역이라고?」

「……순서대로 이야기할게요.」

고개를 끄덕이려는데 품에 있는 네피가 떠는 게 느껴졌다. 파도와 비에 젖어 몸이 차갑게 식어 있었다.

「그 전에 갈아입을 만한 옷은 없나?」

「그렇긴 하네요. 여기 옷이 있답니다.」

'알시에라'는 아무것도 없는 배의 벽을 갑자기 억지로 열었다. 그 너머는 놀랍게도 옷장이었다. 배에 대해 아는 건 없지만, 자간조차 황당해하고 있었다.

「아무리 꿈속이라도 너무 황당무계하잖아.」

「……네. 황당무계하죠.」

진짜를 흉내 낼 생각인지, 꽤 무거운 말투였다.

일단 옷장 안에는 대량의 옷이 들어 있었다. 상인들이 즐겨 입는 별다른 장식이 없는 셔츠와 바지에 성기사의 예복, 그 외에는 지금 입고 있는 예복 비슷한 것도 들어 있어서 통일감이라고는 없었다.

그중에 낯익은 것도 보였다.

「흠, 뭐, 이런 것도 있었군.」

자간이 집어 든 건 평소에 입는 로브와 망토였다. 예복도 가끔은 즐겨 입지만, 역시 평소에 입는 옷이 제일 편하고 좋다.

그 옷을 들고 걸치려는데, 네피가 외쳤다.

「아!」

「왜 그러지?」

「아, 그게…… 저기, 괜찮다면, 그 옷을 입어보고 싶은데, 요.」

네피는 새빨개진 뾰족한 귀를 바들바들 떨면서 말했다. 이 귀의 반응을 보니 아무래도 상당한 용기를 쥐어 짜낸 것 같았다.

「그건 상관없지만, 괜찮겠나? 다른 정상적인 옷도 있는데」

「아뇨, 전 그게 좋아, 요…….」

「아, 알았다. 입도록 해라.」

그렇게 말하며 건네자 네피는 신나게 로브를 걸쳐 보았다.

「우와, 크네요.」

당연하다. 소매도 얼마나 남아도는지 손가락 끝조차 보이지 않았다. 접힌 소매의 모양을 보고 간신히 그곳에 손이 있다는 것을 알 수 있을 정도였다.

그런데도 네피는 그 소매를 이마에 대고 기쁜 미소를 지었다.

「후후후, 한번 입어보고 싶었어요.」

「그, 그래?」

「네!」

누가 봐도 이상한 차림이었지만, 헐렁헐렁한 로브를 걸치고 만족스러워하는 네피를 보고 있자니 아무 말도 할 수 없었다. 로브 안에 입은 건 아까 그 예복 비슷한 거라서 가끔 로브 사이로 눈부신 허벅지가 보였다.

──가슴은 또 왜 이렇게 뛰는 거냐!

만약 이곳에 고메리 할망구가 있다면 '이 고도의 사랑의 힘은!'이라고 떠들어대며 코피를 터뜨릴 것 같은 광경이었다.

역시 세상은 넓다. 자간이 모르는 행복이 이렇게나 많다니.

로브는 네피에게 양보하기로 했다. 그 외에 괜찮은 옷은 없는지 찾다가 문득 시선이 멈춘 건 검은색 연미복이었다.

「윽, 이것은…….」

「아…….」

라파엘이 평소에 입는 집사복이다.

그런데 무슨 일인지, 네피는 잡아먹을 듯이 바라보고 있었다.

「그, 그래도 가끔은 기분 전환도 할 겸, 이런 것도 입어 볼까.」

「정말이요?」

네피의 목소리에선 기대감이 역력히 묻어났다.

——네피가 먼저 뭔가를 조르다니, 꽤 신선한 느낌이군…….

솔직히 이 의상의 어디에 끌린 건지는 모르겠지만, 신부가 원한다면 거절할 이유는 없다. 재빨리 소매에 팔을 넣고 갈아입은 다음 네피를 향해 돌아섰다.

「어, 어떠냐……?」

「너무, 잘 어울리세요……!」

「그렇다니 다행이다. 나야 뭐가 좋고 나쁜 건지 모르겠지만.」

별생각 없이 중얼거리자 네피는 단호한 표정으로 입을 열었다.

「외람된 말씀이지만 자간 님의 옷은 늘 헐렁한 것뿐이죠. 그런데 이 연미복은 적당히 붙어서 아주 신선한 느낌이에요.」

생각지도 못한 역설에 자간은 압도되었다.

——하긴 네피의 시녀복도 늘 가슴이 크게 뛸 정도로 귀엽지.

자간의 옷을 본 네피의 감상도 그것과 비슷할지 모른다.

「그, 그래……? 네피도 아주 잘 어울린다. 마술사의 촌스러운 로브도 네피가 입으니 이렇게 다르게 보일 줄은 몰랐어.」

「하읏」

솔직한 감상을 말하자 네피도 가슴을 누르며 웅크리고 앉았다.

평소 입는 옷을 바꿔 입었을 뿐인데도 〈마왕〉과 그 신부는 이렇게나 일희일비하고 있었다.

그런 자신들을 '알시에라'가 세상에서 격리된 것처럼 바라보고 있는 것을 알아차린 자간과 네피는 허둥지둥 떨어졌다.

「으, 음! 옷은 더할 나위 없이 마음에 든다. 칭찬해주마.」

「아, 네.」

죽은 생선 같은 눈을 하고 있던 '알시에라'는 마음을 다잡듯 머리를 흔들고 나서 입을 열었다.

「우선 이곳이 '꿈' 속이라는 건 왕과 네피도 이미 눈치채셨죠?」

「그래. 나와 네피의 꿈을 연결한 거냐?」

「맞습니다. 단…….」

'알시에라'는 굴욕감마저 묻어나는 목소리로 말을 이어갔다.

「두 분의 꿈을 연결할 때 '이물질' 같은 게 섞여 든 것 같아요.」

「이물질이라고?」

「네. 정체는 잘 모르겠지만 두 분의 '꿈'에 다른 사람이 들어 왔습니다.」

꿈이라는 세계의 상식이 어떤 건지는 잘 모르지만 '알시에라'의

모습을 보아하니 좋은 일은 아닌 것 같았다.

그런데 구체적으로 어떻다는 거지?

「너 말고 다른 몽마가 간섭했다는 뜻이냐?」

확인하듯 묻자 '알시에라'는 고개를 옆으로 흔들었다.

「이렇게 어설프게 연결하는 몽마가 있다면 그야말로 몽마 실격입니다.」

그러더니 분한 듯 젖부채를 꽉 쥐었다.

「그럼에도 몽마의 공주인 나의 꿈에 함부로 들어올 수 있는 힘을 가졌다는 뜻이니, 나도 뭐가 어떻게 된 건지 잘 모르겠네요.」

「그게 있을 수 있는 일이냐?」

「있을 수 없는 일이죠. ……그러니까 왕의 경우로 비유하자면 마술의 마도 모르면서 〈마왕〉 못지않은 힘을 가진 자가 왕의 결계를 파괴한 느낌이랄까요?」

「음, 확실히 있을 수 없는 일이군.」

〈마왕〉의 힘이라면 〈마왕의 각인〉을 계승하면 될 일이지만, 이건 마족조차 넙죽 엎드릴 정도인 마력의 결정체다. 이런 것이 일반인에게 주어지면 몸보다 정신이 먼저 망가져서 폐인이 될 것이다.

게다가 마술이라는 건 난해한 술식 같은 것이라 있는 힘을 다해 깬다는 것은 '내 계산식에 따르면 일 더하기 일은 백이다'라고 우기는 것이나 마찬가지다. 그 주장을 관철하려면 왕족과 평민 정도 되는 힘의 차이가 필요하다. 말도 안 되는 법을 강제로 따르게 만들어야 하니까.

당연히 〈마왕〉들처럼 서로 힘이 엇비슷한 자들도 불가능하다.

아무래도 '알시에라'가 꿈속인데도 이렇게 떨떠름한 얼굴을 하고 있는 이유도 거기에 있는 것 같았다.

「그리고 하나 더 골치 아픈 게 이 '이물질'이 꾸고 있는 게 악몽인 것 같다는 겁니다.」

「알시에라가 나오는데 좋은 꿈일 리 없지.」

밖은 폭풍이 몰아치고 선원의 모습조차 보이지 않았다. 언제 가라앉아도 전혀 이상하지 않은……게 아니라 침몰하지 않은 게 신기할 정도였다. 그런 배를 무대로 악몽이 아닌 다른 꿈을 꾸라는 게 오히려 불가능하다.

네피가 머뭇머뭇 묻는다.

「악몽이라면 어떤 문제가 있나요?」

「……우리 몽마가 꾸게 하는 악몽은 원래 상대를 공격하기 위한 것입니다.」

몽마는 상대방의 꿈에 간섭해서 정기를 얻는 종족이다. 그녀들을 화나게 했다가는 꿈속에서 죽을 수도 있다. 그게 '알시에라'가 말하는 **악몽**이라는 것이다.

그건 즉 일류 마술사가 평생이 걸려 도달하는 힘을 그녀들은 태어날 때부터 가지고 있다는 뜻이었다. 마술사에게는 살아 있는 보석 같은 존재였다.

――몽마가 멸종 위기에 처한 희귀종이 될 만도 하군.

릴리스도 자간의 비호가 없었다면 류카온 밖으로 한 발짝도 나가지 못했을 것이다.

'알시에라'는 말하기 곤란한 듯 했지만 말을 이어갔다.

「게다가 이 꿈의 주인은 쓸데없이 힘이 세기 때문에 섣불리 간섭하면 꿈 자체가 망가질지 몰라요. ……만약 꿈이 망가지면 상대 역시 무사하진 않을 겁니다.」

죽는다는 뜻이다.

그럼에도 그 말에서는 공포와 분노가 아니라 안타까움이 느껴졌다.

——아, 의도치 않게 상대의 꿈을 망가뜨리는 건 몽마에게는 부끄러운 일이구나.

누군가를 구하려고 했지만 구하지 못했을 때 느끼는 후회와 똑같다.

자간은 확인하듯 물었다.

「그럼 그 모습도 이 꿈의 주인에 대한 배려인가?」

「네. 아무래도 당신과 안면이 있는 분인 것 같아요. 그런데도 이 악몽 속에서 상당히 중요한 위치를 차지하고 있는 것 같네요.」

뭐, 상식적으로 생각하면 흡혈귀와 엮이는 것만으로도 악몽이지만.

「즉 그렇지 않아도 이상한 사태니까 꿈에 간섭하는 걸 최대한 막을 필요가 있다는 말인가.」

「네. 이래 봬도 꿈속에 나오는 몽마는 그 모습을 보는 것만으로도 상대를 매료시킬 정도의 힘이 있으니까요.」

「그 말은 저와 자간 님도 영향을 받는다는 뜻인가요?」

네피가 머뭇거리며 묻자 '알시에라'의 눈이 동그래졌다. 그러더니 쓴 미소를 지으며 손을 팔랑팔랑 흔들었다.

「아—— 아니에요……가 아니라 그런 일은 있을 수가 없죠. 그렇게 딱 붙어 있는 두 분 사이에 어떻게 끼어들 수 있겠어요?」

자기도 모르게 본모습이 드러날 정도로 즉시 대답하자 자간과 네피는 심하게 당황했다.

「그, 그그러그렇게까지 딱 붙어 있진 않았다!」

「마, 마마맞아요! 우린 분명 자제했어요!」

'알시에라'는 이 자식들이 지금 무슨 말을 하는 거냐는 듯 가느스름하게 뜬 눈으로 쳐다봤지만, 곧 헛기침을 하며 말했다.

「아, 그러니까, 좋아하는 사람이 있으면 매력이 가지는 효과는 극단적으로 떨어진답니다. 그런 의미로 생각해 주시면 될 것 같네요.」

누가 봐도 다 알면서도 넘어가 주는 발언에 자간과 네피는 얼굴을 가렸다.

곧이어 '알시에라'는 하던 이야기를 다시 하기 위해 주위를 환기하듯 머리를 흔들더니 미안해하며 머리를 꾸벅 숙였다.

「정말 죄송합니다. 단둘이 꼭 붙어 있게 해주고 싶어서 만든 꿈이었는데…… 제가 부족한 바람에 이렇게 신세를 지게 되었네요.」

그 모습으로 조신한 표정을 지으면 영 적응이 안 되니까 제발 그만했으면 좋겠다.

이어서 이 소녀답지 않게 단호한 태도로 말했다.

「하지만 안심하세요. 최악의 경우라도 두 분은 무사히 돌려보내

드릴 겁니다.」

어떻게 보면 쓸데없는 짓이지만, 그래도 네피와 함께하는 시간을 소중히 여기는 자간을 생각해서 이런 기회를 준 셈이다.

그래서 자간은 솔직하게 감사의 뜻을 전했다.

「신경 쓰지 마라. 오랜만에 네피와 느긋한 시간을 보낼 수 있었으니까.」

「네. 덕분에 즐겁게 지냈어요.」

둘이 함께 감사 인사를 건네자 '알시에라'는 얼굴을 붉히며 시선을 피했다.

「그, 그렇다면 다행이지만요.」

이 반응은 릴리스나 알시에라 모두 똑같을 것이다.

곧이어 자간은 궁금했던 질문을 던졌다.

「그러고 보니 아까 그 꿈은 뭐였지?」

「……? 전 꿈의 내용까진 관여하지 않는데요?」

「그래? 너라면 마음대로 조종할 수 있을 줄 알았는데.」

'알시에라'는 활짝 펼친 부채로 입가를 가리며 요염한 미소를 지었다.

「제 마음대로 두 분을 꿈에서 만나게 한 것만으로도 강제적이었는데 꿈까지 원하는 대로 꾸게 하다니, 아무리 몽마라도 그건 너무 주제넘은 짓 아닐까요?」

자간과 네피는 감탄하며 고개를 끄덕였다.

「방금 모습은 상당히 알시에라다웠다.」

「네. 멋졌어요, 릴리스 씨.」

「딱히 그 사람을 흉내 낸 건 아닌데요.」

외모와 말, 행동까지 똑같이 따라 하고 있는데 뭐가 다르다는 걸까 싶었지만, 이 소녀 나름대로 자신의 언어로 이야기하고 있다는 뜻이리라.

——그렇다면 이 녀석도 어른이 되면 알시에라처럼 되는 건가?

어른이든 뭐든 상관없이 알시에라는 영원히 소녀의 모습을 하고 있지만, 성격이랄까, 말과 행동이 그렇다는 뜻이다.

성에서는 이미 덜렁대는 모습을 다 드러낸 알시에라였지만, 처음 만났을 때는 요염하면서 의뭉스러워서 속내를 전혀 알 수 없는 상대였다. 지금은 그렇지 않지만, 고작 흡혈귀라고 무시하기 힘든 두려움을 품고 있었다.

당사자에게 물어보면 '은안의 왕에게 휘둘려서 이렇게 된 건데요?'라며 맹렬하게 항의할 것 같았지만, 자간은 진지하게 그렇게 생각했다.

그렇지만 '알시에라'도 신경은 쓰이는 눈치였다.

「그렇게 이상한 꿈이었나요?」

「이상하다고 해야 하나. 처음 보는 곳에서, 처음 보는 옷을 입고, 한 번도 생각해 본 적 없는 일을 했지.」

꿈이라는 건 자신의 기억을 바탕으로 구축되는 것이라는 설이 있다. 그런데 한 번도 본 적 없고 생각조차 한 적 없는 꿈을 꾼다는 게 가능한 걸까?

'알시에라'는 잠깐 생각한 다음 입을 열었다.

「꿈이라는 건 있었을지도 모르는 '가능성'이라는 견해도 있어요.」

「가능성이라고?」

「네――만약 그때 이랬다면――하고 생각하는 걸 꿈으로 꾸는 건 자주 있는 일이잖아요? 그런 '가능성'이 결합하면 왕이 말하는 생각조차 한 적 없는 꿈을 만드는 것도 가능하죠.」

꿈에 관해서라면 이쪽이 더 전문가다. 자간은 그렇구나, 라며 고개를 끄덕였다.

――아까 그 꿈은 '만약 마술사가 없다면'이라는 생각에서 나온 건가.

마술사식으로 표현하면 '평행 세계'라고도 부를 수 있겠군.

바로 그때, '알시에라'는 마치 무언가가 잡아당기는 것처럼 비틀거렸다.

「어머, 아무래도 그분이 **나올 차례**가 된 것 같군요.」

꿈속의 역할을 연기해야 한다는 뜻이다.

「우리는 모습을 보이지 않는 게 좋겠지?」

「네. 그렇게 부탁드릴게요. 가능한 한 원만하게 이 꿈을 끝내고 싶거든요.」

그 말을 남기고 '알시에라'는 폭풍이 몰아치는 갑판으로 나갔다.

◇

주위를 확인해 보니 선내의 통로는 비좁았다. 숨는다면 다른 방에 들어가는 방법도 있지만, 만에 하나 그쪽에서 그 방에 들어오기라도 하면 도망칠 곳이 없을 것 같았다. 벽 속에 나타난 옷장은 어느새 사라지고 없었다.

——뭐, 최악의 경우에는 벽을 부수고 밖으로 나가는 방법도 있지만.

퇴로를 확인한 후에 '알시에라'가 간 방향을 가만히 바라본다.

폭풍이 치는 갑판으로 나간 '알시에라'는 난간 너머로 몸을 내민 채 바다를 내려다보고 있었다. 표류한 사람이 있는 모양이다.

그러나 외모는 알시에라이지만 안에 있는 건 릴리스이다. 저런 곳에서 몸을 내밀어도 괜찮을지 모르겠다.

조마조마하며 지켜보고 있자 '알시에라'의 팔에서 무수한 사슬이 뻗어나갔다.

——참, 저런 힘도 가지고 있었지.

흡혈귀 특유의 힘일까. 표류자를 끌어 올릴 심산인 것 같았다.

「아, 잠깐, 기다——.」

그렇게 생각한 순간, '알시에라'의 발이 미끄러졌다.

자간은 알 길이 없었지만, 이때 원래 알시에라의 컨디션은 최악인 상태라서 그 모습을 빌린 '알시에라'도 그 상태를 따라갈 수밖에 없었다.

그대로 바다로 떨어지려고 하자 자간도 얼른 손을 내밀었다.

「아아앗…… 어, 어라?」

떨어질 뻔한 '알시에라'는 어떻게 된 일인지 원래 모습으로 돌아와 있었다. 심지어 사슬도 끌어올려져 있었다.

‘관성 조작 마술일까요, 자간 님?’

‘정답이다. 네피도 마술에 많이 익숙해졌군.’

정확히 잘 알고 있는 네피를 자간은 스승으로서 칭찬해 줬다.

이것은 힘의 방향을 조작하는 마술이었다. 대부분의 마술사가 육체 강화 다음으로 배우는 것인데, 난이도는 초급과 중급의 중간 정도 된다. 이것을 발전시키면 별의 바다까지 날아갈 수 있다고 한다. 이론적으로는 말이다.

어쨌든 이런 마술이 많이 퍼져 있다 보니 활 같은 무기는 더 이상 의미가 없어졌다.

――그런데 꿈속에서도 마술은 사용할 수 있나 보군.

로브와 망토가 없어서 그럴까. 대규모 마술을 사용하긴 힘들 것 같지만, 마술 자체를 행사하는 건 가능했다.

‘알시에라’는 무슨 일이 일어났는지 모르는 것 같았지만, 사슬은 이미 표류자를 갑판 위로 끌어 올린 상태였다. 재빨리 부축해서 일으켰다.

「괜찮으세요?」

「으……으윽…….」

갑판에 내동댕이쳐진 건 10대 중반 정도 되는 소년이었다. 릴리스와 비슷한 또래다. 적갈색 머리에 홀쭉한 뺨. 파도에 휩쓸려서 너덜너덜해진 바지와 셔츠 차림의, 꾀죄죄하면서 가련한 외모를 하고 있었다.

‘알시에라’는 소년을 자신의 어깨에 기대게 한 채 선내로 돌아가려 했지만, 소년은 의식이 없었다. 소녀 혼자의 힘으로 들기엔 힘들어서 한 발짝도 움직이지 못했다.

——저 자식, 알시에라를 흉내 낼 생각이 있긴 한 건가?

아무리 봐도 자신이 맡은 배역을 잘못 알고 있는 것 같았지만, 어차피 이 꿈에 다른 등장인물은 없으니까, 뭐.

이번에는 네피가 그 모습을 보다 못해 팔을 뻗었다.

'……그냥 두고 보고 있을 순 없어요. 도와줘도 될까요, 자간 님?'

'그래, 부탁하마.'

네피가 가만히 의식을 집중하자 거칠게 퍼붓던 비의 기세가 누그러지고 돌풍이 '알시에라'의 등을 살짝 밀었다.

마법이다. 역시 꿈속에서도 사용할 수 있는 것 같다.

비틀거리면서……라기보다는 바람에 날려가는 것처럼, 기모노 차림의 흡혈귀와 소년은 선내로 떠밀려 들어갔다.

자간과 네피는 아무것도 못 본 척, 그 직전에 옆에 있는 방으로 몸을 숨겼다.

이곳은 선원용 방인지 3층 침대에 작은 테이블만 있는 좁은 방이었다. 창가에는 승조원의 제복처럼 생긴 옷과 외투가 걸려 있었다.

'……자간 님이 릴리스 씨를 그냥 두지 못하는 이유를 알 것 같아요.'

어이가 없지만 동정하는 듯한, 뭐라 설명하기 힘든 목소리였다. 어떤 의미에서는 샤스틸보다 더 덜렁대는 성격이니 당연한 반응이었다.

——아니지. 같은 덜렁이라도 릴리스의 경우는 신체적인 스펙이 너무 낮아서 그런 건가.

마술사도 아니고 능력도 꿈속에서나 발휘할 수 있는 릴리스는 신체적인 능력이 아주 낮다. 물론 일반인치고는 보통이지만, 알시에라 같은 초인의 신체 능력을 따라잡기엔 한참 부족했다.

본인은 그런 결점까지 극복하려고 노력하는 것처럼 보이니 더더욱 눈물겨웠다. 네피까지 그냥 내버려두지 못할 정도다. 뭐, 진짜 알시에라가 흐르는 물 위에서는 컨디션이 나빠지는 것도 원인 중 하나겠지만.

네피와 마주 보며 고개를 끄덕이고 있자 소년도 의식을 되찾은 것 같았다.

「으으……, 뭐, 뭐냐, 넌……?」

「이런, 생명의 은인을 이렇게 반갑게 맞아주다니. 귀형은 표류하고 있었다고요」

「에, 아……. 나를 구해준 거야?」

말투 하나는 그럭저럭 비슷하게 재현해서 대화는 무난하게 진행되었다.

「——그럼, 이 배는 유령선이라는 뜻인가?」

「쿡쿡, 어디까지나 그런 소문이 돌고 있을 뿐입니다. 그래도 아무도 없는 것 또한 사실이긴 하죠.」

그런 대화가 들리자 자간과 네피는 서로 얼굴을 마주 보았다.

'아무도 없다는 건 우리가 있는 게 들키면 곤란하다는 뜻일까요?'

'그렇겠지. 여기서 무슨 일이 있었는지는 모르지만, 범인으로 오해받을 수도 있겠어.'

들키지 않는 게 좋다는 말을 듣긴 했지만, 이렇게 심각한 이야기인 줄은 몰랐다.

그런 **설정**은 제대로 설명을 해줬으면 좋았겠지만, 지금은 릴리스도 미처 예측하지 못한 사태인 것 같았다. 본인도 꿈의 설정까지는 파악하지 못했는지도 모른다.

그런 이야기를 나누고 있는데 '알시에라'와 소년이 자간과 네피가 있는 방으로 가까이 다가왔다.

'앗, 이거 큰일이군. 네피, 꽉 잡도록 해라.'

'네, 자간 님.'

자간은 네피를 안더니 그대로 천장에 달라붙듯 공중으로 떠올랐다.

'알시에라' 일행은 두 사람의 존재를 알아차리지도 못한 채 방으로 들어오더니 창가에 걸려 있는 외투를 집어 들었다.

「이거라도 입으세요.」

몸이 얼었을 소년에게 상의를 찾아서 건네준 모양이다.

그런데 소년은 외투를 받아 들더니 자기가 입지 않고 '알시에라'의 어깨에 걸쳐 주었다.

「너도 흠뻑 젖었잖아.」

「에, 아…… 저기, 나는 괜찮은데…….」

예상하지 못한 반응이었는지, '알시에라'는 횡설수설했다.

「그, 그렇게 보이진 않는데. 자, 얼른 입어.」

소년도 쑥스러웠던 걸까. 갑자기 얼굴을 붉혔다.

——너 그거, 절대 알시에라 본인의 반응은 아니지?

이래저래 이미지가 깨질 것 같은데, 괜찮은지 모르겠군. 악몽은

커녕 점점 고메리가 좋아서 날뛸 전개가 펼쳐지고 있는데…….

소년이 '알시에라'의 손을 끌고 나가자 네피도 안도의 숨을 내쉬었다.

'들키지 않아서 다행이에요.'

'그래. ……그런데 저 녀석, 괜찮을까? 끝까지 알시에라를 연기할 수 있을지 모르겠군.'

아니, 이미 파탄이 난 것 같은 느낌까지 든다.

네피는 재미있다는 듯 웃었다.

'그래도 무인도에 있는 샤스틸 씨와 발바로스 님을 보는 것 같아서 왠지 재미있었어요.'

류카온에 갔을 때 있었던 일이다. 보기 드물게 샤스틸이 발바로스에게 진심으로 화를 낸 적이 있었다. 그런 두 사람이 화해하는 모습을 샤스틸의 부하인 성기사들과 함께 지켜본 건 즐거운 추억 중 하나였다.

뭐, 흐뭇한 광경을 보고 있는 듯한 기분이 든 건 사실이다.

자간도 고개를 끄덕이며 웃었다.

'그러면 그때처럼 멀찍이서 지켜보도록 할까.'

'네.'

그 후, '알시에라' 일행은 잠깐 시간을 들여 선내를 조사했지만, 겉만 알시에라이지 속은 덜렁이라서 그런 걸까, 유령선의 악몽 비슷한 분위기는 조금도 느껴지지 않았다.

가는 도중에 고정되어 있어야 할 선반이 갑자기 떨어지고 아무도 손대지 않은 나이프가 날아오기도——쿠로카의 불운한 체질이

전염된 걸까——했지만 그 또한 두 사람이 알아차리기 전에 자간과 네피가 처리했다.

그러다가 마침내 사건(?)의 범인을 알아냈다.

선내에 있는 식당 한가운데에서 당당하게 와인잔을 든 남자와 대치했다.

「내가 마련한 이벤트가 즐거웠는지 모르겠군.」

「웃기지 마! 이벤트는 무슨. 왜 이 녀석을 노리는 거지?」

어쩌다 보니 흐뭇하게 지켜보고 있었지만, 아무래도 범인이 노리는 건 '알시에라'였던 모양이다. 덜렁대는 모습을 들킬까 봐 은근슬쩍 도와주다 보니 자간도 알아차리지 못했다.

'릴리스 씨, 괜찮을까요?'

'으음, 그렇군…… 도와주는 게 좋을까?'

진짜 알시에라라면 이런 곳에서 궁지에 몰릴 일도 없지만, 지금 저 속에 있는 건 릴리스다. 갑자기 악몽으로 변하기라도 하면 큰일이다.

'잠깐 다녀오마.'

자간이 그렇게 말하고 펼쳐낸 건 예전에 〈마왕〉 안드레알푸스가 사용한 시간 정지 마술——이름은 〈허공〉——이었다.

시간 정지라고 해봤자 시간이 천천히 흐르는 게 전부다. 이 상태로 부딪치면 주위 사람은 '음속을 월등히 뛰어넘을 정도'로 예사롭지 않은 속도로 접촉하게 된다. 자간은 배에 손상이 가지 않도록 신중한 발놀림으로 남자 앞에 섰다.

얄미울 만큼 여유로운 미소를 띤 그 얼굴을 어루만지는 것처럼 옆에서 툭 때렸다.

머리가 뭉개지지 않도록 적당히 힘을 조절했지만, 이 시점에서 남자의 뇌는 충격으로 이미 파열되었다. 시간이 다시 흐르기 시작하면 반대쪽 귀를 통해 안에 든 게 죄다 쏟아져 나올 것이다.

그런데 그 모습을 직접 보고도 '알시에라'의 정신이 무사할지 불안했다.

조금 더 힘을 빼야 하나 싶어 주위를 확인해 보니 마침 '알시에라'의 손에서 부채가 떨어지고 있었다.

——이걸 던진 것처럼 보이게 만들면 되겠군.

자간은 부채를 집어 들어 남자의 가슴을 향해 휙 던졌다.

어루만지기만 해도 뇌가 터지는 공간이다. 이 부채도 자간이 있는 힘껏 던진 돌멩이 정도 되는 위력을 가지고 있었다.

모든 위협을 배제한 것을 확인한 자간은 네피의 곁으로 돌아왔다.

그리고 〈허공〉을 해제했다.

쾅 하고 큰 소리를 내며 남자와 함께 식당의 절반이 날아갔다.

시간 정지 상태에서 던진 부채는 자간의 예상보다 더 파괴적이었던 것 같다.

『어……?』

깜짝 놀라는 소년과 '알시에라'.

'자간 님, 조금 과했나 봐요…….'

'아——…. 아냐, 진짜 알시에라라면 이 정도는 하고도 남지. 음.'

타인의 꿈을 엉망진창으로 만든 것 같긴 했지만, 자간은 평정을 가장하며 그렇게 말했다.

하지만 파괴는 식당에만 그치지 않고 공간 그 자체에까지 균열이 가기 시작했다.

——아, 이거 큰일이군…….

그렇게 생각했다가 이내 아니라는 것을 깨달았다.

'흐음. 아무래도 '꿈'에서 깨어나고 있는 것 같군.'

끔찍한 꿈에 놀라 스스로 깨어난 것일까. 만약 그렇다면 나중에 릴리스가 우울해할지도 모른다.

'알시에라'의 모습도 사라지더니 서서히 릴리스 본인의 모습이 나타나기 시작했다. 그 광경을 본 소년은 당황해서 외쳤다.

「어, 어이. 뭐가 어떻게 된 거야?」

「괜찮아. 이건 그냥 꿈이야. 깨어나면 기억조차 못 할, 흔한 악몽.」

악몽보다는 이상한 꿈이라는 표현이 더 맞는 것 같았지만, 자간도 분위기를 파악하고 가만히 있었다.

곧이어 릴리스는 소년을 향해 미소를 지었다.

「자, 이제 악몽은 끝. 자신의 자리로 돌아가세요.」

그 말에 소년은 망연자실한 모습으로 우두커니 서 있었다.

「돌아가라니, 어디로……?」

가늠조차 할 수 없다는 듯한 목소리를 남기고 꿈의 세계는 사라졌다.

그 순간 잠에서 깨어난 자간과 네피는 보지 못했다.

소년의 뒤에서 이 세상의 종말 같은 어둠이 밀려오는 것을.

그리고 그런 소년을 다시 데려오는 것처럼 릴리스가 팔을 뻗는 모습을──.

◇

자간 성의 옥좌의 방. 잠에서 깨어난 자간은 가볍게 기지개를 켰다.

"흐음. 잘 잤다."

다행히 꿈속에서 일어난 일은 똑똑히 기억났다. 네피와 단둘이 오붓한 시간도 보냈고 재미있는 구경도 했다.

"나중에 릴리스에게 상이라도 줘야겠어."

그 소녀가 성에서 부하들의 욕구불만을 해소해 주는 장사를 하고 있다는 건 이미 다 알고 있었다. 하지만 자간은 그 대가로 정기를 지불하기는커녕, 오히려 공급받고 있었다.

그만큼 자신에게 충성을 다한 부하라면 그에 걸맞은 보상을 해줘야 하는 법.

무얼 주면 좋을지 고민하고 있는데 누가 옥좌의 방의 문을 두드렸다.

"나의 왕이여, 일어났는가?"

"라파엘인가? 무슨 일이지?"

네피인 줄 알았는데 라파엘이었다. 아직 이른 아침이라 아침밥을 먹기엔 이르다.

문을 여니 라파엘이 날카롭게 경계하는 표정으로 서 있었다.

"……이번엔 또 무슨 일이 일어났지?"

어제저녁에 있었던 가족회의와는 다른 의미로 보통 일이 아닌 것 같았다. 자간도 정신을 바짝 차리고 이야기를 재촉했다.

라파엘은 살짝 숨을 고르더니 이렇게 말했다.

"손님이다."

단적이지만 너무 충격적인 한마디였다.

"……뭐라고?"

자간은 자신의 귀를 의심했다.

왜냐하면 자간이 그 사실을 전혀 지각하지 못했기 때문이었다.

이 성과 주변의 숲은 자간의 영지이기에 결계가 쳐져 있다. 그 결계는 마술사의 힘을 증폭시키는 것은 물론이고 침입자를 감지하는 기능도 갖추고 있었다. 포레와 라파엘이 멀리서 온 침입자를 인식할 수 있는 것도 이 결계 덕분이다.

제아무리 지금 막 일어났다고 해도 그 결계가 라파엘이 말하는 '손님'의 존재를 인식하지 못했다.

――비프론스의 침입도 놓치지 않는 결계인데…….

비프론스가 몸이 망가져서 안개 형태의 먼지가 되어 침입해 온 적이 있었지만, 그래도 침입 자체는 감지했었다.

즉 이것은 결계라는 분야에 한해서는 비프론스마저 능가하는 존재라는 말이다.

"누구지?"

"이름은 밝히지 않았다. 일단 왕을 만나게 해달라고 요구하더군."

어이가 없을 정도로 오만했지만, 그에 걸맞은 힘을 갖추었다고 인정하지 않을 수 없었다.

——그런 자가 난동을 부리기라도 했다간 부하들만 다치겠지.

아무리 마술사라도 남의 영지에 들어와서 이름을 밝히지 않는 것도, 왕에게 그 말을 전달하는 자도 상식을 벗어났지만, 이 상황에서 라파엘의 판단은 옳았다.

"알았다. 여기로 보내."

"존명. ……우리는 어떻게 대비할까?"

"그럴 필요 없다. 어차피 상대는 〈마왕〉이니까."

〈마왕〉은 〈마왕〉이 상대해야 한다.

그렇게 대답했을 때였다.

"키키키, 어린 것치고는 판단이 빠르군——《마술사 킬러》 자간."

라파엘의 뒤에서 불길한 그림자가 기어 나왔다.

"——앗, 무례하다."

라파엘은 즉시 왼쪽 의수에서 성검을 꺼낼 자세를 잡았다.

"괜찮으니까 들여보내."

아무리 라파엘이라도 〈마왕〉을 상대로 혼자 싸우는 건 버겁다. 이 충신을 잃는 리스크에 비하면 상대의 무례함 따윈 아무것도 아니었다.

나타난 것은 가면을 쓴 마술사였다. 두꺼운 로브로 몸을 감싸고 있어서 체격조차 제대로 보이지 않았다.

은색 가면 속에서 반짝이는 하나의 빛을 본 자간은 실눈을 떴다.

"단안종(사이클롭스)······ 아니, 마안족(이블 아이)――옳거니, 네가 《마안왕》 나벨리우스로군."

――라파엘을 저지하길 잘했군.

마안을 가진 종족은 여럿 있지만, 이건 그중에서도 최악의 종족이다. 지금은 인간의 모습을 하고 있지만, 그 정체는 구근(球根) 형태의 몸에 거대한 눈을 가지고 있으며 무수한 촉수가 달린 이형의 마물이었다.

그리고 무엇보다 골치 아픈 건 바로 그 마안이다.

얼핏 보면 그 마안은 가면 속에 떠 있는 하나의 눈처럼 보이지만, 그들은 자신의 몸에 10개나 되는 마안을 가지고 있다고 한다. 그 모든 눈이 각각 다른 이능을 가지고 있어서 굳이 마술을 배우지 않아도 혼자서 나라 하나 정도는 거뜬히 멸망시킬 수 있다.

용만큼은 아니더라도 인지(人知)를 뛰어넘는 재앙급 존재인 건 사실이었다.

그리고 하나의 종으로 가질 수 있는 최고의 힘을 가진 자는 자간 입장에서는 상대하기 까다로운 상대이기도 했다.

――그래, 마안으로 결계의 빈틈을 찾아내서 들어온 건가.

예전에 네프테로스가 마력을 퍼부어서 억지로 틈을 만든 적은 있었다. 그것도 인간을 능가하는 기술이었지만, 나벨리우스의 기량은 그것조차 어린애 장난처럼 보일 정도였다. 솔직히 같은 마술사로서 감탄할 정도다.

자간은 그런 《마안왕》의 일거수일투족을 놓치지 않도록 주시하며 옥좌에서 다리를 다시 꼬았다.

"오랜만, 이라고 해야 하나, 〈마왕〉 나벨리우스?"

"어느 쪽이든 상관없어. 그때는 너도 나를 볼 여유는 없었잖아?"

"안드레알푸스가 어지간히 거들먹거려야지."

"키키키, 강한지 약한지로 따지면 분명 강한 사람이었는데 말이야……."

그 말투를 통해 이 〈마왕〉도 안드레알푸스가 행방불명이라는 사실을 파악하고 있다는 것을 알 수 있었다.

——그럼, 이 녀석의 목적은 뭘까?

안드레알푸스의 복수나 구출 같은 건 아니겠지만, 지금 타이밍에 자간의 거처를 찾아온 이유는 짐작이 가지 않았다.

자간이 이 〈마왕〉에 대해 파악하고 있는 건 단 세 가지.

나벨리우스가 《마안왕》과 《마공》이라는, 〈마왕〉치고도 이례적인 두 가지 별명을 가진 마술사라는 점.

하필이면 이 시기에 우호적이지도 않은 자간의 영지에, 굳이 **위험까지 무릅쓰고** 올 필요가 있었다는 것. 부하도 없이 혈혈단신으로 왔으니 조금만 잘못해도 이 성에서 죽을 위험을 감수하고 있다는 것이다.

마지막으로 비프론스와 안드레알푸스라도 웬만하면 피하는 '괴짜'라는 점이다.

일단 대화를 통해 정보를 얻는 것부터 시작해야 할 것 같다.

자간은 손가락을 탁 튕겼다. 그러자 기둥 뒤에서 의자 하나가 나타나 나벨리우스 앞으로 미끄러져 갔다.

그와 동시에 라파엘에게 시선을 준다.

――지금은 물러나 있어.

여기서 나벨리우스가 날뛰면 골치 아파진다. 다른 부하들은 멀리 떨어져 있도록 하는 게 좋다. 그리고 네피와 포레에게 '괴짜'라 불리는 마술사를 보여주고 싶지도 않았다. 아니, 이 녀석이 그들을 보면 왠지 더럽혀지는 것 같아서 싫었다.

자간의 의도를 정확히 간파한 라파엘은 조용히 머리를 숙이더니 옥좌의 방의 문을 닫고 물러났다.

그 모습을 지켜본 자간은 나벨리우스를 향해 말을 건넸다.

"모처럼 찾아왔으니 편히 있도록 하지."

"어라? 당연히 갑자기 공격해 올 줄 알았는데?"

"그걸 원한다면 생각해 보겠지만, 왜 왔는지 목적도 모르는 놈을 갑자기 때릴 정도로 야만적이진 않거든."

그렇게 난폭한 남자가 애인이면 주위 사람들도 멀리하게 될 테고, 결과적으로는 네피만 고생시키게 된다.

가면 속에서 반짝이는 빛이 감탄한 것처럼 가느스름해졌다.

"키키키, 고작 일 년 동안 꽤 성장했네. 비프론스와 푸르카스도 너만큼이나 차분하면 나도 이런 고생은 안 해도 될 텐데."

그 말을 들은 자간의 눈이 동그래졌다.

"의외군. 겉치레 말을 할 줄 아는 〈마왕〉이 있을 줄은 몰랐거든."

"이런, 말이 좀 심하네. 아티스트에게 후원자가 얼마나 중요한데. 립서비스 정도는 할 줄 알아야지."

아무렇지도 않게 비아냥에 비아냥으로 응수하는 걸 보니 딱히 싸움을 걸러 온 것도 아첨하러 온 것도 아닌 것 같았다.

——그럼 거래를 하러 온 건가? 그렇다면 나한테는 별로 이득이 없는데…….

자간은 원하는 건 스스로 손에 넣자는 주의이고, 시어칸과 관련된 일 역시 도움이 필요할 정도로 곤란하지도 않았다. 아니, 애당초 〈마왕〉은 다 없앨 작정이었다. 네피의 어머니인 오리아스는 예외지만, 안드레알푸스도 최종적으로는 죽일 생각이었다.

눈앞에 있는 마술사는 무시무시한 힘을 가진 〈마왕〉이긴 하지만, 그렇다고 친하게 지낼 이유는 없다는 뜻이다.

결정적으로 자기 입으로 '아티스트' 운운하는 놈치고 제대로 된 놈은 없다. 엮이지 않는 게 최고다.

——그렇다면 그냥 처리할까. 제 발로 어슬렁어슬렁 왔으니까.

자간이 서둘러 대응하려는데 거기에 쐐기를 박듯 나벨리우스가 끼어들며 말했다.

"키키키, 서론은 이 정도로 해둘까. 사실 오늘은 할 얘기가 있어서 왔거든. 내가 공방에서 나온 것만 해도 **성의**라고 생각해 주면 고맙겠는데."

"음……."

자간의 얼굴에 언짢은 빛이 떠올랐다. 이런 말까지 들었으니 다짜고짜 죽일 수도 없는 노릇이었다. 마술사로서는 옳은 행동이지만 왕으로서는 어리석은 짓이다. 그건 자간이 이상적으로 생각하는 왕의 모습은 아니었다.

——짜증 나는 성의지만, 그래도 역시 〈마왕〉답긴 하네.

하는 수 없이 자간이 이야기를 들을 태도를 보이자 나벨리우스는 가면 속에서 눈을 가느스름하게 떴다.

"〈마왕의 각인〉에 공석이 생겼다. 그리고 우리들 〈마왕〉이 그것을 결정해야만 하고."

예상하지 못한 말에 자간은 휴우 하고 한숨을 흘렸다.

——차기 〈마왕〉 선출은 현재 있는 〈마왕〉이 할 일이긴 하지.

그렇게 인정하면서도 자간은 의문을 표했다.

"흠. 안드레알푸스 얘기인가? 녀석이 행방불명이 된 건 사실이지만, 그 정도로 쉽게 죽을 놈이 아니라는 건 너도 알 텐데? 후임을 찾는 건 너무 빠르지 않나?"

"키키키, 너무 낙관적이야, 자간. 안드레알푸스는 그 **강한 힘** 때문에 〈마왕〉 필두의 자리에 있었어. 그런 그가 보기 좋게 패하는 걸 봤는데 누가 그를 따를까? 아니, 언제 누구에게 목을 따일지도 모르지."

그렇군, 하고 자간은 자신의 무지를 인정했다.

——하긴 쓰러뜨릴 수 있다는 걸 알게 되면 죽이고 싶어지는 게 마술사라는 족속들이니까.

안드레알푸스를 탐탁지 않게 여기는 〈마왕〉도 있을 테고, 〈마왕〉의 자리를 노리는 마술사에게도 이보다 좋은 기회는 없을 것이다. 그렇다면 재빨리 처리하고 다른 마술사로 갈아 치우려는 〈마왕〉이 나온다 해도 전혀 이상하지 않았다.

〈마왕〉들끼리 쓸데없는 파벌을 만드는 꼴을 볼 바에야 그 전에 새 〈마왕〉을 선출하는 게 더 낫다.

생각해 보니 시어칸을 죽이겠다고 했던 안드레알푸스는 그것을 마지막 일로 삼을 작정이었는지도 모른다. 그 시점에서 이미 자간에게 패한 신세였으니까.

스텔라에게 성검을 준 것도, 자간에게 옛날이야기를 하러 온 것도 〈마왕〉의 자리에서 물러나기 전에 신변 정리를 한 것이었다고 볼 수도 있다.

그건 알지만, 이해는 되지 않았다.

"어떤 사태인지는 알겠는데, 왜 하필 나한테 그 얘기를 하러 온 거지? 현재 안드레알푸스의 〈각인〉을 가지고 있는 자가 있다면 그건 시어칸이다."

현재 상황이야 어떻든 〈마왕의 각인〉의 소유자를 정한다면 현재 소유자에게 먼저 말하는 게 인지상정이다.

그런데 나벨리우스는 재미있다는 듯 웃었다.

"안드레알푸스의 것은, 그렇지."

자간의 표정이 점점 험악해졌다. 그러고 보니 나벨리우스는 그게 안드레알푸스라는 말은 한마디도 하지 않았다.

"……다른 공석이 또 생긴 거냐?"

"그냥 공석 정도로 그친다면 다행이지만, 최악의 경우, 상실될 것도 염두에 둬야 할 것 같아서 말이야."

나벨리우스에게도 별로 마음에 들지 않는 사태인지 작게 한숨을 쉬었다.

──죽은 〈마왕〉이 또 있단 말인가?

성기사……일 가능성은 없다. 열두 명이 한데 모여 전략을 짜면 가능은 하지만, 라파엘은 자간의 밑에 있고 샤스틸 역시 어떤 움직임도 보이지 않았다. 미하엘인 안드레알푸스는 행방이 묘연한 상태이고 스텔라도 성기사들과는 거리를 두고 있는 듯했다.

나머지 성기사장이 〈마왕〉을 쓰러뜨릴 수 있느냐 하면, 무슨 수를 써도 그건 불가능했다.

그렇다면 남은 건 〈마왕〉끼리의 싸움이나 수명 문제다. 자간도 다른 〈마왕〉의 이름과 별명 정도는 파악하고 있지만, 개인적으로 아는 사이는 아니었다. 게다가 나벨리우스의 말에 따르면 〈각인〉 자체를 잃을 수도 있는 상황이라고 하니 상상조차 되지 않았다.

그래도 역시 결국엔 같은 의문에 도달했다.

"심각한 일이긴 하지만, 왜 하필 나한테 온 거냐 말이다. 내가 너를 포함한 다른 〈마왕〉을 없애고 싶어 한다는 걸 모를 리 없을 텐데?"

채 일 년이 안 되는 시간 동안, 〈마왕〉 중 셋과 교전을 벌였고 물러나게 만들었다. 덧붙여 나벨리우스가 이곳을 찾아온 순간부터 자간은 엄청난 살의를 내뿜고 있었다. 그런데도 경계하지 않을 정도로 〈마왕〉은 무능하진 않다.

나벨리우스는 그 말이 듣고 싶었다는 듯 실눈을 떴다.

"그건 네가 예전 마왕 후보를 다 포섭해서 그런 거 아니야? 소문으로는 데카라비아까지 끌어들였다고 들었는데?"

듣고 보니 자간과 동기인 마왕 후보는 모두 자간이 고용한 셈이었다. 그 후로 불과 일 년 밖에 지나지 않았으니 당시의 마왕 후보 중에서 다음 〈마왕〉을 선택하는 게 타당할 것이다.

하지만 자간은 미간을 찌푸리며 대답했다.

"데카라비아……? 그 녀석이라면 죽였다. 아마 다시 살아나는 것도 불가능할 거야."

자간이 진지한 얼굴로 대답하자 한순간 나벨리우스의 눈이 동그래졌다.

——**데카라비아 쪽**은 죽인 것도 모자라 포레가 먹어버렸으니까.

데카라비아의 존재는 〈왕의 은안〉으로부터도 소멸되어 육체와 정신 모두 스텔라에게 돌아갔다. 그걸 다시 살리는 건 하이 엘프는커녕 진짜 신이라도 불가능하다. 불사자 같은 불완전한 형태로도 안 된다.

나벨리우스는 자간의 마음이라도 들여다보듯 눈을 가느스름하게 떴지만, 이내 안타깝다는 듯 한숨을 쉬었다.

"농담은 아닌 것 같군. 안드레알푸스도 가여워서 어쩌나. 이것으로 그의 마술은 명맥이 끊어진 셈이 됐네."

마술사라는 족속은 철두철미하게 자기만 생각하지만, 한편으로는 자신이 발명한 것이라 부를 수 있는 마술을 세상에 남기고 싶어 하기도 한다. 그래서 마술사는 〈마왕〉일지라도 제자를 둔다. 자신의 존재 증명을 세상에 새겨두기 위해.

뭐, 일부는 자간이 외웠으니 완전히 소실된 건 아니지만, 그 남자가 자신의 마술을 마도서 등에 기록해 두지 않았다면 머지않아 사라질 것이다.

뒤이어 나벨리우스는 자간에게 시선을 주었다.

“솔직하게 묻지. 네 부하 중에 다음 〈마왕〉에 적합한 사람이 있다면 누구일까?”

자간은 그 말투에서 위화감을 느꼈다.

——마치 내 입김이 미친 마술사를 밀어주겠다는 것처럼 들리는데.

그렇게 생각했다가 제일 처음 생각했던 가능성을 떠올렸다.

이 〈마왕〉은 무언가를 교섭하기 위해 자간을 찾아온 건지도 모른다고.

——즉 내게 신세를 질 정도로 골치 아픈 문제를 안고 있다는 말인가.

아무리 생각해도 자간을 찾아온 목적은 그것밖에 없어 보였다.

——부하 〈마왕〉 같은 건 딱히 필요 없지만…….

그래도 사이가 나쁜 다른 마술사가 〈마왕〉이 되는 것보다는 수고를 덜 수 있으니 충분히 이득이 되는 일이다.

시치미를 뗄까도 싶었지만, 그냥 솔직하게 대답하는 게 좋을 것 같았다.

자간은 과장되게 어깨를 으쓱였다.

“일 년 전의 마왕 후보라면 다들 적합하지. 그래도 굳이 꼽자면 《연옥》이나…… 《망령》이 있겠군.”

솔직히 포레의 이름을 거론하고 싶지는 않았다.

——하지만 포레는 이미 〈마왕〉이라는 이름에 부끄러움 없는 힘을 가지고 있었다.

비록 상대가 방심하긴 했지만, 전력을 다해 공격해 오는 비프론스까지 되받아쳤을 정도다. 그런 딸의 성장을 제대로 평가하지 못한다면 부모로서 자격도 없다.

또 한 명. 〈마왕〉도 아니면서 자간과 정면으로 맞서 싸울 수 있는 사람은 발바로스 정도 밖에 없다. 단순히 치고받고 싸우는 거라면 키메리에스도 똑같지만, 발바로스의 경우, 치고받고 싸우는 건 자신의 전문 분야도 아니다. 그러니 높이 평가하지 않을 수 없었다.

그런데 나벨리우스는 다음 말을 기다리는 것처럼 이렇게 말했다.

"타당한 의견이군. 하지만 달리 추천할 사람은 더 없어?"

――웬만해선 이 녀석의 이름은 꺼내고 싶지 않았지만…….

또 한 명, 새로운 마왕 후보에 이름을 올릴 만한 마술사가 있었다. 자간은 마지못해 그 이름을 입에 담았다.

"――샤크스――시어칸의 제자였던 남자다."

가면 속 나벨리우스의 눈이 휘둥그레졌다.

"호오……? 처음 듣는 이름이네. 별명은 뭐라고 해?"

"별명은 없다. 고메리나 키메리에스에 비하면 마술 실력도 뒤처질 정도다."

"그런 무명의 마술사를 추천하는 이유는?"

"녀석은 힘은 세지 않지만, 머리 회전이 빨라. 마술 실력도 앞서 거론한 마왕 후보들보다 조금 못한다 뿐이지 충분히 일류이고. 그리고 무엇보다 유능해. ……눈치가 없는 게 단점이긴 하지만."

자간은 안드레알푸스처럼 강력한 〈마왕〉보다 샤크스처럼 자신의 약점을 잘 알고 있는 마술사가 더 상대하기 힘들었다. 그런 종류의 마술사는 방심이나 자만 같은 빈틈과는 거리가 멀고 자신의 단점을 극복하기 위한 노력을 게을리하지 않기 때문이다.

솔직히 적으로 돌리고 싶지 않을 정도로 높이 평가하고 있었다.

그만큼 높이 평가하기 때문에 자간은 샤크스와 쿠로카 둘을 시어칸 정찰을 위해 보낸 것이다. 샤크스가 나벨리우스도 몰랐을 정도로 무명이었던 점도 크게 작용했다. 명성이 높아지면 마술사와 성기사 모두 눈여겨보기 때문이다.

나벨리우스는 의아해하며 물었다.

"왠지 〈마왕〉이 안 되길 바라는 것 같은 반응이군."

"당연하지. 한 명은 적이고 한 명은 사랑하는 딸이다. 나머지 한 명은 〈마왕〉이 되더라도 고생을 떠안게 될 미래밖에 안 보이단 말이다."

샤크스가 고생을 떠안게 된다는 건 필연적으로 쿠로카도 고생을 떠안게 된다는 걸 의미한다. 그래서 라파엘이 고뇌할 걸 생각하면 〈마왕〉으로 추천하고 싶지 않았다.

——그래도 높이 평가할 수밖에 없다는 게 화가 난단 말이야.

그 대답에 나벨리우스는 예상이 어긋난 것처럼 머리를 싸맸다. 역시 자간에게 신세를 지려고 온 것 같다는 추측이 맞는 것 같다.

거기까지 얘기한 자간은 나벨리우스를 내려다봤다.

"자, 나는 다 얘기했다. 이번에는 네 얘기를 좀 들어볼까."

"어라, 내 용건은 이미 다 얘기했을 텐데?"

"웃기지 마. 내 입김이 들어간 〈마왕〉을 아무 대가 없이 밀어주겠다는 자선가가 마술사 중에 있다는 걸 믿으라고? 속셈을 떠보려는 네 신경전을 더 받아주고 있을 만큼 한가하진 않아."

자간은 바쁜 몸이다.

솔직한 심정으로는 이 〈마왕〉의 목을 다짜고짜 베어버리고 그 기념으로 네피와 데이트를 하러 가고 싶을 정도였다. 지금은 적대적인 관계가 아니더라도 조만간 골칫덩이가 되는 게 〈마왕〉이라는 인종이니까.

나벨리우스는 졌다는 듯 한숨을 쉬었다.

"……하아. 거기까지 다 알면서도 모르는 척하고 있었다니, 성격 한번 참 고약하군."

"칭찬으로 받아들이지."

"역시 어울리지 않게 탐색전 따윈 하는 게 아니었어."

이 〈마왕〉이 《마공》이라는 이름으로 불리고 있는 건 알지만, 자간은 원하는 게 있으면 직접 만들자는 주의다. 아무리 《마공》이라도 다른 사람의 작품에는 관심이 없었다.

그걸 알고 있기에 나벨리우스도 서툰 탐색전을 벌인 것이겠지만.

나벨리우스는 머뭇거리며 입을 열었다.

하지만 그 시선은 자간이 아니라 허공을 향하고 있었다.

"거기 있는 거 알아. 가만히 있지 말고 얼굴 좀 보이도록 해——알시에라."

그 말에 대답하듯, 옥좌의 방 중앙에 무수히 많은 박쥐가 모여들기 시작했다.

"쿡쿡쿡, 재미있는 구경 잘했어요."

박쥐들은 흡혈귀 소녀의 형태를 이루더니 안개처럼 사라졌다. 알시에라는 뒤꿈치를 딱 부딪쳐 소리를 내며 내려오더니 치맛자락을 펼치고 허리를 숙였다.

"귀찮은 일에 말려들게 해서 죄송해요, 은안의 왕. 나벨리우스는 제가 초대했답니다. 그렇다고 이 성으로 부른 건 아니었지만요."

그 말을 듣자 자간도 사정을 대충 알 것 같았다.

"옳거니. 《마왕》 나벨리우스라면 '천사 사냥'을 고치는 것도 간단하겠군."

"……뭐든 다 꿰뚫어 보시는군요."

"그런 건 아니다. 네가 고집스럽게 '천사 사냥'을 테이블 위에 늘어놓은 걸 보면 대충 짐작할 수 있지."

알시에라도 어느 정도 자각은 있었던 모양인지, 애매하게 쓴웃음을 지을 뿐이었다.

다시 나벨리우스에게 시선을 돌린다.

"그나저나 구경치고는 재미있었지만, 이렇게 일을 번잡스럽게 만드는 의도가 뭐죠? 전 이미 보수를 다 지불한 것으로 아는데요……?"

천 년이 넘는 세월을 살아온 게 바로 이 소녀다. 죽이지 않고 고통만 주는 방법이라면 얼마든지 알고 있을 것이다. 무슨 계약을 맺었는지는 모르지만, 그것을 파기하는 게 얼마나 어리석은지 말하는 것처럼 미소를 지어 보였다.

나벨리우스는 곧바로 대답하지 않았다. 잠시 입을 달싹이며 턱뼈를 천천히 움직이더니 가면 속 눈동자를 알시에라에게 향하고는 이렇게 말했다.

"《경계의 고양이》 푸르카스가 네 결계를 넘었어."

그 순간, 움찔, 공기가 흔들렸다.

자간도 경계의 눈빛을 띠었다. 푸르카스라는 게 〈마왕〉의 이름이라는 것 정도는 알고 있지만, 결계라는 건 무슨 말이지?

——알시에라의 결계……? 이 세계를 차단하는 결계 말인가?

이 세계는 대륙과 그 근해만으로 둘러싸여 있다. 지금까지 수많은 마술사가 그 영역을 넘기 위해 도전했다가 실패했다. 어쩌면 넘는 데 성공한 사람도 있을지 모르지만, 돌아온 사람은 한 명도 없었다.

자간은 그 결계가 '마신'과 마족을 이 세계에 가둬두고 있다고 생각했다.

그리고 알시에라가 그 결계의 수호자 같은 존재일 거라고.

——그런데 나벨리우스가 한 말의 뉘앙스는 그 결계를 편 사람이 알시에라라는 것 같은데.

알시에라가 〈마왕〉조차 능가하는 힘을 가지고 있는 건 사실이지만, 마술사도 아닌 흡혈귀가 그렇게 엄청난 결계를 펼 수 있는가 하면 고개를 갸웃거릴 수밖에 없었다. 류카온의 3종의 신기를 이용하더라도 쉽지 않을 것이다.

보기 드물게도 알시에라의 눈동자에 노골적인 분노의 빛이 흔들렸다.

"……농담, 치고는 재미있지 않군요."

"농담이나 하자고 여기까지 올만큼 나도 한가한 사람은 아니라서 말이지."

나벨리우스의 질린 듯한 목소리에 알시에라는 한숨을 깊이 내쉬었다.

"……어떻게요?"

"**일 년 전의 전장**이야. 그 균열을 통해 도약한 거지. 그래서 무사히 넘었는지는 모르겠지만."

그냥 흘려들을 수 없는 얘기에 자간은 신변의 위험을 느꼈다.

——일 년 전의 전장이라면 마르코시어스와 현룡 오로바스가 목숨을 잃은 싸움 말인가?

엄밀하게는 일 년하고 몇 개월이지만. 마르코시어스는 그 자리에서 죽은 건 아니지만, 그 싸움에서 입은 부상 때문에 죽었다고 볼 수 있었다.

그 싸움이 알시에라의 결계에 흠집을 낼 정도였다……기보다는 누군가 그것을 깼기 때문에 일어난 싸움이었다는 건가.

눈이 휘둥그레질 정도로 유익한 정보들. 하지만 이미 지난 일이다. 〈마왕〉의 신변이 위험에 노출될 정도의 사태는 아니었다.

위험한 건 그것이 그 어떤 대가도 바라지 않고 눈앞에서 무방비로 방출되고 있다는 점이다.

——당했군. 이 자식, 은근슬쩍 나를 끌어들일 심산이야!

세계의 비밀과 관련 있는 〈마왕〉조차 알아선 안 되는 부류의 정보. 일단 들으면 돌이킬 수 없는 이야기를 일부러 흘린 것이다. 자간이 교섭에 응하지 않은 데 대한 폭거다.

그렇지만 그 이야기를 그만두게 할 방법이 자간에겐 없었다.

최소한의 저항으로 '다른 곳에 가서 해'라고 불쾌감을 내비쳤지만, 한쪽은 분위기 파악하는 방법이라곤 천 년 동안 한 번도 신경 쓰지 않고 살았을 것 같은 흡혈귀, 다른 한쪽은 〈마왕〉조차 경원시하는 괴짜이다. 달걀로 바위 치는 격인 허무한 저항이었다.

알시에라는 날카로운 노기를 담아 물었다.

"그래서 나더러 어쩌라는 거죠?"

"데리고 돌아올 순 없을까? 푸르카스가 안 되면 〈마왕의 각인〉만이라도. 그게 없으면 곤란한 건 너도 마찬가지잖아?"

아까 말한 〈각인〉 중 하나를 잃을지도 모르는 사태라는 게 이걸 말하는 것이었나 보다.

알시에라는 험악한 표정으로 고개를 옆으로 흔들었다.

"뭔가 잘못 알고 있는 것 같은데, 저는 수호자이지 관리자는 아닙니다. 결계를 자유롭게 조종할 수 있을 거라 생각하시면 곤란해요."

그 대답에 나벨리우스는 씨익, 불쾌한 미소를 지었다.

"하지만 할 수 있는 녀석은 있잖아?"

알시에라의 얼굴에서 표정이 사라졌다.

"전 이 자리에서 귀형을 죽여도 아무 문제 없습니다."

"거짓말인 거 알아. 생명 있는 자의 삶에 조언하는 것조차 망설이는 네가 아무리 마술사라도 살아 있는 사람을 죽인다고? 있을 수 없는 일이지."

정곡을 찌른 거라면 정곡을 찌른 셈이었다. 알시에라가 치마 속에서 '천사 사냥'을 꺼내더니 나벨리우스를 향해 겨누었다.

"죽이지 **않는 것**이지 죽일 **수 없는** 것은 아니랍니다."

"천 년이나 지켜온 맹세를 깰 정도로 거창한 얘기는 아닌 것 같은데."

그 순간 자간은 '아'하는 소리를 흘리고 말았다.

당연히 나벨리우스는 입가에 미소를 머금은 채 그런 자간에게 시선을 주었다.

"이런, 갑자기 무슨 일이지, 자간? 사양하지 말고 말해 봐."

드디어 끌어들이는 데 성공했다며 싱글거리는 나벨리우스를 향해 자간은 불쌍하다는 듯 대꾸했다.

"……잘못 파악한 것 같은데, 나벨리우스."

"뭐?"

"하나, 알시에라는 이제 곧 사라진다. 그러니 의외로 무모한 짓을 할 수 있지."

그 정도로 큰 상처라 생각하진 않았는지, 나벨리우스의 눈이 경악으로 커다래졌다.

"그리고 하나 더."

진심으로 불쌍해서 자간도 살짝 동정했다.

"네가 얘기한 건 천 년의 맹세를 깰 정도의 가치를 가진 금지된 말이다."

알시에라가 이곳에 들어온 지 이제 곧 3개월이 되어 간다. 신경을 거스르는 일인지 아닌지 정도는 자간도 알 수 있었다. 〈아자젤〉이나 자신의 과거 등, 이야기하길 피하는 화제를 억지로 폭로하는 건 금기다.

즉 알시에라는 허세로 '천사 사냥'을 겨누고 있는 게 아니었다. 그 방아쇠는 날개처럼 가벼웠다.

바로 쏘지 않는 이유는 기껏해야 '천사 사냥'을 수리해야 하니 마음을 바꿀 기회를 주는 것에 불과했다. 이어서 또 말을 잘못했다가는 나벨리우스는 지상에서 사라질 것이다.

그제야 자신이 악수를 뒀다는 것을 깨달았는지, 나벨리우스의 눈동자에 초조한 빛이 떠올랐다.

"저기, 나 좀 도와줄래?"

"내가? 왜?"

조금 불쌍하긴 하지만, 나벨리우스가 스스로 초래한 결과다. 게다가 자간은 억지로 말려든 입장이니 이 일에 엮이지 않아도 된다면 더할 나위 없었다. 게다가 손가락 하나 까딱하지 않아도 〈마왕〉 중 한 명이 날아가는 걸 볼 수 있는 기회였다. 이보다 좋은 건 없다.

덧붙여 알시에라는 손님이지 부하가 아니기 때문에 자간이 강요할 수 있는 것도 아니었다.

이미 늦긴 했지만, 자신이 궁지에 빠진 것을 깨달은 나벨리우스는 당황하기 시작했다.

"자간, 나한테 협력하는 게 좋을 것 같은데?"

"신경 쓰지 마라. 뭐가 이득인지는 내가 알아서 생각할 거니까."

"이런, 그렇게 말해도 되나 모르겠네. 난 알고 있거든. 네가 원하는 게 있다는 걸."

누구든 원하는 게 있는 것 아닌가? 누구에게든 해당하는 말을 던져 놓고 동요를 유도하는 건 사기꾼이나 점술가의 상투적인 수법이다. 〈마왕〉 정도 되면 능숙한 말재주로 상대를 농락하겠지만, 자간은 그런 것엔 관심이 없었다. 신부와 딸 모두 이미 얻었으니까.

자간은 코웃음을 쳤다.

"글쎄. 네피가 만들어주는 아침 식사보다 가치가 있다면 생각해 보지."

대부분의 사람에게는 웬만한 것이 사랑하는 신부와 딸이 만들어준 식사보다 더 가치가 있겠지만, 자간에게는 그것을 능가하는 기호품은 상상할 수 없었다. 어쩌면 존재할지도 모르지만, 적어도 지금은 떠오르지 않았다.

그런데 나벨리우스는 자간의 그 말이 자신을 구해줄 동아줄이라도 되는 것처럼 불길한 미소를 지었다.

"——결혼반지——《마공》 나벨리우스는 세계 최고의 반지를 만들 수 있는데도?"

우두둑 하는 소리를 내며 옥좌의 손잡이가 부서졌다.

자간이 금화 백만 닢이라는, 가진 돈을 다 쏟아부어서 네피의 신병을 사들인 건 이제 마술사라면 누구나 알고 있을 정도로 잘 알려진 이야기였다. 당연히 나벨리우스도 들은 적 있을 것이다.

따라서 이건 마지막 방법이기도 했다. 게다가 그에 걸맞게 아주 흉악한 카드였다.

자간은 떨리는 목소리로 말했다.

"……한 번 더, 말해 봐."

나벨리우스는 '이게 먹힌다고?'라고 말하는 듯 어이없는 표정을 지었지만, 곧 자간을 향해 손바닥을 내보인 채, 도발적으로 두 손을 들어 보였다.

"결혼반지. 부부가 되기 위해 맹세의 반지를 선물하는 풍습을 모르는 건 아니겠지?"

자간도 그 이름은 알고 있었다.

하지만 자간의 주위에 그런 것을 낀 사람은 없었다. 뭐, 주위엔 마술사 아니면 미혼 소년과 소녀밖에 없으니 어쩔 수 없다. 기껏해야 마을에 갔을 때 가게 사람이 끼고 있는 걸 본 게 전부였다.

——겨, 겨겨겨겨겨결혼반지라고오오오?

생각해 보면 네피에게 제일 먼저 줬어야 할 선물이었다. 네피가 그 목걸이를 약혼 목걸이처럼 말했기 때문에 그만 그것으로 만족하고 지냈다.

——이런 실수를. 왜 지금까지 깨닫지 못했지?

결혼반지도 선물하지 않고 신부라 불렀다니, 지금까지의 자신

을 흠씬 두들겨 패고 싶었다.

눈에 띄게 동요하며 얼굴을 가리는 자간을 본 알시에라는 말문이 막혔다.

자간은 겁에 질려서 물었다.

"하나만 대답해 줘, 나벨리우스. 결혼반지로는 어떤 걸 선물하면 되지?"

"당연히 비쌀수록 좋겠지. 〈마왕〉이 왕비에게 선물한다면 반드시 최고의 반지여야 하지 않을까? 어디 보자. ……예를 들면 마법은(미스릴) 같은 거?"

"마법은이라고?"

마법은이라는 건 〈마왕〉조차 정제하지 못하는, 제작법이 소실된 금속이다. 자간도 네피의 펜던트와 성도 라지엘의 보물고에 보관된 지팡이 말고는 한 번도 본 적이 없었다.

그리고 나벨리우스가 《마안왕》 외에 《마공》이라는 이름을 가지게 된 건 그 마법은의 정제가 가능한 유일한 〈마왕〉이기 때문이다.

──마법은으로 된 결혼반지……! 그렇다면 오리아스의 펜던트와도 세트가 되니 네피도 아주 기뻐할 거야. ……잠깐, 부담스러워하진 않겠지? 으윽, 모르겠어, 모르겠지만, 그게 결혼반지를 마련하지 않아도 되는 이유는 못 돼.

나벨리우스는 심하게 동요하는 자간을 향해 달콤한 목소리로 속삭였다.

"그러고 보니 내가 새로 〈마왕〉이 된 맹우에게 선물 하나도 준 적이 없었네."

무시무시한 〈마왕〉의 말, 그야말로 악마의 속삭임이었다.

"이렇게 된 거, 지금 두 사람의 결혼반지를 맞추는 건 어떨까? 《마공》이 마법은으로 직접 만든 반지 정도면 〈마왕〉의 결혼반지로 손색이 없을 것 같은데."

그렇게 말한 나벨리우스의 가면 속 눈동자는 알시에라에게 향했다.

——그래. 이 녀석이 나벨리우스를 죽이게 놔둘 순 없지.

자간은 옥좌에서 일어나더니 알시에라의 '천사 사냥'을 잡았다.

"알시에라, 미안하지만 나는 이 녀석 편에 서야겠다. '천사 사냥'을 거두도록 해."

"하아——……."

결혼반지 이야기가 나왔을 때부터 이렇게 될 줄 알았을 것이다. 알시에라는 힘이 쭉 빠진 모습으로 한숨을 쉬었다.

나벨리우스 본인도 그걸로 자간이 중재에 나설 줄은 몰랐는지, 무슨 상황인지 이해가 안 되는 듯 자간을 다시 쳐다봤다.

……하긴 이 〈마왕〉도 그걸로 자간을 회유하진 못할 거란 생각에 결혼반지라는 카드를 제일 처음 꺼내진 않았던 거겠지.

알시에라는 치마 속에 '천사 사냥'을 넣으며 어이없다는 듯이 말했다.

"후회할 겁니다. 이 **남자**와 엮여서 좋을 일은 하나도 없을 텐데요……."

"걱정하지 마라…… 아니, 잠깐. 방금 뭐라고 했지?"

방금 이 흡혈귀가 귀를 의심할 만한 말을 한 것 같은데?

알시에라는 '역시'라고 말하는 것처럼 한숨을 쉬었다.

"이 마안족, 성별은 남자예요."

"뭐……."

자간은 나벨리우스를 돌아봤다.

"맞아. 무슨 문제라도?"

"아니, 그러면 말투가 왜……?"

"당연히 그게 더 아름다우니까 그렇지."

나벨리우스가 입꼬리를 스르르 올리며 미소 지었다.

"아, 그래도 안심해. 난 상대의 성별 같은 건 신경 안 쓰니까."

"시끄러운 그 입 좀 닥쳐."

왜 이 〈마왕〉이 '연인'이라는 두 글자로 불리고 비프론스조차 기피하는지. 자간은 이제야 그 편린을 본 것이다.

——어떻게 〈마왕〉 중에 제대로 된 놈은 하나도 없는 건지…….

네피에게 결혼반지를 선물한다는 건 아주 근사한 아이디어였지만, 그 대가가 너무 큰 것 같았다.

벌써부터 후회하고 있는데, 갑자기 옥좌의 방의 문이 노크도 없이 난폭하게 열렸다.

"큰일입니다, 자간 씨!"

뛰어들어 온 사람은 뜻밖에도 셀피였다. 게다가 진지한 표정에, 얼굴에는 초조함까지 어려 있었다.

"……무슨 일이냐?"

무슨 일이 생긴 모양이다.

나벨리우스가 함께 있는 자리였지만, 자간은 셀피를 향해 달려가 물었다.

셀피는 숨을 거칠게 몰아쉬면서 매달렸다.

"릴리스 짱이…… 릴리스 짱이 꿈에서 돌아오질 않아요!"

정말 골치 아픈 일은 예상하지 못한 곳에서 터진다는 것을 자간은 뼈저리게 깨달았다.

그곳은 어두컴컴한 세계였다.

아무리 팔을 뻗어도 그 팔조차 보이지 않고, 땅과 하늘이 있는지 없는지도 알 수 없을 정도다. 과연 지금 나는 서 있는 걸까, 아니면 쓰러져 있는 걸까.

몸은 무겁고 팔과 다리에는 힘이 들어가지 않았다.

――아아, 이 감각. 그때와 똑같아.

〈아시엘 이메라〉가 있었던 날, 자신의 몸이 자신의 것이 아니게 된 그때, 이런 감각이 엄습해 왔었다.

그렇다면 자신의 몸은 또 그렇게 된 걸까.

멍하게 그런 생각을 하고 있는데 눈앞에 작은 인영 하나가 둥실 떠올랐다.

자신이 잘 아는 사람인 것 같아서 그 이름을 불렀다.

「――.」

목소리는 나오지 않았다.

그래도 그 인영은 알아차렸는지, 깜짝 놀라 뒤를 돌아보았다.

「……넌, 혹시 쿠로카?」

희미한 윤곽을 띠고 있던 그 인영은 점점 자신이 잘 아는 얼굴로 변했다.

릴리스다.

몽마의 공주는 이쪽을 향해 달려왔다.

「깜짝 놀랐어. 왕에게 이야기는 들었지만, 그 모습이면 뭐든 할 수 있겠는데?」

그러더니 못 말리겠다는 듯 머리를 쓰다듬어 주었다.

「그래도 여기서부터는 위험하니까 오면 안 돼.」

릴리스의 등 뒤로는 시커먼 뭔가가 펼쳐져 있었다.

어둠은 아니다.

더 소름 끼치고 의식을 가진 무언가가 있다.

이 소녀가 그곳으로 가려 한다는 걸 알 수 있었다.

그쪽으로 가면 안 돼.

아무리 외쳐도 목소리는 나오지 않았다.

그래도 소녀는 알아들은 것 같았다. 난처한 듯 씁쓸한 미소를 지었다.

「그래. 나를 걱정하는 거구나. ……고마워.」

릴리스는 그대로 꼬옥 끌어안아 주었다.

「왕이 온천을 만들어줬을 때, 쌍둥이 마술사가 우리를 공격했잖아? 그때 난 무서워서 아무것도 못 했는데 넌 혼자 전부 다 해치웠지. 한심하지만 얼마나 마음이 놓이던지. 그리고 네가 참 멋져 보였어.」

꽉 안아준 소녀의 가슴에서는 아주 빠른 속도로 뛰는 심장 소리가 느껴졌다.

그 작은 팔은 떨리고 있었지만, 그래도 용기를 쥐어 짜내서 계속 말을 이어갔다.

「난 말이야, 그때 망설임 없이 지켜준 널 존경해.」

그리고 뒤로 돌아섰다.

「이 앞에, 돌아오지 못해서 곤란에 처한 녀석이 있어. 그리고 그 녀석을 구해줄 수 있는 건 나밖에 없어. ……아마 너도 도와주지 못할 거야. 이건 몽마의 공주인 내가 아니면 불가능한 일이야.」

그런 건 상관없다. 자신에게는 이 소중한 소꿉친구가 앞으로 위험을 무릅쓰게 될 거란 게 더 문제였다.

앞으로 뻗은 팔에는 아무 감각도 없었다. 진짜 그곳에 팔이 있긴 한 건지도 모르겠다.

그래도 필사적으로 손을 뻗고 물고 늘어져서라도 소꿉친구를 만류하려 했다.

그런데도 릴리스는 난처하게 웃기만 할 뿐이었다.

「저기 있는 게 누구인지 나는 몰라. 그냥 모른 척하더라도 내 인생에 해가 될 일은 하나도 없겠지. 그래도 도와주지 않으면 분명 후회하게 될 거야. 절대 도와주지 않길 잘했다고 생각할 일은 없을 거야.」

그리고 소녀는 쿠로카를 내려다보았다.

「그러니까 갈게. 네가 돌아왔을 때, 나도 가슴을 펴고 네 소꿉친구라고 대답하고 싶으니까.」

그런 소녀를 붙잡기 위한 말은 아무리 애써도 나오지 않았다.

아니, 설사 말했다 해도 소녀를 막진 못했을 것이다.

어둠 속, 릴리스의 뒷모습은 점점 작아지다가 마침내 더 이상 보이지 않게 되었다.

◇

"——릴리스!"

벌떡 일어나자 처음 보는 방에 있었다.

몸을 일으켰지만 눈앞이 잔뜩 일그러졌다. 위에서부터 심한 구역질이 치밀어 올라서 자기도 모르게 숨을 헐떡였다.

"쿠로스케, 괜찮아?"

"샤크스……씨?"

심한 두통 때문에 눈의 초점이 잘 맞지 않았다.

그래도 바로 앞에 있는 사람이 그 숫기 없는 마술사라는 것만은 확신할 수 있었다. 그대로 그에게 매달려서 호소했다.

"샤크스 씨, 오빠에게, 연락을…… 릴리스가, 릴리스가, 위험해요!"

"아, 알았, 알았어! 알았으니까, 좀 떨어져! 옷, 옷!"

"옷……?"

그 말에 자신의 몸을 내려다봤다.

무릎 위에 있는 싸구려 담요가 스칠 때마다 조금 따가웠다. 스쳐서 따갑다는 건 피부에 직접 닿는 뜻이겠지.

그제야 초점이 제대로 맞으면서 무릎 바로 앞에 커다란 덩어리 같은 게 두 개 있는 게 보였다.

그게 자신의 가슴이라는 것 정도는 알았지만, 피부와 똑같은 색을 하고 있어서 끝부분이 분홍색으로 보였다. 그걸 덮고 있는 게 아무것도 없는 것 같았다. 욕실에서는 이게 보통이지만, 이 자리에서는 명백히 부적절했다.

몇 초 정도, 몇 번이나 눈을 깜빡거리며 자신의 상황을 생각해 봤지만, 답은 처음부터 하나밖에 없었다.

어떻게 된 영문인지, 쿠로카는 실오라기 하나 걸치지 않은, 태어났을 때의 모습 그대로 있었다.

"하웃?"

허둥지둥 팔로 가슴을 가렸다.

곧이어 떠오르는 생각.

어젯밤, 샤크스와 고메리를 상대로 조사 보고를 하다가 나츠우메슈를 마셨던 것을. 그 개다래가 고양이과 수인족에게는 미약이라는 것을.

그리고 찾아온 것은 속옷 한 장 걸치지 않은 아침.

테이블 위에 널브러져 있는 꾸깃꾸깃한 담배는 여기서 밤을 지새웠을 누군가의 고뇌를 말해주고 있었다.

"웃……? 하…… 앗……! 웃……? 으?!"

머리와 몸의 반응이 미처 따라가지 못해서 소리 없는 비명을 지르자 뭔가 부드러운 게 어깨에 걸쳐졌다.

보다 못한 샤크스가 상의를 걸쳐 준 모양이었다.

"아——…… 그, 뭐냐. 최대한 안 보려고, 했다."

그렇게 배려해 준 걸 보면 분명 다정하게 대해줬을 거라고 의식 한구석에서는 생각하면서도 머릿속이 '왜?'와 '어째서?'로 가득 차기 시작했다.

그야 물론 샤크스와 고메리의 제지도 듣지 않고 그런 걸 냅다 다 마신 쿠로카의 잘못이지만, 그래도 이건 도대체 뭐냔 말이다. 인생에서 가장 중대한 국면 중 하나였는데 아무것도 생각나지 않았다.

이미 일어난 일보다 그 일을 기억조차 못 한다는 사실에 쿠로카는 큰 충격을 받았다.

"샤, 샤크스, 씨, 저, 전, 그게……."

"지, 지지진정해? 괜찮으니까!"

뭐가 괜찮다는 건지 모르겠지만, 쿠로카도 고개를 끄덕이는 것 말고는 아무것도 할 수 없었다.

잠시 후, 샤크스는 깊게 숨을 들이쉰 뒤 입을 열었다.

"보아하니 아무것도 기억하지 못하는 것……같은데?"

"……네. 죄송해요."

"아니, 괜찮아."

전혀 괜찮지 않다. 이렇게 됐는데도 당사자는 아무것도 기억하지 못한다니, 말이 안 된다.

샤크스는 그런 쿠로카를 위로하듯 부드러운 목소리로 말했다.

"저기, 아무래도 오해하고 있는 것 같은데, 쿠로스케가 걱정할 만한 일은 전혀 없었으니까 안심해."

"……? 그게 무슨……?"

무슨 말을 하는지 이해가 안 돼서 고개를 들자 샤크스는 침통한 표정으로 이렇게 말했다.

"어젯밤, 그 후에, 넌 또 검은 고양이로 변했어."

조용……. 숨 막히는 적막이 방 안을 가득 채웠다.

고양이……?

그 말의 뜻을 이해하는 데는 십여 초의 시간이 필요했다.

쿠로카는 자신의 귀를 의심하며 되물었다.

"저기, 고양이……라고요?"

"그래. 〈아시엘 이메라〉 때와 똑같이 말이다."

쿠로카는 고양이 요정이라고도 불리는 캣 시라는 일족이다. 스스로 제어하지 못해서 골치 아프긴 하지만, 외모를 검은 고양이로 바꿀 수 있었다.

쿠로카는 그 말을 확인하는 것처럼, 엄지를 구부려 가볍게 주먹을 쥔 후, 얼굴 옆으로 들어 올렸다. 고양이가 취하는 동작은 이것 말고는 딱히 생각나는 게 없었다.

"저기, 이런 고양이…… 말인가요?"

"읏…… 그, 그래! 그 고양이다!"

그 동작을 본 샤크스는 가슴을 누르며 몸을 뒤로 젖혔지만, 쿠로카에게는 거기에 의문을 품을 여유조차 없었다.

"쿠로스케, 나츠우메를 마신 건 처음이지? 아마 그래서 몸이 반응한 게 아닌가 싶다. 쓰러진 네가 그대로 작아지기 시작하자 얼른 이곳으로 데려왔어."

자신이 검은 고양이로 변할 때, 주위에서 보면 어떤 상태인지 몰랐다.

갑자기 검은 고양이로 변하기 시작한 쿠로카를 본 샤크스는 얼마나 당황했을까. 쿠로카가 전라 상태인 것은 검은 고양이로 변했기 때문인 것 같았다. 다시 확인해 보니 옷은 안에 든 내용물만 쏙 빠져나온 것처럼 침대 위에 깔려 있었다.

망연자실해서 있자 샤크스는 어쩔 수 없다는 듯 말을 이어갔다.

"이곳은 마술사 마을이니까 네가 희귀종이라는 사실을 알아챈 녀석이 있을지도 몰라. 그래서, 그, 그게. 미안하지만 나도 여기서 하룻밤 신세를 졌다."

말은 신세를 졌다고 했지만, 눈 밑에 다크 서클이 진하게 생긴 걸 보니, 잠도 안 자고 지켜줬다는 것을 알 수 있었다.

즉 **그런 일**은 없었던 것 같다. 수치심으로 죽고만 싶었다.

"……저기, 폐를, 끼쳐서 죄송해요."

"아니, 네가 미안해할 일은 아니다."

얼굴을 가리고 있자 샤크스가 말했다.

"그런데 아까 무슨 말을 하려고 했지? 릴리스라면 보스가 돌봐주고 있는 아가씨 아닌가?"

"——앗, 맞아요! 릴리스가 위험한지도 몰라요. 빨리 돌아가야 해요!"

"진정해. 여기서 큐아노에이데스까지 거리가 얼마나 되는지 알아? 일단 마술로 보스에게 알리자."

"그치만……."

꿈속에서 본 광경. 소름 끼치도록 무서운 어둠 속에 있던 어떤 것. 아무리 생각해도 그건 평범한 꿈이 아니었다.

샤크스는 그런 쿠로카를 안심시키려는 듯 머리를 슥슥 쓰다듬었다.

"안심하라니까. 우리 보스를 믿어. 보스는 부하를 그냥 죽게 놔두는 남자가 아니다. 보스라면 반드시 아가씨를 구해줄 거야."

짧은 말이었지만, 금방 마음이 든든해지는 말이었다.

——맞아, 요. 오빠가 있었죠.

복수에 집착하던 쿠로카도, 적이었던 성기사장도 아무것도 따지지 않고 받아들이고 구해준 게 바로 그 〈마왕〉이 아닌가.

샤크스의 말은 계속 이어졌다.

"그리고 네 자신을 믿도록 해."

"에, 저를……요?"

지금 이 상황에서 자신의 어떤 부분을 믿으라는 걸까.

샤크스는 당황하는 쿠로카의 양쪽 어깨에 손을 올렸다.

"넌 캣 시다. 행운을 가져오는, 세상에서 가장 많은 사랑을 받은 요정이야. 쿠로스케가 무사하다고 믿어주기만 해도 아가씨는 반드시 돌아올 거다."

——정말 당해낼 수가 없어…….

평소엔 그렇게 둔한 주제에 이럴 때는 가차 없이 쿠로카의 힘이 되어준다.

그래서 쿠로카도 고개를 끄덕였다.

"네. 릴리스가 무사할 거라 믿고 기도할게요."

"그래."

그러더니 샤크스는 갑자기 고개를 돌렸다.

"아——……. 그럼, 난 보스에게 연락하고 올 테니까 넌, 그, 뭐지? 잘 갈아입고 있어…… 그, 옷 말이다."

어깨에 상의를 걸치고 있긴 했지만, 쿠로카는 아직 아무것도 안 입은 상태였다.

그 모습을 본 샤크스의 얼굴이 갑자기 빨개지는 것을 쿠로카는 똑똑히 보았다.

"……저기, 샤크스 씨."

그를 붙들 듯 샤크스의 옷자락을 꽉 잡았다.

"무, 무슨 일이야?"

"샤크스 씨도, 가슴이 막 두근거려요? 저기, 제가, 이런 모습을 하고 있으면요."

이번에도 관심이 없다고 하면, 쿠로카는 더 이상 버티지 못할 것 같았다.

그래도 마음을 굳게 먹고 물어봤다.

샤크스의 얼굴은 눈에 띄게 굳었지만, 대답하지 않으면 손을 놓지 않으리란 걸 깨달았는지, 고함을 지르듯 이렇게 대답했다.

"당연하지!"

듣고 싶었던 대답을 들은 건 처음이었다.

쿠로카는 샤크스의 상의로 입가를 가리며 재미있다는 듯 웃었다.

"그럼, 어제 일은 용서해 줄게요."

어린애 취급을 당하거나 이성으로서 관심이 없다는 말만 계속 들었는데, 그 모든 걸 용서해 줄 정도로 만족스러운 대답이었다.

◇

"——무슨 말인지 알겠다. 이쪽에서도 릴리스가 사라졌다는 건 이미 알고 있어. 넌 쿠로카에게 걱정할 것 없다는 말이나 전해 줘. 괜히 거기서 이상한 일이라도 생기면 더 골치 아프니까."

자간은 서둘러 릴리스와 셀피의 방으로 가면서 그렇게 대답했다. 마술을 이용한 샤크스와의 통신이다. 쿠로카와 둘이 함께 보내기 전에 자간이 가르쳐 줬다.

셀피가 제일 앞장 서서 가고 있고, 그 뒤를 알시에라와 나벨리우스가 따라가고 있었다. 알시에라는 그렇다 쳐도 나벨리우스가 성안을 돌아다니는 건 내키지 않았지만, 지금은 긴급 상황이다.

「보스만 믿어. 그런데 우리는 뭘 하면 되지?」

"쿠로카가 진정되면 조사를 속행해. 아——…… 아니, 역시 됐다. 오늘은 그만 자도록 해. 여기 일이 마무리되는 대로 다시 지시

할 테니까."

「알았어.」

어떤 의미에서 쿠로카의 힘은 네피보다 강력하지만 그만큼 불안정하다. 지금 상황에서 무리하게 만들었다가는 괜히 일만 더 복잡해질 것 같았다.

릴리스가 어떤 상태인지도 모르는데, 그쪽에서까지 문제가 생기면 자간이 감당하기 어려워진다.

시키는 대로 따르는 걸 보면 샤크스도 같은 의견일 것이다.

통신이 끝날 즈음엔 릴리스와 셀피의 방에 도착했다.

침대 위에 릴리스의 모습은 보이지 않았다. 딱히 심하게 어질러진 것도 없이, 바로 조금 전까지 누가 자고 있었던 것처럼 평범한 상태였다.

자간은 셀피를 쳐다봤다.

"그래서 그 녀석이 없어진 건 언제지?"

"모르겠어요. 어젯밤에 잘 때는 분명 있었는데, 아침에 일어나니까 없었어요. 그리고 침대 위에는 이것만……."

셀피가 내민 것은 거울이었다.

두 손으로 들어야 할 만큼 큰 크기. 낯이 익다. 릴리스가 가지고 있는 것으로 류카온의 3종의 신기 중 하나인 〈유세경(幽世鏡)〉이었다.

거울을 들여다보니 어둠 속을 달리는 릴리스의 모습이 비치고 있었다.

"지금 릴리스가 있는 곳을 비추고 있는 건가?"

"그런 것 같아요. 릴리스 짱은 아마 꿈속에 있을 겁니다."

몽마는 원래 모습 그대로 꿈속에 들어갈 수 있다. 이게 바로 몽마가 꿈속에서 일방적인 힘을 가지는 요인이다. 그만큼 꿈속에서 다시 현실로 데려오는 건 결코 쉬운 일이 아니다.

"알시에라, 네 도움이 필요하다. 릴리스를 데리고 와야 해."

"……불가능, 해요. 릴리스는 이미 제 영역 **밖**으로 가버렸어요. 더는 제 힘이 닿지 않아요."

자간의 요구에 알시에라는 고개를 옆으로 흔들었다.

"네 영역……? 무슨 뜻이지?"

엄지를 깨물며 분한 듯, 고뇌가 묻어나는 목소리로 말한다.

"나벨리우스에게도 말했지만, 저는 이 세계 밖으로 **나가지 못합니다**."

자간은 눈썹을 찌푸렸다.

――그건 푸르카스가 갔다는, 세계의 바깥이라는 말인가?

릴리스가 있는 곳은 꿈속이다.

하지만 동시에 납득이 가기도 했다.

――세계가 그곳에서 사라진 것 같은――

――내겐 당신이 그 장소의 수호자처럼 보였어――

예전에 릴리스가 봤다고 했던, 꿈속의 풍경. 아마 세계의 끝, 세계를 둘러싼 결계의 경계일 것이다.

자간은 그 이야기를 듣고 이 세계를 둘러싼 결계에 꿈이라는,

어디에도 없는 장소가 매개체로 이용된 건 아닐까 하고 생각했다.

——즉 알시에라의 결계라는 것을 넘으려면 꿈속을 건너야 한다고?

비록 마술사는 아니지만, 릴리스는 가장 강력한 몽마 중 한 명이다. 그 소녀라면 알시에라의 결계도 넘을 수 있을지 모른다.

그래서 릴리스를 걱정했던 거라고 생각하면 알시에라가 그 소녀의 곁을 떠나려 하지 않았던 것도 설명이 된다. 쿠로카의 마을이 습격을 받았을 때조차 말이다.

그런데 그 끝에 있는 것은 정말 바깥 세계일까, 아니면…….

——서두르지 않으면 큰일 나겠군.

자간의 생각이 맞다면 현재 릴리스는 아주 위험한 장소에 있었다. 아무리 서둘러도 자간 혼자서는 할 수 있는 게 아무것도 없다.

——하지만 그건 왕이 자신의 부하를 못 본 척 버리는 이유는 되지 못해.

자간은 셀피의 손에 들린 거울로 시선을 돌렸다.

"그렇다면 단서는 이것밖에……?"

그리고 〈유세경〉을 손에 쥘——생각이었다.

자간의 팔은 거울 속으로 쑥 들어갔다.

"뭐, 뭐지?"

이렇다 할 마력의 작용은 없는 것 같은데, 도저히 저항할 수 없는 엄청난 힘이었다.

"은안의 왕!"

"자간 씨?"

알시에라가 자간의 팔을 잡고 셀피도 거울을 멀리 떼어놓으려 했다. 하지만 거울은 자간을 놓치지 않으려는 듯 조금씩 팔을 집어삼키기 시작했다.

——버티기 힘들겠는, 데.

자간은 알시에라를 돌아본다.

"괜찮으니까 그냥 놔. 릴리스를 데리고 돌아오려면 오히려 잘됐다."

그때 본 알시에라의 표정은 자간조차 꽤 오래 잊지 못할 것만 같았다.

입술을 꽉 깨물고 울음을 터뜨릴 것처럼 얼굴이 일그러지나 했더니 그 얼굴 그대로 억지로 웃는 것이었다.

"무운을, 빌게요……."

간단한 한마디. 하지만 이 소녀는 어떤 감정과 마음을 담아서 이 말을 했을까.

이 너머에 있는 것은 아마 알시에라가 숨기려 했던 비밀 그 자체일 것이다.

그래서 자간은 간단하게, 그리고 확실하게 대답했다.

"그래. 금방 돌아오마."

알시에라의 손에서 슥 빠져나오자마자 자간은 거울 속으로 빨려 들어갔다.

그런데 신기하게도 릴리스를 데리고 가는 것에 있어서는 한가지 확신이 있었다.

——쿠로카가 릴리스가 무사하길 기도하고 있다면 릴리스는 반드시 살아 있다.

그렇게 해서 자간은 거울 속으로 사라졌다.

◇

이곳은 어디일까.

아니, 이젠 자신이 누구인지조차도 알 수 없었다.

그저 떠오르는 것은 미련과 후회.

——줄곧 무언가를 찾았던 것 같은데.

그게 무엇이었는지 통 기억나지 않았다.

그래서 답을 찾기 위해 넘어선 안 되는 무언가를 넘었다.

그 결과가 지금 이 신세다.

캄캄한 세상.

끝없이 계속되는 원망과도 같은 목소리.

아무것도 보이지 않는다. 목소리도 나오지 않는다. 팔다리의 감각도 없다. 그저 증오인지 한탄인지 모를 목소리가 머릿속에서 영원히 울려 퍼지고 있었다.

아아, 이게 바로 세상의 종말이란 것이겠지. 여기서 자신은 사라져 없어지는 것이다.

——그런데 왜일까. 처음이 아닌 것 같은 느낌이야.

예전에도 이런 일이 있었던 건 아닐까.

몇 년, 몇십 년, 몇백 년이나 옛날 일일지도 모르고, 바로 어제 일인지도 모른다.

그러나 분명히 알고 있었다.

괴롭고, 힘들고, 숨도 쉴 수 없고, 목소리도 나오지 않고, 아무리 발버둥 쳐도 깊은 물 속으로 끌려 들어가는 것 같은 감각.

죽고 싶지 않다고, 살고 싶다고, 그렇게 간절하게 바란 건 처음이었다.

——아, 그래. 그때 나를 도와준 건…….

살고 싶다는 바람에 응답하듯 손을 내밀어준 사람이 있었다.

이젠 얼굴도 떠오르지 않지만.

목소리도 기억나지 않는다.

단 하나 기억하는 건 달처럼 아름다운 눈동자를 가지고 있었다.

그 사람을 다시 만나고 싶어서 온 세상을 찾아다녔지만, 결국 만나지 못했고, 이젠 누구를 찾는지도 잊은 채 이런 곳까지 오게 된 것이다.

「또다시, 만나고 싶어…….」

이대로 사라져도 괜찮다.

그러니 딱 한 번이라도 좋으니 얼굴을 보고 싶었다.

파편과 같은 추억에 매달려서 팔을 뻗은 순간이었다.

어둠 속에 작은 빛이 보인 것 같았다.

그때의 눈동자와 똑같은 황금색 빛.

환영이라도 좋다. 그 빛을 향해 팔을 계속 뻗었다. 그리고——

「——드디어, 찾았다.」

그 팔을, 작은 손이 마주 잡았다.

그것은, 여자아이였다.

그때와 똑같은 황금색 눈동자. 강렬한 심홍색 머리. 허리춤에는 박쥐 같은 날개가 달려 있고, 머리에는 구부러진 뿔이 돋아 있었다. 하얀 피부 여기저기에는 작은 상처가 나 있고 피와 흙으로 뒤덮여 참혹한 모습을 하고 있었다.

소녀는 안심한 듯 미소 지었다.

「역시 당신이었어.」

「넌……?」

어째서 나를 알고 있는 걸까?

내가 이 사람을 알고 있던가?

소녀는 내 얼굴을 가만히 들여다본다.

「내가 누구인지 알겠어? 아까 꿈속에서 만났잖아.」

꿈이라니, 무슨 말이지?

고개를 갸웃거리자——그제야 손가락 하나 까딱 못할 정도로 전신이 아프다는 것을 깨달았다——소녀는 한숨을 쉬었다.

「아무래도 기억나지 않나 보네. 괜찮아. 구해줄 테니까 따라와.」

「어째, 서? 나를, 도와주는, 거지……?」

이곳이 위험한 장소라는 건 소녀의 모습만 봐도 알 수 있었다. 여기까지 오느라 갖은 고생을 다 했을 것이다.

소녀는 어깨를 으쓱였다.

「어째서……? 글쎄, 왜일까……?」

그러더니 씁쓸하게 웃으며 말했다.

「음, 굳이 말하자면 우리의 왕이나 내 친구들이라면 분명 이렇게 할 거니까? 그것 말고 다른 이유는 없어……에?」

소녀는 깜짝 놀라 눈을 커다랗게 떴다.

뺨을 타고 뜨거운 것이 흘러내렸다. 정신을 차리니 눈물이 뚝뚝 흐르고 있었다.

——그렇게 찾던 것을 마침내 찾아낸 것 같아.

이 소녀는 그때 그 사람이 아닌지도 모른다.

그래도 내가 찾던 건 분명 이 소녀다.

「그, 그러니까, 이건 나 좋자고 하는 일이니까 당신은 신경 쓸 필요 없어!」

소녀는 손을 잡아끌며 걷기 시작했다.

「어쨌든 이야기는 나중에 하고 일단 여기서 도망치자.」

「도망치다니, 어디로……?」

아무리 둘러봐도 주위는 컴컴하고 길 같은 건 보이지 않았다. 어디를 향해 걸어야 하는지도 모르겠다. 그런데도 이 소녀는 출구가 어디인지 안다는 걸까?

소녀는 자신 있게 대답했다.

「그건 나도 몰라. 하지만 그냥 가만히 있기만 하면 아무것도 달라지지 않아. 그러니까 걷다 보면 우리 왕이 꼭 구해줄 거야.」

곧이어 소녀가 걸어가는 앞쪽에 다섯 개의 균열이 생기기 시작했다.

소녀는 뒤를 돌아보며 자랑스럽게 미소 지었다.

「내 말이 맞지?」

균열 사이로 들어온 빛에 비친 얼굴은 아주 더러웠지만 한없이 아름다웠다.

◇

——뭐야, 이 나락 같은 장소는…….

거울 너머는 칠흑과도 같은 암흑의 세계였다.

보기만 해도 정신을 좀먹히는 것 같은 소름 끼치는 그 무엇. 제정신을 유지하기 힘든 공포와 죽음의 냄새.

어떤 생물이나 마술사든 이곳에 오래 있으면 육체보다 정신이 먼저 죽음을 맞이할 것이다.

다행히 아무것도 보이지 않아서 그나마 제정신을 유지할 수 있다고도 볼 수 있었다. 이곳에 무엇이 있는지 보이게 되면 분명 더는 버티지 못할 것이다.

손이 떨리는 게 느껴졌다.

〈마왕〉인 자간이 두려워하고 있는 것이다.

——이 감각……. 마족을 처음 봤을 때를 제외하면 처음인가.

〈마왕〉의 자리를 이어받은 그날, 발바로스와의 충돌 때문에 소환된 마족은 불완전했음에도 불구하고 자간이 죽음을 생각할 정도로 무서웠다.

발이 얼어붙었다.

「——웃기지 마.」

자간은 그렇게 외치며 그 공포를 떨쳐냈다.

입구에서부터 제자리걸음이나 하자고 거울 속으로 들어온 게 아니다.

이것은 왕이 부하를 구하기 위한 행군이다.

공포는 이 발을 멈추는 데 어떤 걸림돌도 되지 못한다.

하지만 계속 가려면 이정표라는 게 필요했다.

그러면 다시 최초의 의문으로 돌아간다.

이곳은 대체 뭐지?

현실에 있을 수 없는 세계. 꿈인지 현실인지 묻는다면 아마 꿈의 연장선이 아닐까.

그렇다면 도대체 누구의 꿈이란 말인가.

——이곳에는 어떤 의지가 존재하고 있어.

그런 곳에 있는데도 자간이 무사한 건 그쪽이 아직 잠들어 있기 때문이다. 그나마 꿈속이라서 살아 있는 게 아닐까.

비유하자면 악몽의 요람 비슷한 것이라 할 수 있었다.

빨리 릴리스를 찾아서 탈출해야 한다.

시야가 보이지 않으면 소리에 의지하는 수밖에 없다. 귀를 기울이자 외풍과 비슷한 희미한 소리가 들렸다.

아니, 바람이 아니다. 목소리다.

무슨 말인지는 들리지 않았다.

그래도 알 수 있었다.

이것은 원망이다.

자신까지 포함해서 이런 세상이 존재한다는 것을 용서할 수 없다고 말하는 듯한, 그럼에도 자신과 세상의 모든 것을 파괴하더라도 씻을 수 없는 죄를 저지른 듯한, 그런 절망을 닮은 증오와 한탄으로 가득한 저주의 목소리였다.

그 목소리를 알아차린 순간부터 온몸에 날카로운 통증이 엄습해 왔다.

세찬 바람이 살갗을 찢는 것처럼, 이 저주받은 목소리는 그것을 들은 사람을 좀먹고 있었다.

통증은 금방 사라졌지만, 그건 상처가 사라져서 그런 게 아니라 상처에서 감각이 사라졌기 때문이라는 것을 알 수 있었다. 그와 동시에 상처에서 체온을 빼앗아 간 것처럼 한기가 들었다.

그제야 깨달았다.

이곳에 있기만 해도 마음이 깎여나가는 것 같은 감각의 정체는 이것이다.

이런 것이 바깥세상으로 기어 나오기 시작하면 그것만으로도 세상은 간단히 멸망하게 될 것이다. 그런 저주받은 세계였다.

――그래, 이 녀석이 〈아자젤〉이라는 건가…….

'아리스텔라'의 눈동자에서는 이것과 비슷한 공포가 느껴졌었다. 매개체를 통해 이곳의 힘의 일부가 흘러 들어온 게 바로 그것이었다.

평범한 사람이라면 만지기만 해도 미쳐 버릴 이 악몽이 바로

〈아자젤〉의 뜻이다. 알시에라가 그렇게 강한 힘을 가지고도 초조해할 정도다. '천사 사냥'을 천 발을 쏘아봤자 없애지 못한다.

소름 끼치는 세계의 정체와 직면하고 나서야 깨달았다.

——저주하는 목소리가, 힘을 이루고 있어……?

이것과 비슷한 게 있었던 것 같은데.

하지만 그런 생각을 할 여유는 없었다.

——장시간 버티진 못하겠군.

앞으로 가려고 발을 내디뎠다.

하지만 움직이면 움직일수록 저주받은 목소리가 육체와 정신을 좀먹었다.

초조했다.

——몽마가 꿈속에서 아무리 강력하더라도 이런 건 못 견디겠지.

서둘러 릴리스를 찾아내지 않으면 손 쓸 도리가 없어질지도 모른다.

그렇지만 아무것도 보이지 않았다. 들리는 것이라곤 원망과 한탄밖에 없는 이 세계에서 무엇에 의지해서 찾아낸단 말인가.

——아니, 단서는 분명 있을 거야.

자간은 예전에 릴리스에게 이계(異界)의 꿈에 관한 상담을 받았을 때, 무슨 일이 있어도 살아남으라고 명령했다.

살아만 있으면 반드시 구해주겠다고.

자간은 알고 있었다.

그 소녀가 마술사도 아니고 정신력 또한 약할지라도 〈마왕〉에게 대놓고 할 말은 할 줄 아는, 각오가 남다른 공주라는 것을.

살고자 하는 그 의지는 이 악몽 속에서는 분명 이물질이다.

반드시 찾아낼 수 있다.

——찾아라…… 찾아라! 반드시, 있을 테니까!

귀를 기울이고, 눈에 힘을 주고, 이러고 있는 지금도 계속 찢어지는 피부로 의식을 집중시킨다.

얼마나 그러고 있었을까. 자간은 저주의 목소리 속에서 이질적인 목소리를 찾아냈다.

'——그냥 가만히 있기만 하면 아무것도 달라지지 않아——.'

특별할 것 하나 없는, 잡담을 나누는 것 같은 목소리.

그렇기에 더 이 세계에서는 확연히 이질적인 목소리.

「찾았다——〈천린 · 오련대화〉!」

자간은 망설임 없이 최대 일격을 날렸다.

다섯 손가락에서 나온 〈천린〉의 칼날은 어둠을 가르며 자간의 앞에 길을 열어줬다.

그 끝에 황금색 눈동자가 보였다.

멀다.

탁류로 가로막힌 운하의 저 건너편처럼 멀었다.

그래도 자간은 망설이지 않고 앞을 향해 걸음을 내디뎠다.

"——〈천륜 · 절영〉——"

주위의 마력을 속력으로 변환하는 세 번째 힘.

〈오련대화〉가 뚫어놓은 길을 질주하자 그 끝에서 릴리스의 모습을 찾아낼 수 있었다.

아무리 몽마라도 이곳을 지나가느라 얼마나 고생했는지, 안 그래도 노출이 심한 옷이 더 찢어지고 하얀 피부에도 무수한 상처가 생겨 있었다. 오히려 그 정도로 끝난 걸 보고 몽마로서의 강한 힘에 새삼 감탄했다.

보기만 해도 애처로운 모습이었지만, 그 옆에는 더 넝마가 된 소년이 있었다.

——저 녀석은 꿈속에서 본 배에 있던 아이잖아?

아무래도 이 소년을 구하기 위해 무모한 짓을 감행한 모양이었다.

자간을 알아본 릴리스가 기뻐하며 외쳤다.

「자간 왕!」

「번거롭게 좀 하지 마라.」

두 사람 옆에 가자마자 재빨리 대꾸한 다음, 숨을 가다듬을 틈도 없이 릴리스와 소년을 양쪽 옆구리에 안아 들었다.

〈절영〉은 여전히 가동 중. 하지만 열린 길은 이미 어둠으로 인해 닫히고 있었다.

심지어 어둠 자체가 자간을 희번득 노려본 것 같았다.

——들켰나.

잘 자고 있는데 갑자기 두들겨 맞은 셈이다. 깨어나는 것도 당연하고 그 분노가 이쪽을 향하는 것도 당연했다.

아니, 두들겨 패긴커녕 포크 끝으로 살짝 찌른 정도에도 미치지 못하는 것 같았다. 그 덕분에 아직 잠이 덜 깼는지, 자간 일행을 정확히 인식하진 못한 것 같았다.

지금이라면 탈출할 수 있다.

「다소 거칠어지겠지만, 입을 열면 안 돼.」

릴리스가 고개를 끄덕이는 것을 확인한 후, 소년을 향해 시선을 돌렸다.

그 순간, 자간의 얼굴이 딱딱하게 굳었다.

소년의 오른손에는 낯익은 문양이 새겨져 있었던 것이다.

「너, 설마――아니지, 그것도 나중에 얘기하자.」

어둠은 이미 자간에게 적의를 드러내고 있었다. 잠들어 있는 것만으로도 정신을 파먹는 괴물이 전력을 다해 적의를 드러내면 자간도 버텨낼 재간이 없다.

「――〈천린 · 우천좌천〉――.」

자간이 선택한 것은 오른팔과 왼팔이었다.

――출구도 보이지 않는 이곳에서는 한 번 발동하면 사라지는 〈천린〉은 불리해.

성검과 마족에 대항하기 위해 자간이 제일 처음 만든 무적의 방패. 하지만 어디까지나 방패이지 무기는 아니다.

그런 방패의 힘으로 눈앞에 있는 어둠을 계속 때렸다.

늪 속에 팔을 집어넣은 것 같은 둔한 감촉. 〈우천〉의 주먹에 균열이 생겼다.

동시에 진흙 같은 어둠에도 균열이 생기더니 소리를 내면서 터졌다.

——지금이다.

주위의 마력을 먹어 치우면서 더 단단해지는 게 바로 〈천린〉이다. 이곳에서는 마력을 무제한 공급받고 있는 셈이었다. 갈라진 〈우천〉은 순식간에 재생해서 주먹을 쥐었다.

뒤이어 〈좌천〉의 주먹을 휘둘러서 길을 더 넓혔다.

——그래도 역시 한 번에 세 발이 한계인가.

〈절영〉 〈우천〉 〈좌천〉, 이렇게 세 발이다.

〈천린〉은 주위의 어둠까지 먹어 치우지만, 그래도 자간이 제어할 수 있는 건 세 발이 전부인 모양이다. 한 발만 더 쓸 수 있으면 길도 열 수 있는데.

그나마 운이 좋았던 것은 어둠이 밀려드는 속도보다 〈절영〉이 더 빠르다는 것이었다.

어디로 향하면 좋을지, 애당초 출구가 있긴 한지조차 확실하지 않았지만, 〈우천좌천〉으로 눈앞에 있는 길을 깨부수면서 앞으로 돌진했다.

그렇게 얼마나 계속 갔을까.

너덜너덜해진 주먹이 때린 곳에 언뜻 빛이 보인 것 같았다.

「자간 왕, 저기!」

「나도 알아!」

〈유세경〉의 빛. 자간이 이곳에 발을 내디딘 그 입구라는 것을 직감했다.

그곳으로 뛰어드는 순간, 딱 한 번 뒤를 돌아보았다.

어둠만 있는 세계에 하얀 틈이 열리려 하고 있었다.

그 너머로 희번득, 푸른 구체가 떠오른다.

그것이 안구라는 것을 깨달은 순간, 똑같은 균열이 한쪽 면 전체에 퍼졌다.

◇

"하아——하아——하아——."

빛을 빠져나오자 자간은 무릎을 꿇고 거친 숨을 몰아쉬었다.

——마지막에 본 그건, 대체 뭐였지?

꿈의 왕 〈아자젤〉이 깨어나려 한 것일지도 모르지만, 그렇다면 그렇게 소름 끼치는 꿈을 꾸는 〈아자젤〉이라는 건 도대체 뭘까.

생명을 가진 자가 봐선 안 되는 것만은 분명했다.

이해해서도 안 된다.

자간은 거기까지 생각했다가 알시에라가 왜 아무 말도 **못** 했는지 알 것 같았다.

——꿈속…… 이해해선 안 되는 것…… 아아, 젠장, 그런 거였어.

절대 할 수 있는 이야기가 아니다.

이야기했다가 누군가 그것을 이해하게 되면 이 세상은 멸망하게 될 테니까. 설사 열세 명의 〈마왕〉이 힘을 합쳐 싸우더라도 그

걸 막아내는 건 불가능하다.

릴리스와 소년을 바닥에 내려놓자 릴리스는 걱정스러운 얼굴로 너덜너덜해진 옷의 소매를 찢었다.

"미안, 이것 말고는 없어……."

그러면서 자간의 이마를 닦았다.

그제야 깨달았다. 자간은 이마에서 폭포수 같은 땀을 흘리고 있었다.

――부하 앞에서 보여도 되는 얼굴은 아니군.

자간은 릴리스의 손에서 넝마 조각을 받아 들더니 태연한 모습으로 일어났다.

"걱정하지 마. 연비가 안 좋은 마술을 사용해서 그런 것뿐이다."

연비가 안 좋긴커녕, 〈천린〉은 아주 효율적으로 설계된 마법이었다.

얄팍한 허영이긴 했지만, 릴리스는 마음이 놓였는지 가슴을 쓸어내렸다. 이 소녀를 안심시킬 정도의 효과는 있었던 모양이다.

그런 다음, 주위를 둘러보았다.

"보아하니 성으로 돌아온 건 아닌 것 같군……."

무수한 기둥이 줄지어 있는 신전 비슷한 곳이었다.

기둥을 보니 세로로 홈만 파여 있는 심플한 디자인이었다. 몇 미터 간격으로 마디 같은 부분이 있고 거기에 날개 비슷한 걸 가진 인간의 모습이 조각되어 있었다. 익인족처럼 보이지만, 묘하게 성스럽게 만들어져 있었다.

――아니, **분명** 익인족은 아니었어.

다른 종족이긴 했는데, 정체는 **가르쳐 주지 않았다**.

——가르쳐주지 않았어? 누가?

나는 이 조각을…… 아니, 이곳을 알고 있는 건가?

기억을 더듬어가려 해도 비슷한 것조차 떠오르지 않았다. 이게 기시감이라는 착각인지, 아니면 확실한 기억인지, 현재로선 확인할 방법이 없었다.

다시 기둥을 살펴보니 상당히 오래된 것인지 풍화도 심어서 조각의 정체를 알아볼 수가 없었다. 문자가 새겨져 있었던 것 같은 흔적도 있었지만 해독은 어려울 것 같다.

그런 기둥이 끝이 보이지 않을 만큼 높이 솟아 있었다.

천장은 없다. 아니, 하늘 자체가 없었다. 밤도 아니고 어둠도 아닌 오묘한 빛깔을 띤 소름 끼치는 공간이 펼쳐져 있었다.

현실에서 볼 수 있는 풍경이 아니다. 여기도 아직 꿈속인 걸까.

그렇게 생각하고 있는데 릴리스가 숨을 삼켰다.

"여기는……."

"어딘지 알겠냐, 릴리스?"

자간의 질문에 고개를 끄덕였다.

"전에 이상한 꿈을 꿨다고 말한 적 있지? 여기, 그때 본 장소 같아……."

"……그렇군."

하늘을 올려다본다.

저 소름 끼치는 오묘한 빛깔의 천장은 조금 전까지 있었던 세계 그 자체 같았다.

——이곳이 그 세계와의 경계라면 알시에라의 반응도 당연한가.

릴리스가 이곳에서 헤매고 있을 때, 알시에라가 안색이 변해서 당장 돌아오게 한 적이 있었다. 그러면서 그 이유는 설명해 주지 않았다.

이 앞에 있는 것을 알게 된 지금은 그런 알시에라의 마음을 이해할 수 있었다.

"그러면 이곳은 그 어둠과 현세의 중간 지점 같은 곳인가."

알시에라의 결계라는 건 이 장소를 가리키는 게 아닐까. 이 기둥이 지탱하고 있는 게 저 하늘이라고 생각하면 이 기묘한 신전의 구조도 납득이 간다.

릴리스를 바라본다.

"여기서 돌아갈 수 있나?"

"음…… 미안. 힘들 것 같아."

릴리스는 미안해하며 고개를 옆으로 흔들었다.

"여기도 꿈속인 것 같긴 한데, 내 꿈이 아니라고 할까……. 전에 왔을 때도 그분이 데리고 돌아와 주었지, 내 힘으로 돌아온 건 아니었으니까."

"흠, 그런 셈인가."

몽마로서의 자신감에 상처를 입었는지, 눈에 띄게 어깨를 축 늘어뜨리는 릴리스의 머리에 손을 슥 올렸다.

"걱정하지 마. 이곳은 아마 알시에라의 결계라는 곳일 거다. 그 흡혈귀가 관여한 곳인데 그렇게 쉽게 돌파할 수 있는 결계일 리 없어.”

적어도 저런 하늘을 떠받치고 있는 중요한 장소다. 자유롭게 드나들 수 있다면 아무 의미도 없다.

——아까 릴리스가 있는 곳에 직행할 수 있었던 건 〈유세경〉의 주인이어서 그런 건가.

주인이 있는 곳까지 길을 열어주긴 해도 돌아오는 것까지 챙겨주는 건 아닌 모양이다. 오히려 주인이 있는 곳이라면 세상의 결계조차 뛰어넘을 수 있다는 사실에 경탄해야 한다.

일단 상황을 대충 파악한 후, 바닥에 누워 있는 소년을 향해 시선을 주었다.

“자, 슬슬 네 이야기도 좀 들어볼까.”

자간과 릴리스보다 더 오랫동안 그 어둠 속에 있었을 것이다. 온몸이 상처투성이에 호흡도 얕았지만, 일단 살아는 있었다.

그나마 의식은 있는지, 거의 엎드리다시피 한 자세로 자간을 올려다보았다.

“네가 푸르카스지?”

소년의 오른손에 새겨져 있는 것은 〈마왕의 각인〉이었다.

마술사스러운 로브나 아뮬렛은 하나도 남아 있지 않았고 꿈속의 배에서 본 소년의 모습을 하고 있었지만, 자간이 〈마왕의 각인〉을 잘못 볼 리는 없었다.

자간의 오른손에 새겨진 것과 똑같다. 자신의 것과는 미세하게 다르지만. 오리아스 정도 되면 그게 마왕의 어디를 가리키는 것인지 해독할 수 있을 것이다.

뭐, 조금만 생각하면 알 수 있는 것이긴 하다.

릴리스가 말하는, 꿈속에서 이상할 정도로 강한 힘을 가졌던 이물. 릴리스와 지금의 자간처럼 실체를 가진 채 꿈속으로 들어왔다면 보통 골치 아픈 이물이 아니다.

거기에 나벨리우스가 꺼낸, 세계의 밖으로 가려고 했다가 행방불명이 된 〈마왕〉 푸르카스의 이야기.

이것들이 모두 동일한 것이라면 자간은 한참 전에 이 사건에 말려들었던 셈이다.

불만스럽게 노려보자 소년은 매달리듯 자간을 올려다봤다.

“푸르, 카스……? 그게, 내, 이름이야? 당신은……, 내가 누군지, 알아?”

“‘‘뭐?’’”

자간과 릴리스는 얼빠진 소리를 냈다.

소년은 머리를 눌렀다.

“모르, 겠어……. 나는, 왜, 이런 곳에 있지? 나는, 도대체 누구지?”

자간과 릴리스는 서로 얼굴을 마주 보았다.

——음, 나벨리우스의 말투를 생각해 보면 이 녀석이 결계를 넘은 지 꽤 시간이 흐른 것 같은데 말이지.

며칠, 아니면 일주일? 적어도 몇 시간은 아닐 것이다.

그 세계에서 며칠은 〈마왕〉의 정신조차 파괴할 정도의 악몽이었던 모양이다.

그 누구도 세계의 밖으로 나가지 못했던 이유를 알 것 같았다.

세계의 바깥으로 빠져나가려면 〈아자젤〉의 꿈을 지나가야만 한다. 애당초 실체를 가진 상태로 꿈속을 통과할 방법을 가진 건 몽마 말고는 없다.

따라서 누구도 결계를 돌파하지 못하고, 돌파하더라도 돌아오지 못한다. 〈마왕〉 푸르카스조차 이 모양이니까.

——지금 상태를 보면 마술을 사용하는 법도 기억하지 못하는 건가.

탈출에 도움이 될 것 같진 않았다. 《경계의 고양이》라는 이름을 가진 푸르카스는 발바로스조차 능가하는 공간 도약 전문가였는데…….

자간도 머리를 싸맸다.

"뭔가 기억나는 건 없어?"

"……전혀. 아, 저 소녀와는 어디선가 만난 것 같은 느낌이 들어."

그렇게 말하며 시선이 향한 곳은 릴리스였다.

릴리스는 작은 목소리로 속삭였다.

'아마 그분을 말하는 것 같아.'

'그래? 저번에 꾼 꿈을 말하는 게 아니고?'

'에, 아……. 맞다. 그럴 수도 있겠네.'

하지만 그 꿈속의 배에서 이 소년이 알시에라와 함께 있었던 건 사실이다.

——이런 꼴을 하고도 알시에라를 기억하고 있다는 건 그 녀석

에게 무슨 짓이라도 당해서 그런 걸까?

그 배의 꿈도 원래는 악몽이었다고 하니, 아무리 〈마왕〉이라도 조금 가여웠다.

자간은 소년의 목덜미를 잡아서 들어 올렸다.

"우오, 아앗?"

"잠깐, 자간 왕!"

소년과 릴리스가 비명을 지르자 자간은 한숨을 쉬었다.

"언제까지 여기 있을 수는 없다. 탈출할 방법을 찾자."

"그건 그렇지만, 왜 애를 들어 올리고 그래?"

"……? 못 걸을 것 같으니까 그렇지."

일단 〈마왕〉은 제거하고 싶지만, 이 상태를 보니 죽일 마음도 사라졌다. 게다가 릴리스가 목숨을 걸고 구했으니 이대로 죽게 내버려뒀다가는 괜히 찝찝하기만 하다.

소년은 멍하게 있다가 이내 씁쓸하게 웃었다.

"네가 했던 말의 뜻을, 조금이지만 알 것 같아. 좋은 왕이구나."

"무슨 얘기냐?"

자간은 눈썹을 찌푸렸지만, 릴리스는 얼굴을 붉히며 대답하려고 하지 않았다.

그런데, 라며 자간은 주위에 있는 기둥을 바라본다.

"왜 그래, 자간 왕?"

"……역시 이 장소, 처음 본 것 같지가 않아."

릴리스의 눈이 휘둥그레졌다.

"그게 무슨 뜻이야……?"

"자세히는 모르겠지만, 예전에 이런 풍경을 본 적이 있는 것 같아. 아주 어렸을 때였는지, 누군가의 손에 이끌려 왔던 기억이 있어."

손을 잡아 끌어주었던 건 누구였을까. 얼굴도 옷도 기억나지 않지만, 분명 그 사람은 어른이었을 것이다. 고개를 들어 올려다봤던 기억이 있다.

그리고 그 너머에도 한 명 더. 자신과 비슷한 또래의, 붉은 머리와 뿔을 가진 작은 여자아이.

그 얼굴이 눈앞에 있는 소녀와 겹친다.

——뭐지? 릴리스도 있었다는 건가?

즉, 자간은 과거에 릴리스와 만난 적이 있다는 뜻일까?

하지만 아버지가 한 이야기를 생각하면 그럴 가능성은 없었다. 꿈속에서 네피와도 그렇게 이야기하지 않았는가.

신전의 기둥을 올려다본다.

"아니, 그때 본 기둥은 이렇게 크지 않았어."

어린 자신에겐 분명 더 거대하게 보였을 텐데, 그래도 끝이 보이지 않을 정도로 높이 솟아 있진 않았다.

자간은 갑자기 걷기 시작했다.

"자, 잠깐, 자간 왕. 어디 가는데?"

"여기가 내가 아는 곳인지는 모르겠지만 그때 이쪽에 뭔가 있었던 것 같다."

그곳에서 무엇을 봤는지, 아니면 그 방향으로 걸어가기만 했을 뿐 아무것도 없었을지도 모른다.

답은 자신도 모르지만, 자간은 앞을 향해 곧장 나아갔다.

◇

"앗, 이 조각상은…… 알시에라인가?"

신전 안쪽으로 걸어가니 그 기둥이 있었다.

신전의 기둥은 규칙적으로 줄지어 있었는데, 그중에서 딱 하나, 통로 중앙에 우뚝 솟아 있는 게 있었다. 제단처럼 한 단 높은 형태로 되어 있고 기둥 자체도 정교하게 장식되어 있다. 이곳이 신전의 중추인가 보다.

——일단 이런 건 본 기억이 없어.

아까 느꼈던 기시감도 걷다 보니 희미해져서 점점 확신이 없어졌다.

하지만 그 기억에 의지해서 걸어간 곳에 이 기둥이 있었다.

아래쪽에 소녀의 조각상을 품고 있는, 기묘한 기둥이.

조각상은 머리 스타일도 다르고 눈을 꼭 감고 있었지만, 저 거만한 얼굴은 절대 잊을 수 없었다. 물론 잠든 것 같은 얼굴에선 평소의 독기는 느껴지지 않았지만.

재질은 돌처럼도 보이고 금속처럼도 보였다. 게다가 납빛을 띠고 있었는데, 잘 관리했는지 광택이 흘렀다.

뱃머리에 다는 조각상처럼 하반신은 기둥에 먹혀 있고 허리 위만 남아 있는 모습이다. 그 풍성한 드레스 안에 있는 몸은 이렇게 가냘픈 걸까. 가슴 부분이 살짝 부풀어 있긴 했지만, 가냘픈 목과

팔은 끌을 대기만 해도 부러질 것 같았다. 빈약한 가슴 아래로는 늑골까지 떠올라 있었다.

어딘가에 매달린 것처럼 두 팔을 들고 있어서 가냘픈 나신이 더 두드러졌다. 취향 한번 고약하게도 손목에는 사슬까지 묶여 있었다.

풀어헤친 긴 머리가 유방과 사타구니를 가리고 있었지만, 그 대신 평소엔 가려져 있는 머리 부분이 훤히 드러나 있었다.

구부러진 뿔.

참혹한 흉터를 그대로 다 드러낸 모습은 성스러운 신상보다는 마치 제물처럼 보였다.

비단결 같은 머리카락 한 올 한 올까지 다 정성스럽게 재현되어 있어서 마치 살아 있는 것 같다.

"이런 게 있다는 건 이곳은 그분의 신전이라는 뜻일까?"

"글쎄다. 너도 보는 건 처음이냐?"

"으, 응……. 예전에 두 번 다 그분이 막았으니까."

릴리스의 대답을 들은 자간은 생각에 잠겼다.

"두 번……이라. 그때 이곳에 있었던 건 너와 알시에라 뿐이었나?"

"응? 그렇긴 한데……."

"다른 사람이 있었을 가능성은?"

"음——, 그때 그분의 모습을 생각하면, 혹시 있었다면 조용히 넘어가지 않았을 거야……."

하긴 이곳에 대해 폭로하려면 아무리 알시에라라도 상대를 그냥 두진 않을 것이다. 만약 있었다면 살아 있을 리 없다.

아무래도 그곳에 자간이 있었을 가능성은 낮은 것 같았다.

어쩌면 꿈속이다 보니 릴리스의 기억을 자신의 경험과 착각하고 있을 가능성도 있다. 실제로 배를 타고 있었던 그 꿈처럼 타인의 꿈과 연결되는 경우도 있다니까.

그리고 소년에게 시선을 돌렸다.

"어이, 넌 이게 뭔지 알아?"

소년을 조각상 앞으로 내밀었다. 계속 목덜미를 붙잡혀 있어서 그런 걸까, 기운이 쭉 빠져 있었지만 곧 목을 옆으로 흔들었다.

"……아니, 모르, 겠어. 조금, 낯익은 것 같긴 한데, 미안. 잘 모르겠어."

아무래도 알시에라의 기억도 남아 있지 않은 것 같았다. 지금 상태로는 본인을 만나도 과연 알아볼 수 있을까 싶다.

그때 소년이 말했다.

"그런데 부서져 있어서 왠지 가여워."

"부서졌다고?"

"여기 봐. 부서졌잖아."

머리카락에 가려져서 알아채지 못했는데, 자세히 보니 조각상의 복부가 파손되어서 균열이 생겨 있었다. 현실의 알시에라가 상처를 입은 곳과 같은 부위다.

자간은 깜짝 놀라 소년을 떨어뜨렸다.

"으앗."

소년은 아픈 비명을 질렀지만, 자간은 신경 쓰지 않고 조각상의 목을 만져봤다.

——이게, 어떻게 된 일이지……?

자간은 어안이 벙벙해서 중얼거렸다.

"이 녀석, 살아 있는 거야……?"

차갑고 단단한 게, 감촉 자체는 그냥 조각상이다.

그런데 조각상에 닿은 손가락 끝에서 고동이 느껴졌다.

숨도 쉬고 있다.

밤의 일족인 소녀의 조각상이, 어떻게 된 일인지, 살아 있는 인간처럼 호흡하고 맥박도 뛰고 있었던 것이다.

자간이 신음을 흘리자 릴리스가 당황해서 외쳤다.

"자간 왕, 그분의 조각상이 살아 있다니, 무슨 말이야?"

"……말 그대로다. 돌처럼 되어 있긴 하지만, 심장도 뛰고 숨도 쉬고 있어."

"뭐……? 하지만, 그분은 흡혈귀잖아? 흡혈귀는, 숨을 안 쉬는 것 아니었어?"

흡혈귀의 육체는 살아 있지 않다. 맥박도 멈춰 있고, 숨도 쉬지 않는다. 만져도 차갑고 피도 흐르지 않는다. 그럼에도 그 몸은 아지랑이와 비슷해서 안개도 될 수 있고 박쥐로 모습을 바꿀 수도 있었다. 힘을 잃으면 사라지지만, 시간이 흐르면 아무렇지도 않게 다시 살아난다.

"인간이 흡혈귀가 되는 방법은 몇 가지 있다. 유명한 건 흡혈귀에게 피를 빨리는 건데, 그건 애당초 흡혈귀가 없으면 불가능해."

즉 흡혈 이외의 방법으로 흡혈귀가 된 자가 존재한다는 말이다. 그런 식으로 흡혈귀가 된 사람은 진조(眞祖)라 불린다.

"내가 아는 한, 인간의 몸으로 흡혈귀가 되는 방법은 세 가지가 있어. 첫 번째는 마술로 육체를 초월하는 방법. 두 번째는 신성한 생물의 피를 마셔서 저주를 받는 방법."

거기서 잠깐 말을 멈추자 릴리스가 머뭇거리며 물었다.

"세 번째는……?"

"인신 공양——제물로 바쳐져서 죽지 못한 경우다."

릴리스와 소년이 숨을 삼켰다.

"그럼, 그분은 이곳에서 제물이 되었다는 뜻……?"

"……아마도."

즉 이게 바로 알시에라의 진짜 몸인 것이다.

소년이 슬퍼하며 목소리를 높였다.

"구해, 주지, 못하는 거야?"

"글쎄다. 녀석이 이곳에 붙들려 있는 건 틀림없지만, 선불리 손을 대면 진짜 죽을 수도 있어."

"그게 무슨 말이야?"

〈마왕〉이었을 소년의 무지함에 자간은 한숨을 쉴 뻔했다.

"이 녀석이 이곳에서 어떤 역할을 맡고 있는지는 몰라. 신전이 가진 기능의 중요한 축을 담당하고 있겠지만, 신전 그 자체가 이 녀석의 생명을 붙들어 두고 있을 가능성도 있다. 무사히 여기서 데리고 나가더라도 그 순간 지금까지의 세월이 단숨에 흐를 위험도 있고."

알시에라가 흡혈귀로서 살아온 시간은 천년이다.

천년이라는 시간이 한 번에 흐르면 인간은 티끌 하나 없이 사라지고 만다. 용 정도 되는 초자연적인 존재라면 그나마 가능성은 있겠지만.

소년은 어깨를 늘어뜨렸다.

"……그런, 가. 아무것도, 해주지 못하는, 건가."

그 배의 꿈이 소년의 과거를 어디까지 재현한 건지는 모르겠지만, 그에게 알시에라는 은인이다. 기억을 잃었더라도 마음만은 남아 있는지도 모른다.

자간은 짜증 난다는 듯 한숨을 쉬었다.

"어이, 오른손 좀 내밀어."

"에, 응."

자간은 소년의 손을 잡더니 조각상의 상처에 대고 눌렀다.

"으, 으아아아앗."

"잠깐, 뭐 하는 거야, 자간 왕?"

소년과 릴리스는 얼굴이 새빨개져서 당황했다. 뭐가 그렇게 당황스러운지는 모르겠지만, 뭔가 해주고 싶다고 말한 건 소년이지 않은가.

자간은 어이가 없어서 대꾸했다.

"뭐 하냐니, 어차피 이 녀석은 마술을 사용하는 법도 기억하지 못하잖아? 그러면 이러는 수밖에 없지."

소년의 〈마왕의 각인〉에서 강제로 마력을 끌어내서 알시에라의 조각상으로 흘려 넣었다.

"손 떼지 마. 실패할 수도 있어."

소년에게 그렇게 말한 후, 자간은 파손 복구를 진행했다.

——이건 무슨 재질이지?

인간의 육체라면 복구도 간단하지만, 인간 기둥이라서 그런지 성분을 분석할 방법이 없었다.

그래도 손을 대고 있는 동안 조각상의 균열이 조금씩 메워졌다. 10초 정도 될까. 빛이 사그라졌을 즈음엔 조각상의 파손도 깔끔하게 복구되었다.

"흐음. 뭐, 이 정도면 되겠지…… 왜 그러지?"

조각상의 복구가 끝나자 소년은 새빨개진 얼굴로 풀썩 주저앉았다.

"왜, 왜냐니, 여자잖아요……! 이렇게 마구 만지는 건."

돌도 금속도 아닌 것으로 이루어진 몸이지만, 분명 살아 있다는 것을 소년은 알았다. 그래서 수치심을 느낀 모양이다. 〈마왕〉씩이나 되는 자식이, 이렇게 한심할 데가.

"그건 내 알 바 아냐. 이 세상에 여자는 딱 두 종류밖에 없다. 내 신부인 네피, 그리고 그 외."

온갖 어중이떠중이의 나신을 왜 내가 신경 써줘야 하지?

물론 그 대상이 네피라면 소년보다 더 심하게 당황하겠지만, 자간은 오만하게 굴었다.

"그럼…… 포레 아가씨는?"

릴리스의 지적에 자간은 팔짱을 꼈다.

"……이 세상에는 세 종류의 여자가 있다."

"응, 그래, 알았어……."

자간이 정정하자 릴리스가 애잔한 눈으로 쳐다봤다.

그리고 다시 알시에라 조각상을 향해 시선을 돌렸다.

"뭘 한 거야?"

"마력으로 상처를 메운 것뿐이다. 마력을 물질화하는 건 여간 힘든 일이 아니라서 이 녀석의 마력도 좀 사용했고."

소재의 정체를 알 수가 없어서, 일단 마력으로 살아 있는 부품을 만들어 빈틈을 메우는 방법을 시험해 봤다.

이 작업은 상당한 집중을 요하기 때문에 꽤 성가시다. 원래는 엘릭시르 같은 약제와 도구 등, 그에 상응하는 촉매와 시설이 필요한 작업이었다. 그래서 혼자 하기엔 힘에 겨워서 소년을 조수로 잠깐 이용했다.

하지만 이것으로 알시에라의 상처가 나았는가 하면 그건 아니다.

"어디까지나 겉으로 보이는 부분만 복구한 거야. 그 이상의 의미는 없다."

――〈아자젤〉의 검은 〈천린〉과 같은 종류의 힘이었다.

실체도 아닌 알시에라에게 저 정도의 상처를 입혔다. 저 상처를 재생시키지 못한다는 건 자간이 누구보다 잘 알았다.

그런데 소년은 웃었다.

"그래도 고마워. 이제야 이 사람에게 은혜를 갚은 것 같은 기분이 들어. 기억도 못 하는데 참 이상하지."

아주 솔직한 말에 자간은 진귀한 동물이라도 보는 기분이었다.

——왜 이런 녀석이 〈마왕〉이 될 정도로 비뚤어지게 된 거지?

성실하게 살아서 성기사라도 됐을 것 같은 소년인데 말이다.

그리고 다시 알시에라의 조각상을 바라본다.

——이런 모습으로 있는 녀석을 그대로 내버려두자니 가엽긴 하군.

비록 이런 모습이지만, 아직 살아 있다. 이곳에 의식은 없겠지만, 바라보고 있으면 별로 기분이 좋지 않은 것도 사실이었다.

자간은 망토를 벗어 알시에라의 동상에 감아주었다.

"뭐, 보기 흉하긴 해도, 없는 것보다는 낫겠지."

바로 그때였다.

쩍 하고 하늘이 갈라지는 소리가 울려 퍼졌다.

◇

"——앗, 뭐지?"

하늘을 올려다본다.

오묘한 빛깔의 하늘에 거대한 눈동자가 떠올라 있었다.

"……끈질긴 놈이군."

아무래도 〈아자젤〉에게 들킨 것 같다.

한발 늦게 소리의 정체도 깨달았다. 눈동자 근처에 있는 기둥 몇 개에 균열이 생기고 있었다. 저 기둥 하나하나가 어떤 중요한 장치인 건 분명하니 만약 파괴되면 〈아자젤〉은 이곳까지 침식해 올 것이다.

――알시에라에게 손을 댔기 때문일까, 아니면…….

오른손의 〈각인〉을 의식한다.

비프론스가 불러들인 '진흙의 마신'은 〈마왕의 각인〉에 집착했다. '아리스텔라'도 〈각인〉을 노리던 것처럼 보였다. 여기 봉인되어 있는 게 비프론스가 말하는 마신의 육체인지는 확실하지 않지만, 〈아자젤〉이 〈각인〉을 노리는 건 틀림없었다.

하지만 이곳은 알시에라의 결계 안이다.

아무리 〈아자젤〉이라도 힘으로 침입하는 건 불가능한 것 같다. 이쪽을 보기만 할 뿐, 그 이상의 행동은 취하지 못하는 것만 봐도 그렇다.

그런 〈아자젤〉의 눈동자에서 뭔가가 흘러내렸다.

검은 눈물.

그 눈물은 지면에 떨어지더니 그대로 터져서 주위로 튀었다,

뒤이어 불어오는 것은 사령이 어루만지는 듯한 소름 끼치는 바람이었다.

누가 내장을 마구 휘젓는 것 같은 불쾌감. 소년은 덜덜 떨고 릴리스는 참다못해 입을 가린 채 주저 앉았다.

장기(瘴氣)다.

"뭐, 뭐지?"

"……물러나 있어."

자간은 겁에 질린 목소리로 중얼거리는 소년을 손으로 제지한 다음, 앞으로 나섰다.

——그러고 보니 **이 녀석들**은 발바로스와 오리아스도 소환할 수 있었지.

자간은 알고 있었다.

떨어진 것은 형체 없는 괴물들. 이 세상의 어떤 생물과도 다르고 힘의 법칙도 다른 이형의 존재——마족이다.

떨어진 놈들의 수는 아직 얼마 되지 않았다. 아직은 자간 혼자 문제없이 처리할 수 있는 수이지만, 〈아자젤〉의 눈동자에서는 눈물이 계속 뚝뚝 떨어지고 있었다.

겨우 한 방울로도 몇 마리나 되는 마족을 만들어낸 그 눈물이 비처럼 쏟아지고 있는 것이다. 잠깐 사이에 두 자릿수로, 조만간 천 단위, 만 단위에 이를 것이다.

"저놈들, 이곳을 파괴하려 하고 있어!"

떨어진 마족들은 자간 일행에겐 시선조차 주지 않고 곧장 기둥을 공격하기 시작했다.

몸에서 화살 같은 돌멩이를 쏘아대는 놈, 몸을 친친 감아서 기둥을 비틀어 잘라버리려는 놈, 그냥 냅다 주먹을 휘두르는 놈 등 각양각색. 그렇게 수십 마리에 달하는 마족들이 동시에 공격을 퍼부었다.

눈 깜짝할 사이에 첫 번째 기둥이 부러지더니 와르르 무너졌다.

──이건, 어떻게 할 방법이…….

아무리 〈마왕〉이라도 인간의 몸으로 어떻게 할 수 있는 재앙이 아니다. 이곳을 사수하는 건 불가능했다. 지금 모색해야 할 것은 이곳에서 살아남는 방법이다.

"자, 자간 왕……."

꺼져 들어가는 듯한 목소리가 들리자 자간은 정신이 퍼뜩 들었다.

뒤를 돌아보니 완전히 겁에 질린 채 덜덜 떠는 릴리스의 모습이 보였다. 옆에는 그런 릴리스가 목숨을 걸고 구해낸 소년이 있다. 그 더 뒤쪽을 보니 불길하면서도 가여운 흡혈귀 소녀의 조각상이 있었다.

자긴이 여기서 물러난다는 건 그 모든 것을 잃게 되는 것을 의미했다.

숨을 크게 내쉰다.

"한심한 소리 하지 마. 넌 지금 왕인 나의 뒤에 있다. 정신 단단히 차려."

어떻게 보면 애처로운 고집이다.

저렇게 많은 수의 마족을 쓰러뜨리는 건 애당초 불가능하거니와 하늘의 빈틈으로는 언젠가 〈아자젤〉의 본체가 나타날지도 모른다.

자간이 할 수 있는 것이라곤 아주 잠깐의 시간 벌기뿐, 아무리 발버둥 쳐도 그 너머에 있는 죽음을 피하진 못한다.

——하지만 부하 앞에서 이 정도 고집도 못 부리는 사내는 왕이라 할 수 없지.

그러니 싸울 것이다.

혼자 도망치면 목숨은 부지할 수 있을지 모르지만, 그건 자간이 생각하는 왕의 모습이 아니었다. 부하를 버리고 도망쳐 봤자 무슨 낯짝으로 네피를 안을 수 있단 말인가.

자간은 스스로를 고무하듯 말했다.

"깜빡 잊고 말하지 않았는데, 릴리스, 돌아가면 꿈에 대한 답례로 상을 주마. 그때까지 뭘 받고 싶은지나 생각하고 있도록 해."

그래. 돌아가서 할 일이 산더미처럼 쌓였다.

——자, 그럼, 어떻게 할까.

각오가 됐으면 다음은 수단이다.

적은 이미 몇백에 달하는 마족들이다. 다수 대 일이라면 〈천린 · 천둥〉이 효과적일 것이다.

——안 돼. 이 신전이 알시에라의 생명유지 장치일 가능성이 높아.

안 그래도 마족의 공격에 노출되어 파괴된 상태다. 여기서 〈천둥〉을 사용하면 신전이 통째로 붕괴할지도 모른다.

무엇보다 하늘의 〈아자젤〉을 봉인하기 위한 장치일 수 있다. 신전에 무리를 줄 수 있는 방법은 피해야 한다.

그렇다면 〈천린 · 용식〉은 어떨까.

——이것도 안 되겠군. 전투를 지속하는 능력은 뛰어나지만 상대할 수 있는 건 하나뿐.

계속 싸운다는 목적에는 부합되지만, 마족을 처리하면서 릴리스를 비롯한 다른 녀석들과 신전을 지키기엔 수적으로 불리했다.

〈오련대화〉는 한 번 사용하면 끝이고 〈귀화〉는 화력이 부족하다. 그렇다면 〈우천좌천〉을 선택해야 하는데 이것 하나가 두 개 분량의 리소스를 소비한다. 아까처럼 방어에는 나쁘지 않지만 공격에는 맞지 않았다. 계속 밀리다가 결국엔 끝장나는 수밖에 없다.

――그렇다면 남은 건 **그것**뿐인가…….

아무리 괜찮은 방법이 있더라도 하늘에 뜬 저 눈동자를 어떻게든 하지 않는 한 근본적인 해결책은 되지 못한다. 그리고 그 방법이 현재 자간에게는 없었다.

그래도 앞으로 나가려고 하자 릴리스가 믿을 수 없다는 듯이 말했다.

"저런 것을, 이길 수 있어, 자간 왕……?"

"못 이기면 네피에게 못 돌아가잖아. ……아아, 그래. 이건 나와 네피의 행복을 위해 물러나선 안 되는 싸움이다."

어제도 데이트하러 가자는 말을 꺼내는 데 실패했다.

빨리 돌아가서 오늘이야말로 꼭 데이트하자고 말해야겠다.

갑자기 의욕이 샘솟기 시작했다.

한순간 기가 꺾이긴 했지만, 가만히 생각해 보면 왜 이딴 풋내기 마족 따위를 상대로 자간이 죽음을 각오해야 한단 말인가.

전부 쫓아버리고 아무 일도 없었던 것처럼 돌아가는 모습이야말로 네피에게 보여줘야 하는 모습이 아닐까.

꿈속에서 딱 달라붙어 지냈다고 해서 꿈으로 끝내라는 법은 없다. 다음에는 현실에서도 팔베개를 해주고 무릎베개도 해달라고 할 테다.

그러려면 이딴 놈들은 장해물로도 인정할 수 없었다.

자간은 손가락을 탁 튕겼다.

릴리스와 소년의 주위에 반딧불이 같은 빛이 떠올랐다.

"——〈천린 · 설월화〉——너희는 여기 꼼짝 말고 있도록. 뿔뿔이 흩어지면 지킬 수 있는 것도 못 지키니까."

"네, 네엣!"

릴리스는 힘주어 고개를 끄덕이더니 소년의 손을 잡고 알시에라의 조각상 옆으로 물러났다. 역시 보호받는 사람으로서 어떻게 행동해야 하는지 잘 알고 있었다.

지켜야 할 범위가 좁아지면서 마족 몇 마리가 접근하더라도 막을 수 있는 정도의 강도는 유지할 수 있게 되었다.

이게 첫 번째.

다음으로 자간은 자신의 발에 마술을 걸었다.

"——〈천륜 · 절영〉——"

물량 면에서는 압도적으로 뒤처진다. 그 부분을 만회하려면 다른 방법이 필요했다. 즉 속도다.

이게 두 번째.

마지막으로 주먹을 앞으로 내밀고 외친다.

"——〈천린 · 자전(紫電)〉——"

그곳에 나타난 건 검은 완갑(腕甲)이었다.

〈우천좌천〉 같은 거대한 것이 아니라 팔꿈치에서 손끝까지를 덮는 형태의 경장이다.

하지만 무적의 방패인 〈천인〉과는 달리 닿기만 해도 모든 것을 불사르는 〈천린〉을 주먹의 형태로 형상화한 건 넌센스였다. 공격에만 사용할 수 있으니 검이나 불꽃처럼 좀 더 효율적인 형태를 부여해야 했다.

――그러나 '재주' 사용하려면 이 형태가 필요해.

자간이 기피해 온 '재주'를 사용하기 위한 〈천린〉. 하지만 주먹의 형태로 왜 하필 〈자전〉인가.

〈질영〉의 한 걸음을 내니닌다.

열 걸음 되는 거리를 한 걸음 만에 주파하는 신속(神速)한 한 걸음.

〈천린〉의 검은색 완갑은 희미한 꼬리를 끌며 선명한 보라색으로 변했다.

두 걸음, 세 걸음 내디디자 마침내 첫 번째 마족이 가까워졌다.

타르 같은 점액질의 액체가 인간의 형태를 본뜬 것 같은 흉측한 외모. 머리에는 불규칙적으로 늘어선 눈알 몇 개가 있었는데 자간 쪽을 향하고 있긴 했지만 그 모습을 포착한 것 아니었다.

어깨로 밀어붙이듯 오른손 주먹을 내밀었다.

〈절영〉의 가속이 실린 주먹이다. 안드레알푸스의 〈허공〉에는 못 미치더라도 그와 비슷한 속도로 날린 셈이다. 타르 같은 마족은 방어하는 시늉조차 하지 않았다.

복부로 보이는 부위에 주먹이 꽂힌다.

퍽 하는 가벼운 소리와 함께 그 몸은 풍선처럼 터져 날아갔다.

그리고 메다꽂은 주먹은 〈천린〉을 두르고 있었다. 흩어진 파편은 순식간에 불타서 먼지가 되었다.

——통하는군!

다음 발을 내디딘다.

마족은 무리를 지어 밀려들고 있었다. 이미 다음 목표물이 눈앞에 있었다.

이번에는 밑에서 쳐올리는 것처럼 왼손 주먹을 꽂았다.

마족은 무슨 일이 일어났는지 알아차릴 틈도 없이 가슴 윗부분을 잃고 소멸했다.

다음. 또 다음. 〈절영〉으로 발을 내디딜 때마다 보라색 궤적을 남긴다.

천둥처럼 날카로운 궤적.

그 모습은 마족조차 유린하는 전광이었다.

이게 바로 〈천린〉이라는 이름의 유래. 〈절영〉은 원래 이것과 짝을 이뤄서 사용하기 위해 만든 마술이고, 함께 다루면 〈자전〉이 된다.

그렇지만 마족조차 반응하지 못하는 속도로 움직이는 이상, 그것을 제어하려면 절대적인 반응 속도와 공간 지각 능력이 필요하다.

지난 한 달, 키메리에스를 끌어들여서 계속 해 온 훈련은 이것을 위한 것이었다.

열 마리째 마족을 후려친 순간, 주먹에 툭 하는 둔한 감촉과 통증이 느껴졌다.

소리보다 빠른 속도로 주먹을 때리고 있다. 보통 사람이라면 첫 번째 일격으로 자신의 팔이 날아갔을 것이다. 〈마왕〉도 상처 하나 없을 순 없다.

하지만 그 〈마왕〉이 되기 전까지 육체 강화가 가장 큰 특기였던 사람이 바로 자간이다.

부서진 주먹은 순식간에 재생되어 다음 적을 박살 낸다.

무엇보다 '재주'란 자신의 육체를 가장 적절하게 다루기 위한 기술이다. 가장 효율적으로 날리는 일격은 주먹에 가해지는 부담도 최소한으로 경감된 상태였다.

즉 〈사전〉이란 마력이 계속되는 한 〈천린〉의 주먹을 계속 날릴 수 있는 마술이다.

그러나 자간의 표정에서 낙관적인 빛은 찾아볼 수 없었다.

당연히 마족이 아무런 저항 없이 가만히 주먹에 맞아줄 리 만무하다.

첫 번째 십여 마리는 반격 비슷한 것을 하더라도 허망하게 허공만 휘두를 뿐이었지만, 동포들이 죽어 나가는 것을 보면서 〈절영〉을 포착하는 게 불가능하다는 것 정도는 깨달은 모양이었다.

종잇장처럼 얇은 몸을 가진 마족——언젠가 오리아스가 소환했던 것과 똑같은 타입의 개체이다——이 그 몸에서 예비 동작도 없이 무수한 돌멩이를 방출했다.

"——칫."

자간은 날카롭게 혀를 차며 돌멩이가 날아오는 범위에서 벗어났다.

〈천인〉이 있으면 간단히 막을 수 있는 공격이지만, 그건 릴리스 일행을 지키는 데 사용해 버렸다. 자신의 몸을 지킬 수 있는 건 〈절영〉의 속도와 '재주'——순수한 몸놀림뿐이다.

그리고 자간이 피하는 행동을 취하면 마족들도 그게 유효한 공격이라는 것을 학습하게 된다.

종잇장 같은 마족을 주먹으로 때렸을 때는 마족들이 일제히 똑같은 돌멩이와 칼날을 무수히 쏟아냈다.

——이 자식들, 통솔도 가능하군!

정해진 목표물 없이 마구잡이로 쏜 건지, 정확히 자간을 노린 공격은 얼마 되지 않았지만, 명중하면 팔 하나, 둘 정도는 날아갔을 파괴력이 느껴졌다.

피하지 못하는 돌멩이를 주먹으로 쳐서 떨어뜨리고, 비처럼 쏟아지는 공격의 틈 사이를 지나 한 놈, 또 한 놈, 마족을 쓰러뜨렸다.

한순간이라도 긴장을 풀기는커녕 눈조차 깜빡거리지 못했다. 단 한 번의 실수가 바로 목숨을 빼앗는다. 뾰족한 창 위에서 곡예라도 하는 기분이었다.

게다가 더 문제는…….

——마족이 늘어나는 속도가 조금 더 빨라.

자간이 마족 열 마리를 죽이는 동안 열한 마리가 늘어나는 꼴이었다.

막상막하인 것 같지만, 이대로 가다간 밀리는 건 필연. 게다가 자간이 돌격하기 전까지 열 개 가까이 되는 기둥이 쓰러졌다. 이게 현실의 알시에라에게 어떤 영향을 주고 있는지 알 길이 없다.

하지만 절망하지도 않았다.

——희망은, 있어.

이곳에 들어올 수 있었던 사람이 한 명 더 있었다. 게다가 쿠로카가 행운을 빌어주고 있다면 생각지도 못한 일이 일어날지도 모른다.

그렇기에 지금 자간이 할 일은 그때까지 모두를 지켜내는 것이었다.

◇

"——알시에라 님!"

자간이 〈유세경〉 속으로 사라진 지 1각 정도. 릴리스와 셀피의 침실에는 네피와 포레도 와 있었다.

오늘은 쉬라는 말을 들었지만, 몸에 밴 습관이라는 건 그리 쉽게 사라지지 않는다. 게다가 자신이 꿈에서 한 대담한 행동을 현실로 돌아와 다시 떠올렸더니 부끄러움과 기쁨으로 도저히 잠을 잘 수가 없었다.

그래서 아침에도 평소처럼 일찍 일어나는 바람에 너무 과하지 않은 정도로 일을 거들려던 참이었다.

그런데 아침 식사 준비를 시작해도 릴리스를 비롯해 다른 사람들은 일어날 기미를 보이지 않았다. 그래서 포레와 함께 찾아왔더니 알시에라와 셀피가 심각한 얼굴을 하고 있는 게 아닌가.

지금은 네피와 포레, 방에 남겨진 셀피와 알시에라, 그리고 처음 보는 마술사까지 다섯 명이나 있어서 방이 상당히 비좁게 느껴졌다.

알시에라의 설명에 따르면 자간과 릴리스는 세계의 가장자리——내부와 외부의 경계에 있다고 했다. 그리고 그곳이 꿈속에 있다는 것도. 자간 덕분에 간신히 돌아올 수 있는 곳까지 오긴 했지만, 갑자기 알시에라가 쓰러졌다.

안 그래도 하얀 피부가 완전히 창백해져서 덜덜 떨고 있었다.

그런 소녀를 제일 먼저 끌어안은 사람은 포레였다.

"알시에라. 무리하지 마."

"괜, 찮아, 요……."

포레는 진지한 표정으로 물었다.

"무슨 일이, 일어난 거야?"

"제 몸을…… 〈아자젤〉이 찾아낸 것 같아요."

가면을 쓴 마술사는 말문이 막힌 모습이었다.

"자, 잠깐, 그거, 큰일 아니야?"

"……물론, 좋지는, 않죠."

알시에라가 든 손은 손가락 끝부터 조금씩 투명해지기 시작하고 있었다.

자간과 릴리스를 다시 데려올 수 있는 사람은 알시에라가 유일한데 말이다.

창백해지는 네피를 보고 알시에라는 미소 지었다.

"걱정하지 마세요. 은안의 왕과 릴리스 정도는 이쪽으로 다시 데려올 수 있어요."

"——그건, 안 돼요."

네피는 망설임 없이 대답했다.

"에……."

알시에라가 어리둥절해하자 네피는 이렇게 말했다.

"자간 님과 릴리스 씨는 꿈속에 있죠? 하지만 그곳에서 알시에라 님의 육체도 위험에 노출된 상태이고요. 누군가의 공격으로."

상황을 확인하자 알시에라는 고개를 끄덕였다.

"그렇다면 구출 같은 **쓸데없는** 짓은 하면 안 돼요."

그 말에 알시에라도 어안이 벙벙해졌다.

"당신은, 은안의 왕을 사랑하고 있는 줄 알았는데요……?"

"사랑하고 있어요. 사랑하기 때문에 알아요. 자간 님은 다른 사람을 버리고 혼자만 살아남는 짓을 수치스럽게 생각하는 분이에요."

목적을 위해 상대를 죽이는 건 괜찮다.

모르는 사람이 모르는 곳에서 죽는 것도 상관없다.

하지만 지키려던 사람을 죽게 놔두는 건 참을 수 없다.

본인은 절대 인정하지 않겠지만, 그는 그런 남자였다.

——마음 같아선 자신을 최우선으로 생각해서 돌아왔으면 좋겠

지만.

하지만 서툴고 고집이 센 그는 곤경에 처한 사람을 두고 보지 못한다.

그도 그럴 것이, 그가 구하러 간 릴리스는 도와달라고 외쳐댈 줄만 아는 한심한 약자가 아니라 약하더라도 자신이 할 수 있는 일은 하고자 하는 강한 사람이기 때문이다.

자간은 포기하지 않고 발버둥 치는 사람에게는 손을 내밀어주는 왕이었다.

알시에라의 목숨이 위험하다는 것을 알면 반드시 지켜줄 것이다. 겉으로는 싫어하는 것 같지만, 처음에 그녀가 사라질 뻔했을 때는 자신의 피를 나눠주면서까지 그녀의 생명을 연장 시키지 않았는가.

그렇다면 네피는 그 점을 인정하고 지지하는 수밖에 없었다.

네피는 입술을 꽉 깨물고 말했다.

"지금 자간 님에게 필요한 건 구출이 아니라 도움일 겁니다."

거기서 잠깐 말을 멈추더니 숨을 크게 들이쉬고 다시 이어갔다.

"그러니 멋대로 그분을 구출해서 나의 자간 님을 방해하시면 곤란합니다."

설사 알시에라라도 그건 절대 안 된다.

그 말에 포레가 진지하게 고개를 끄덕였다.

"자간이라면 분명 그렇게 생각할 거야. 릴리스와 알시에라 모두 가족이니까."

포레는 알시에라를 꽉 끌어안으며 속삭였다.

'자간이 **진실**을 알게 될 때까지 알시에라는 살아 있지 않으면 안 돼.'

거의 입술만 움직여서 한 말이라 마술을 이용하지 않는 이상 누구의 귀에도 들리지 않았을 것이다. 그래도 네피에게는 분명 그렇게 들렸다.

——진실……?

그게 무슨 뜻일까. 포레는 무엇을 감추고 있는 걸까.

그 속삭임을 얼버무리려는 듯 한마디 더 덧붙였다.

"게다가 약속. 다음엔 같이 마왕전을 탐험하러 가기로 했어. 약속 어기면 가만히 안 둘 거야."

"……매우 엄격하군요."

의문은 산더미처럼 많았지만, 지금 중요한 건 그게 아니었다.

"알시에라 님, 우리가 자간 님을 도우러 갈 순 없을까요?"

"무리, 예요. 〈유세경〉은 사라졌고 꿈속에 들어갈 수 있는 건 오직 몽마뿐인걸요. 의식만 꿈속에 들어가 봤자 아무 도움도 안 되고요."

꿈속에서 본 배에서 마법을 사용할 수 있었던 것은 네피의 꿈과 연결되어 있었기 때문일까. 자간 일행이 있는 곳은 그때와는 사정이 다른 모양이다.

알시에라는 손으로 가슴을 짚었다.

"그곳에 갈 수 있는 건, 오직 저뿐이랍니다."

하지만 그런 알시에라도 '육체'가 위험에 노출되어 있기 때문인지 제대로 일어서지조차 못했다. 그런 상태로 싸우는 건 불가능하다.

그때 목소리를 높인 건 의외로 셀피였다.

"저기, 마술에 관한 건 잘 모르지만, 저도 한마디 해도 될까요?"

"뭔데 그래?"

고개를 갸웃거리는 셀피에게 포레는 이렇게 말했다.

"꿈속에 있는 거라면 릴리스 짱을 부르면 되지 않을까요?"

어이없는 말에 포레가 한숨을 쉬었다.

"그 릴리스를 구하러 갔는데 어떻게?"

애당초 알시에라의 말에 따르면 릴리스는 자력으로 돌아오는 것도 힘든 곳에 있다고 했다.

그런데도 셀피는 어리둥절해서 고개를 갸웃거렸다.

"어라, 못하나요? 그렇게 어려운 일은 아닌 것 같은데……."

그 말에 모두 자신들의 귀를 의심했다.

머뭇머뭇 입을 연 사람은 알시에라였다.

"……가능한가요?"

"가능하죠! 릴리스 짱은 워낙에 잠꾸러기라 제가 꿈속의 릴리스 짱을 깨운 게 한두 번이 아니거든요."

"꿈속의, 몽마를? 어떻게?"

"그야, 뭐라고 할까, 이렇게, 큰 소리로 불러서?"

이 소녀에게 논리적인 설명을 요구한 것부터가 잘못이다. 네피도 무슨 말인지 이해가 안 됐지만, 셀피에겐 너무 당연한 일인 것 같았다.

언젠가 자간이 이런 말을 했던 게 기억난다.

——바보와 천재는 종이 한 장 차이——

셀피는 분명 그 종이 한 장 언저리에 있는 것이다. 그래서 평소엔 모두 셀피가 하는 말을 이해하지 못하고 마냥 덜렁대기만 하는 것처럼 보이는 게 아닐까.

동시에 납득도 할 수 있었다.

——내게 처음으로 **노래하는 법**을 가르쳐준 사람도 셀피 씨였어요.

알시에라는 화들짝 놀라며 말했다.

"……처음으로 당신이 무서워졌어요."

"정말요? 에헤헤, 왠지 쑥스럽네."

일어나려는 알시에라를 포레가 부축했다.

"할 일이 정해졌군요. 당신도 도와줘야겠어요, 나벨리우스. **그건** 가지고 왔겠죠?"

그 말에 가면을 쓴 마술사는 어쩔 수 없다는 듯이 어깨를 으쓱였다.

"……뭐, 이번에 그쪽을 끌어들인 건 나니까 이건 필요경비인 걸로 할게."

뒤이어 로브 안에서 **긴 원통** 같은 것을 꺼냈다.

"그건……!"

처음 보는 것이긴 하지만, 원통의 정체를 깨달은 네피는 숨을 삼켰다.

◇

"——으악, 이쪽에도 왔어!"

소년이 비명을 질렀다.

자간은 전광의 마술로 마족 무리를 쓰러뜨리고 있었지만, 안타깝게도 혼자다. 마족의 전진을 막고 있긴 했지만, 미처 막지 못한 몇 놈이 결국 릴리스와 소년이 있는 곳까지 도착했다.

릴리스는 겁에 질린 소년을 끌어안았다.

"움직이지 마. 여기서 나가지만 않으면 안전해."

왕이 지켜줄 거라는 뜻이었다.

그들이 쓸데없는 짓을 하지 않는 한, 반드시 지켜줄 것이다.

마족의 몸에서는 바늘 같은 촉수와 비말 같은 탄환이 쏟아져 나왔지만, 주위를 맴도는 〈설월화〉에 가로막혀서 두 사람에겐 닿지 않았다.

——그치만 뭔가 할 수 있는 일은 없을까?

자간은 잘 싸우고 있지만, 신전 전체를 지켜내는 건 불가능했다. 이미 몇 개나 되는 기둥이 파괴되었고, 남아 있는 것 중에도 멀쩡한 건 하나도 없었다.

그런데도 두 사람과 알시에라의 조각상만은 지켜주고 있으니 정말 대단하다고밖에 할 수 없었다.

그런데 왜 릴리스는 보호만 받는 걸까. 자신도 네피처럼 마술을 배울 걸 그랬다고 새삼 후회했다.

무엇보다 꿈이라는 자신의 영역에서 이렇게나 무력한 게 너무 한심했다.

분한 마음에 이를 악물었을 때였다.

「——.」

어디선가 감미로운 목소리가 들렸다.

노래다. 가사는 없는, 선율만으로 이루어진 노래.

"이건 셀피의 노래?"

절대 잘못 들을 리 없었다. 그 덜렁대지만 따뜻한 소꿉친구의 노래다.

듣기만 해도 얼어붙은 봄이 녹는 것처럼——덕분에 그제야 몸이 얼어붙을 정도로 다쳤다는 것을 깨달았다——가슴속에 스며드는 노랫소리였다.

예전부터 신기하게 생각했던 건데, 셀피가 부르는 목소리는 릴리스가 꿈속에 있어도 반드시 들렸다. 그녀가 진심을 다해 노래하면 알시에라의 결계조차 뛰어넘을 수 있는 모양이다.

"셀피!"

소꿉친구의 이름을 부르자 거기에 호응하듯 새로운 선율이 더해졌다.

「——그는 죽음의 여정을 관장하는 자——갈대를 불어 지혜와 계략을 전하는 자——.」

"——네피?"

자간이 마족을 쓰러뜨리며 그렇게 중얼거리는 게 들렸다.

그 선율에 튕겨 나는 것처럼 기둥에 매달린 마족들이 날아갔다.

——정말 대단한 사람이야…….

신령 마법이라는 힘을 셀피의 노래에 실어 보낸 것이다.

그러나 셀피의 노래에 음을 실어 보낸 건 네피만이 아니었다.

릴리스와 소년을 지키듯 발해진 신령 마법은 기둥 주위에서 마족들을 쫓아냈다. 그에 따라 일시적인 안전권이 생성되었다.

그걸 기다린 것처럼 이번에는 〈설월화〉의 움직임이 변했다.

기둥 옆에서 떨어지더니 자간이 상대하는 마족들을 에워싸는 것처럼 펼쳐졌다.

"뭐지——포레냐?"

자간의 뜻에 따른 조작이 아닌지, 당황하는 목소리가 들렸다.

그리고 '소리'가 터졌다.

「——〈신음(神音)〉——.」

공간이 흔들렸다.

무형의 마족들의 움직임이 우뚝 멈추더니 그대로 모래로 된 조각상처럼 무너져 내렸다.

자간도 한계에 이르렀는지, 〈자전〉이 사라지고 마침내 제대로 된 모습이 보이게 되었다.

모든 공격을 피한 것처럼 보였지만, 온몸은 상처투성이에 거친

숨을 몰아쉬고 있었다.

그때 저벅, 하고 등 뒤에서 발소리가 들렸다.

"당신은?"

"참 말 안 듣는 아기 사슴이라니까요. 이곳에 들어가면 안 된다고 몇 번이나 말했잖아요."

창백한 얼굴에 목소리에서도 평소처럼 다른 사람을 비꼬는 듯한 느낌은 별로 묻어나지 않았지만, 그곳에 있는 건 분명 릴리스가 아는 알시에라였다.

그러더니 옆에 있는 소년을 보고는 화들짝 놀랐다.

"……앗, 귀공은?"

경악하는 표정을 짓는 알시에라와 반대로 소년은 어리둥절해했다.

"에, 아, 저도 잘 모르지만, 저분들이 구해주셔서……."

알시에라와 소년은 만난 적이 있는 게 분명했다.

——어떡하지. 이 아이, 저분에 대해서도 아무것도 기억하지 못하는데…….

알시에라는 깜짝 놀란 얼굴을 했지만, 곧 뭔가를 깨달은 것처럼 미소 지었다.

"그래요? 그것 정말 운이 좋았네요. 저분들에게 감사하도록 하세요."

소년은 당황한 듯 고개를 끄덕이며, 알시에라와 그 뒤에 있는 조각상을 번갈아 쳐다봤다.

이어서 알시에라는 자간을 향해 시선을 돌렸다. 왕도 이미 알아챘는지, 뒤돌아 보고 있었다.

"알시에라냐."

"은안의 왕도 무사하셔서 다행입니다."

"쓸데없는 인사말은 됐다. 그보다 뭔가 방법이 있어서 온 것이겠지?"

자간의 말에 알시에라는 곤혹스러운 미소를 지었다.

"두 분……과 또 한 분만 데리고 돌아가는 건 당장이라도 가능합니다. 그런데 쓸데없는 짓은 하지 말라고 야단맞았네요."

"당연하지. 아직 위에 놈은 처리도 못 했다. 멋대로 날 쫓아내게 놔둘 것 같아?"

마족들을 물리치긴 했지만, 하늘의 눈동자는 지금도 건재해서 다음 눈물을 흘리고 있었다.

알시에라는 화목한 광경이라도 본 것처럼 쿡쿡 웃었다.

"이거 참, 정말 잘 통하시는 것 같아요. 부러울 정도로요."

그리고 하늘을 올려다본다.

"지금 닫으면 아직은 기회가 있어요. '저것'은 나와 릴리스가 막을 겁니다."

"……에?"

릴리스는 방금 뭔가 엄청난 말을 들은 듯한 기분에 아연실색했다.

"에, 에에, 나도라니, 그게 무슨 말이에요?"

"무슨 말이고 자시고, 당신은 세상에서 가장 강력한 몽마잖아요."

"다, 당신이 있잖아요."

흡혈귀 알시에라가 과거에 몽마였다는 사실은 릴리스도 알고 있었다.

하지만 알시에라는 고개를 옆으로 흔들며 릴리스의 손을 잡았다.

"전 몽마로서 뛰어난 혈통 출신은 아니에요. 당신은 나 같은 것보다 훨씬 강한 힘을 가지고 있죠."

"그, 그래도……."

갑자기 그런 식으로 말하면 곤란하다.

지금도 무서워서 덜덜 떠는 것 말고는 아무것도 못 하는데.

"용기를 가지도록 하세요. 꿈속에서 당신이 못하는 건 아무것도 없답니다."

그러면서 자신의 손을 꽉 잡아 주는 알시에라의 손을 바라본다.

그 손을 본 릴리스는 숨을 삼켰다.

"그 손……."

알시에라의 손은 반쯤 투명해져 있어서, 맞잡은 손에서 느껴지는 감촉조차 희미했다.

"괜히 '천사 사냥'의 탄환만 낭비했나 봐요."

알시에라는 눈을 커다랗게 뜬 릴리스를 향해 희미한 미소를 지었다.

"이런 식으로 사라지는 건 예상하지 못했는데 말이죠."

릴리스는 알아 버렸다.

——당신이, 사라진다고……?

역시 이 신전을 망가지게 둬선 안 되었던 것이다. 그 데미지는 알시에라의 존재를 좀먹고 있었다.

릴리스는 항상 이 사람에게 말도 안 되는 요구를 받고 휘둘리기만 했다.

하지만 셀피가 사라지고 쿠로카가 죽은 줄 알고 외톨이가 되었을 때 쭉 옆에 있어 주었다.

어느새 자신이 더 커져 버렸지만, 이 소녀는 릴리스에게는 언니이자 어머니이며 친구였다.

알시에라가 이마를 콩 부딪쳐 왔다.

"그런 얼굴 하지 말아요. 길고 긴 꿈이 끝나는 것뿐이니까요. 잠깐 자고 나면 밤의 일족은 다시 돌아올 거예요."

――그건 거짓말이다.

릴리스는 알고 있었다.

알시에라의 진짜 몸이 이곳에 있고 이곳의 붕괴와 함께 '죽음'을 맞이하려 하고 있다는 것을. 여기서 사라지면 이제 진짜 끝이라는 것을.

그런 소녀의 마지막 소원도 못 들어주면서 뭐가 몽마의 공주란 말인가.

입을 열면 눈물이 흘러내릴 것 같았지만, 그래도 꼭 대답해 주고 싶어서, 릴리스는 떨리는 목소리로 대답했다.

"……알았, 어."

"고마워요. 나의 귀여운 아기 사슴."

처음으로 이 소녀에게 고맙다는 말을 듣는 것 같았다.

알시에라가 한 말을 반추한다.

——용기를 가지도록 하세요. 꿈속에서 당신이 못하는 건 아무것도 없답니다——

그리고 하나 더.

——길고 긴 꿈이 끝나는 것뿐이니까요——

그것은 아무 근거 없는 생각이었다.

——그래도 당신의 말이 사실이라면…… 나는 할 수 있을 거야.

그래서 고개를 끄덕였다.

"해볼게. 이번엔, 내가 당신을 구해줄 거야. 반드시."

그 말의 의미가 어디까지 전해졌는지는 모른다. 그래도 알시에라는 마주 고개를 끄덕인 후, 자간에게로 시선을 돌렸다.

"들으셨죠? 우리가 하늘에 있는 눈동사를 박을 때까지 은안의 왕은 이곳을 지켜주시면 되겠어요."

"그건 상관없지만, 저게 얌전히 막혀줄 것 같아? 지금 이 순간에도 마족을 쏟아내고 있는데."

네피와 포레의 일격으로 대부분은 소멸되었지만, 마족은 지금도 계속 불어나고 있었다.

알시에라는 그것도 알고 있다는 듯 고개를 끄덕였다.

"이미 손을 써뒀어요——들었죠, 나벨리우스?"

「——네, 네.」

그 목소리와 함께 하늘의 눈동자가 관통당했다.

그 직후, 악몽과 똑같은 검은색의 구체가 튕겨 나온다.

"——아, 이건, '천사 사냥'?"

"대구경 저격형 천사 사냥인 〈마르둑Ⅱ〉——나의 〈슈테른〉과 〈몬트〉를 제외하면 현존하는 유일한 '천사 사냥'이죠."

"……옳거니. 그게 바로 '천사 사냥' 복구를 위해 나벨리우스에게 건넨 대가로군."

릴리스는 모르는 얘기였지만, 알시에라는 어깨를 으쓱이며 말없이 긍정했다.

뒤이어 다시 네피의 노랫소리가 들리기 시작했다.

「——황금빛 발은 찰나에 천 리를 달리고, 뱀의 지팡이는 번영과 파멸을 고할 것이니——.」

「——갈대 피리는 영원한 잠으로 이끌고, 신의 강철로 빚은 대낫은 주신마저 베어내리라——.」

대기가 파문처럼 흔들리나 싶더니 마족의 몸이 처참하게 찌그러졌다.

셀피의 노래에 신기 위해 소리라는 힘을 선택한 것이겠지만, 눈에 보이지 않는 힘이 갑자기 공격해 오는 건 마족조차 피할 방법이 없었다.

그 모습을 곁눈질하며, 자간도 다시 달리기 시작했다.

"——〈천린 · 자전〉——."

혼자서 몇백이나 되는 마족을 막아낸 마술이 다시 발동한다.

"자, 우리도 시작하죠."

"……네!"

알시에라가 다시 릴리스의 이마에 자신의 이마를 대고 문질렀다.

"할 일은 아주 간단해요. 저걸 잠재우면 되는 거죠. 이게 꿈이라는 걸 깨닫게 해주면 돼요."

몽마에게 꿈속에서 타인을 잠재우는 건 어린애 장난처럼 쉬운 일이다.

——그래도 저걸 잠재운다고?

아주 살짝 닿기만 해도 정신이 나갈 것 같은 증오와 절망의 소용돌이였다.

저 안에 있었던 소년은 자신이 누구인지도 잊을 정도로 정신이 파괴되었다. 〈마왕〉조차 그렇게 되는 악몽을 어떻게 잠재운단 말인가.

"——괜찮아요. 저건 그냥 한탄하고 있는 것뿐이니 아주 조금 다가가서 잠깐 자주기만 하면 된답니다."

막상 들어보니 릴리스도 알 것 같았다.

악몽을 없애려면 행복한 추억을 불러내서 보여주면 된다.

저 절망 가까이 가는 건 쉬운 일이 아니지만, 알시에라가 함께 있어 준다면 할 수 있다.

"윽……."

알시에라가 작게 신음을 흘렸다.

하늘의 눈동자에서 역류하는 악몽을 받아내고 있는 것이다.

그래서 릴리스는 큰 소리로 외쳤다.

——어떤 괴물인지는 모르지만, 꿈을 꾼다면 비록 신일지라도 잠들게 해줄게!

하늘의 눈동자가 졸음에 겨운 듯 감기기 시작했다.

그러다가 마지막 저항처럼 눈을 부릅떴다.

검은 눈물이, 하늘에 흩어졌다.

"——읏, 나벨리우스!"

「말도 안 되는 소리하지 마!」

연신 총구의 불빛이 튀면서 검은 눈물을 불살랐지만 전부 격추하진 못했다.

알시에라는 치마 속에서 강철 무기를 꺼내려 했지만——.

"아——."

사라지기 시작한 그녀의 손은 그것을 잡지조차 못했다.

철컥 하는 소리를 내면서 쇳덩어리가 바닥에 떨어졌다.

알시에라의 얼굴에 초조한 기색이 떠올랐다.

바로 위에서는 눈물 한 방울이 떨어지고 있었다.

자간이 이쪽으로 되돌아오고 있었지만, 〈자전〉의 속도로도 제때에 도착하긴 힘들어 보였다. 네피와 포레는 계속해서 도움을 주고 있었지만, 이쪽 상황을 정확하게 파악하지는 못한다.

구해주러 올 사람은, 아무도 없었다.

그렇다면 알시에라가 취할 행동은 하나밖에 없다.

"도망치세요——앗?"

릴리스는 자신을 밀어내려는 알시에라를 반대로 꽉 끌어안았다.

"네가 나를 구해주는 게 아니야! 내가 널 구해주겠다고 했잖아!"

릴리스가 그녀에게 이런 식으로 말한 건 처음 있는 일이었다.

하지만 이런 곳에서 사라지게 둘 순 없었다.

그대로 밀어서 넘어뜨리듯 바닥을 굴렀지만, 떨어지는 눈물을 피할 수 있을 것 같진 않았다.

알시에라를 끌어안은 채, 눈을 꽉 감았다.

하지만 예상했던 고통이나 충격은 느껴지지 않았다.

그 대신 이런 목소리가 울려 퍼졌다.

"——늘 보호만 받고 살았지."

"이럴 때 나서지 못하는 게 싫어서 힘을 원했던 거야!"

릴리스와 알시에라를 감싸듯 소년이 서 있었다.

그 손에는 언제 주웠는지, '천사 사냥'이 쥐어져 있고, 그게 검은 눈물에 박혀 있었다. 마족이 겉으로 보이는 그대로의 질량을 가지고 있는지는 확실하지 않지만, 하늘에서 떨어진 그 눈물을 막아낸 것이다.

새삼 납득했다.

——이 아이가 〈마왕〉이라는 거, 사실이었구나…….

알시에라가 외쳤다.

"쏘세요!"

소년이 방아쇠를 당겼다.

둔탁한 총성과 함께 검은 구체가 튕겨 나간다. 마족의 거대한 몸은 비명을 지를 틈도 없이 구체에 집어삼켜져서 사라졌다.

그 후, 소년은 녹초가 되어 주저앉았다.

"하, 하하……. 이게 뭐야. 굉장해."

그것을 마지막으로 하늘의 눈동자는 천천히 닫히더니 사라졌다.

◇

"……나 원, 무모한 짓 좀 하지 마세요."

자간이 남은 마족을 섬멸하는 데는 반각도 채 걸리지 않았다.

하늘의 눈동자도 사라지고 모든 위험을 물리친 것을 확인하자, 그제야 알시에라는 그렇게 투덜댔다.

알시에라가 비난조로 말하자 릴리스는 고통을 참듯 고개를 돌렸다.

"무모한 건 너잖아? 그런 몸으로 나를 감싸서 어쩌자는 거야?"

"……그래도 작별할 시간을 가질 수 있었던 건 고맙게 생각해요."

알시에라는 이미 두 팔에 이어 두 다리까지 사라지고 있어서 제대로 서 있지도 못하는 상태였다. 릴리스는 그런 알시에라를 뒤에서 끌어안아 무릎 위에 앉힌 자세로 있었다.

소년이 자간을 올려다본다.

"저, 저기, 이 아이, 도와줄 순 없을까?"

"……미안하지만, 무리다. 이제 와서 피를 나눠 줘봤자 아무 도움도 안 될 거야."

마족은 신전을 심하게 파괴해 놓았다. 거의 반은 폐허가 된 신전 상태로는 알시에라의 육체를 유지하기 힘들 것이다.

알시에라는 우울한 미소만 지을 뿐이었다.

"남길 말은 없나?"

"……아아, 글쎄요. 이거 어떡하죠. 막상 그런 말을 들으니까 의외로 아무 생각도 안 나네요."

아무 생각도 나지 않는다는 건 거짓말이리라.

하고 싶은 말, 바라는 것, 분명 있을 터였다.

그런데도, 이 마당에 이르러서도 끝내 입 밖에 내지 못하고, 곤란해하는 미소만 짓고 있었다.

"그렇, 군요. 그럼, 포레에게, 약속을 지키지 못해서 미안하다, 고……."

"……알았다. 꼭 전해주지. 다른 건?"

"다른 건…… 아무것도 없어요."

고개를 옆으로 흔드는 알시에라에게 릴리스가 말한다.

"……거짓말쟁이."

원래 무슨 생각을 하는지 알 수 없는 소녀이긴 하지만, 릴리스가 태어났을 때부터 함께 있었다. 그게 거짓인지 사실인지 정도는 알 수 있었다.

알시에라는 재미있다는 듯 웃었다.

"쿡쿡, 전 옛날부터 거짓말쟁이였답니다."

"……늘 휘둘리는 내 심정은 생각해 본 적 없어?"

"미안하게, 생각하긴 해요."

릴리스는 한숨을 쉬었다.

"역시 아무것도 몰라."

그리고 알시에라를 꽉 끌어안더니 모든 분노를 담아서 이렇게 말했다.

"나는, 알시에라가 죽게 내버려둘 생각은 조금도 없어!"

이곳은 꿈속이다.

릴리스에게 불가능한 일은 아무것도 없다. 그렇게 말한 사람은 알시에라 본인 아닌가.

——알시에라가 사라지는 건 이곳이 파괴되었기 때문이야.

그러면 이곳을 복원하면 된다.

이곳의 풍경은 벌써 세 번이나 봤다.

무서운 꿈이었다.

잊을 수 없는 꿈이었다.

그것을 원래 상태로 되돌리는 건 악몽을 꾸게 하는 것보다 훨씬 쉽다.

무너진 기둥이 하늘을 향해 우뚝 솟아오르고, 쩍 갈라진 대지는 다시 메워진다. 눈을 몇 번 깜빡이고 나자, 그곳은 처음 봤을 때와 똑같은 모습으로 돌아와 있었다.

마찬가지로 알시에라의 몸도 서서히 색을 되찾기 시작했다. 사라진 팔다리도 원래대로 돌아오고, 릴리스에게 기댄 몸에서도 무게가 느껴졌다.

알시에라는 눈을 휘둥그레 뜬 채 굳어 있었다.

늘 릴리스에게 거만하게 잔소리하는 게 알시에라였다. 이런 얼굴을 보는 것만으로도 솔직히 속이 시원했다.

"이, 이런 일이……?"

"가능해. 네가 말했잖아. 이곳에서 내가 못 하는 일은 없다고."

알시에라는 체념한 것처럼 릴리스를 올려다봤다.

"……내가 졌네요."

"후훗."

득의양양하게 웃어 보이자 흡혈귀 소녀는 수상쩍은 표정을 지었다.

"그런데 내게 반말을 사용하다니, 언제부터 그렇게 거만해졌죠?"

"히익? 저, 저저저저저기, 설마요! 그냥 말이 그렇다는 거죠……."

자기도 모르게 부들부들 떨자 알시에라는 릴리스의 팔을 잡고 즐겁게 웃었다.

"언제까지 그렇게 딱딱한 호칭으로 부를 거예요? 이제 무리해서 그렇게 부를 필요 없어요."

"당…… 알시에라."

간신히 이름을 부르자 갑자기 신전의 풍경이 흔들리기 시작했다.

"에, 이, 이번엔 또 뭐지?"

"꿈에서 깨기 시작한 것 같군."

당황하는 소년에게 왕은 냉정하게 대답했다.

아무래도 알시에라가 이 세계에서 내쫓으려는 것 같았다.

그렇게 사라져 가는 풍경 속에서 릴리스는 똑똑히 보았다.

"에……?"

평소처럼 으스스하게 생긴 인형을 끌어안은 채, 황폐한 눈을 한 알시에라를.

그 옆에 서 있는, 둥근 안경을 쓴 소녀를.

그런 두 사람을 배경으로 이쪽을 향해 손을 내미는 은빛 눈동자를 가진 청년을.

——방금 그 사람은 누구……?

그 물음에 대답하는 사람 하나 없이 꿈의 세계는 사라져버렸다.

✡ 에필로그

"——어서 오세요, 자간 님."

정신을 차리니, 눈앞에는 사랑스러운 소녀가 있었다.

네피는 평소와 같은 미소로 맞아주었지만, 그녀의 눈가는 붉게 부어 있고 손으로 꽉 잡고 있던 앞치마는 꾸깃꾸깃해져 있었다.

자간에게 무슨 일이 있었는지 다 알고 있으면서도 이렇게 평소처럼 맞아준 거라는 걸 안다.

"다녀왔어."

"네——하읏?"

그 모습에 가슴이 옥죄여 온 자간은 자기도 모르게 네피를 끌어안았다.

"……걱정 끼쳐서 미안하다."

"괜찮아요. 다 알고 있는걸요."

말은 그렇게 했지만 '이젠 이러지 마세요'라고 말하는 것처럼 자간의 가슴에 이마를 대고 문질렀다.

정말 걱정을 끼쳐서 미안한 마음뿐이었다.

"그, 그리고, 거기에 대한 사과는 아니지만……."

"네."

"이따가 데이트하러 가자."

네피는 깜짝 놀라 고개를 들었다.

오늘은 휴가를 잡고 쉬라고 했었고 하루 종일 다른 일정이 있는 것도 아니다. 그러니 이제부터 데이트하러 가도 아무 문제 없었다.

"……얼마든지요."

그러더니 귀 끝까지 새빨개져서 자간의 가슴을 쿡 찔렀다.

"그치만……."

"왜?"

"……이왕이면 단둘이 있을 때 말씀해 주셨으면 좋았을 텐데."

자간은 흐음 하고 고개를 갸웃거리다가 주위를 둘러보았다.

이곳은 릴리스와 셀피의 침실이었다.

네피 외에 셀피와 포레, 그리고 나벨리우스까지 있었다. 게다가 자간뿐만 아니라 릴리스와 알시에라, 소년까지 같은 장소로 나왔는지, 실내는 꼼짝도 못 할 만큼 비좁았다.

자간은 다른 사람들을 확인한 후, 다시 네피를 바라보았다.

"안 되나?"

"쑥스럽게 왜 그러세요, 자간 님."

어떤 의미에선 수줍어하는 얼굴을 보고 싶어서 이 자리에서 말한 건지도 모른다.

그런 두 사람의 옷자락을 잡아당긴 건 포레였다.

"아침 식사부터 하는 게 좋겠어."

"음, 확실히 그렇군."

"난 배부른데."

"""에?""

거기에 의문을 표한 사람은 자간과 네피, 두 사람뿐이었다.

이어서 침대에 오도카니 걸터앉는 알시에라를 향해 셀피가 말을 건넸다.

"알시에라 씨도 수고 많으셨어요. 제가 도움이 되긴 했나요?"

"네. 당신이 없었으면 저도 그곳에 가지 못했을 거예요."

"에헤헤, 그렇다니 다행이네요. 아침밥, 뭐 먹고 싶어요?"

"포도주를 마시고 싶네요."

"그랬다간 라파엘 씨에게 야단맞아서 안 돼요."

알시에라가 사라질 뻔했다는 건 셀피도 알고 있을 것이다. 그럼에도 평소처럼 말을 걸어주는 인어의 모습에 알시에라도 구원받은 듯한 표정을 지었다.

그 모습을 곁눈질하며 자간은 생각했다.

――마지막에 보인 그 광경은 뭐였을까?

지금과는 상당히 다른 알시에라와 마르크를 닮은 소년, 그리고 은안의 청년.

그 모습은 마치 누군가의 눈을 통해 보는 듯한 느낌이었는데, 은안의 청년은 이쪽을 향해 손을 흔들고 있었다.

그게 과거의 기억이라면 누구의 추억이었을까.

생각에 잠겨 있는데 나벨리우스가 입을 열었다.

"일단 나도 감사 인사를 해야겠어. 푸르카스를 데리고 돌아왔으니까."

"……이걸 데리고 돌아왔다고 해도 될지 모르겠다만."

"무슨 뜻이지?"

소년의 손에는 분명 〈마왕의 각인〉이 새겨져 있었지만, 그에겐 더 이상 그 기억이 없다. 알시에라를 봐도 기억이 돌아올 기미는 보이지 않았다. 마술사로서는 재기 불가능하다.

당사자인 소년 같은 경우는 얼굴이 새빨개져서는 어버버버, 말이 되지 않는 소리를 내고 있었다.

릴리스가 그 모습을 보다 못해 말했다.

"괜찮아? 뭐, 처음 보면 당황스럽긴 하겠지만, 저 사람들은 늘 저러니까 그냥 그러려니 해."

"아, 아니, 넌, 괜찮아? 그, 이 사람을……."

무슨 착각을 한 건지, 소년은 릴리스와 자간을 번갈아 쳐다봤다.

그 반응에 릴리스는 웃음을 터뜨렸다.

"아냐, 아냐, 이상한 오해하지 마. 물론 왕은 상사로서 존경하지만, 허구한 날 이런 모습을 보고 사는데 연애 감정이 생길 것 같아? 절대 그런 건 아냐."

뭔가 심한 말을 들은 것 같았지만, 릴리스도 이번엔 애를 많이 썼으니 추궁하지 말도록 하자.

소년은 다시 릴리스를 올려다보며 말했다.

"저기, 그, 진짜 좋아한다거나, 하는 건 아냐?"

"아니라니까. 자간 왕 같은 남자는 좀 떨어진 곳에서 몰래 바라보는 게 딱 좋아."

"그럼, 다른 좋아하는 사람은?"

왜 그런 걸 묻는 건가 하는 생각에 자간은 "응?" 하고 고개를 갸웃거렸다.

"그런 거 없다니까. 여기 있는 사람들은 다 마술사잖아."

하긴 마술사에게 연애 감정을 품어 봤자 딱히 좋은 일도 없으니 여기에 관해서는 자간도 부정하지 못했다.

그러자 소년은 결심을 굳힌 것처럼 이렇게 말했다.

"그럼, 나와 사귀지 않을래? 널 좋아해."

"""""……뭐?"""""

그 자리에 있던 모두가 동시에 그렇게 외쳤다.

――아――……. 그러고 보니 꿈속에서 몽마의 모습을 보면 매료된다고들 하지.

배의 악몽은 그렇다 쳐도 그 후에도 계속 함께 있었고 기억까지 상실해서 릴리스가 많이 감싸주긴 했다. 릴리스가 몽마가 아니더라도 특별한 감정을 품는 게 그리 이상하지 않은 상황이었다.

이런 결말도 받아들이는 수밖에 없다며, 자간은 천장을 올려다봤다.

◇

"――콜록, 콜록콜록……읏……으읏."

차가운 바닥에 철퍽 내동댕이쳐져서 심하게 기침을 하는 건 데크쉬아였다.

——여긴, 어디지? 난 어떻게 된 거야……?

의식이 멍해서 머리가 제대로 돌아가지 않았다.

보통 폐 속에 액체가 들어가면 죽음을 피하지 못한다. 마술사라도 마찬가지다. 그런데도 신기하게 숨은 붙어 있었다.

기억난다. 이것은 자신과 아리스텔라가 조정을 받을 때 들어가는 약액이었다.

"——윽, 맞다, 아리스텔라……."

소중한 여동생. 데크쉬티아의 반신. 괴물에게 몸을 빼앗겨서 빈사 상태에 빠진 그녀를 주인에게 데리고 돌아온 것까지는 기억나는데, 그 다음엔? 그 후엔 어떻게 되었지?

힘이 들어가지 않는 팔다리를 버둥거려서 간신히 고개를 들자 낯익은 얼굴이 보였다.

"여어, 눈을 뜬 기분은 어때? 아하하하!"

머리에서 핏기가 가시는 게 느껴졌다.

그곳에 있는 건 여동생도 주인도 아닌, 소름 끼치는 〈마왕〉 비프론스였다. 〈마왕〉의 소년도 소녀도 아닌 얼굴에는 미소가 가득했다.

눈을 뜨자마자 절망과 맞닥뜨린 데크쉬아는 격심한 혼란에 빠졌다.

——왜 내가…… 아리스텔라는? 시어칸 님은?

마지막에 본 광경. 성기사의 갑옷을 걸친 무시무시한 마술사의 검에 베여 쓰러진 주인 시어칸의 모습.

혹시 자기 혼자만 살아남은 게 아닌가 하는 소름 끼치는 상상이 뇌리를 스쳤다.

떨고 있는 데크쉬아를 본 비프론스는 뭔가 깨달았다는 듯 두 손을 마주쳤다.

"아! 내가 배려가 부족했네. 지금 계절에 그렇게 흠뻑 젖어 있으면 춥지! 어쩔 수 없네. 내 로브라도 빌려줄게."

그러더니 자애로움이 넘쳐나는 것처럼 로브를 어깨에 걸쳐 주었다.

그제야 데크쉬아는 자신이 아무것도 입고 있지 않다는 사실을 깨달았다. 머리도 다 풀려서 약액투성이인 피부에 찰싹 붙어 있었다.

머뭇거리며 입을 연다.

"저기, 그 후로 어떻게……?"

"어라? 그 전에 할 말이 있을 텐데? 요즘 들어 꽤 많이 사람들을 도와줬는데 하나같이 다 감사할 줄을 모르더라고. 나 너무 가엽지 않아?"

"가, 감사, 합니다. ……이것도, 아리스텔라의 일도."

적어도 마지막에 본 광경에서 비프론스는 아리스텔라를 도와주려 했었다. 그 점은 고맙게 생각하고 있다.

그제야 만족했는지 비프론스는 뺨을 붉히며 활짝 웃었다.

데크쉬아도 그가 이상할 정도로 기분이 좋다는 건 알 수 있었다.

앳된 모습의 〈마왕〉은 자리에서 일어나더니 춤이라도 추는 것처럼 빙글빙글 돌았다.

"응, 응. 역시 다른 사람에게 고맙다는 말을 들으니까 기분이 좋구나. 조금이지만 자간이 그렇게 부하들을 거느리고 있는 이유를 알 것 같아. 그런데 어라? 이상하네. 내 인형은 감정을 전혀 드러내지 않았던 것 같은데, 어떻게 된 일이지?"

마치 데크쉬아 같은 건 보고 있지 않은 것처럼 들뜬 〈마왕〉은 어딘가 소름이 끼쳤다.

서둘러 주위를 둘러본다.

——이곳은 어디지?

어두컴컴해서 이곳이 넓은지 좁은지조차 제대로 알 수 없었다. 아무 장비도 없는 상태로는 시각 강화조차 마음대로 할 수 없었다. 지하나 어딘가에 있는 방인 것 같긴 한데.

그래도 눈이 어둠에 조금씩 익숙해지자 그곳이 마술 연구실 비슷한 곳이라는 걸 알 수 있었다.

낯익은 방. 실험용 침대와 고문 도구 같은 메스, 톱이 놓여 있고, 바닥에는 깨진 플라스크와 약제 등이 어지럽게 흩어져 있었다. 일단 치료 기구로는 보이지 않았다.

그것들을 확인한 데크쉬아는 작게 비명을 질렀다.

"히익……."

뒤를 돌아보니 징그러운 고깃덩어리가 꿈틀거리고 있었다.

피부는 없고 표면에는 굵직한 핏줄이 불거져 있었으며 그 아래로 맥이 뛰고 있었다. 거기에 몇 개의 관이 연결되어 있었는데, 이

고깃덩어리를 살려두기 위한 장치라는 걸 알 수 있었다. 데크쉬아는 그런 것과 함께 이 방에 내동댕이쳐져 있었던 것이다.

도대체 여기서 무슨 일을 당하고 있었던 걸까. 빨리 아리스텔라와 시어칸의 얼굴을 보고 안심하고 싶었다.

그렇게 떨고 있자 그딴 안심은 존재하지 않는다는 것을 알려주기라도 하는 것처럼 비프론스가 그녀의 얼굴을 들여다봤다.

"어이, 그러면 안 되지. 참, 계속 잠들어 있어서 무슨 상황인지 잘 모르겠군."

"에, 잠들어 있어? 계속……?"

귀를 의심할 수밖에 없는 말에 비프론스는 이보다 더 친절할 수 없는 얼굴로 고개를 끄덕였다.

"맞아. 벌써 한 달 정도 되나?"

"한 달?"

어안이 벙벙해서 눈을 커다랗게 뜨자 비프론스는 춤이라도 권하는 것처럼 데크쉬아의 손을 잡고 가볍게 일으켜 세웠다.

"그래! 한 달, 참 많은 일이 있었지. 시어칸은 훌륭한 군대를 많이 만들었고 나도 드디어 약속한 걸 받을 수 있었어."

"야, 약속이라니, 도대체…… 잠깐, 시어칸 님의 군대? 그게 무슨 뜻이지?"

충격적인 말만 늘어놓은 비프론스는 데크쉬어의 손을 놓더니 셔츠 단추를 풀어서 자신의 가슴을 드러내 보였다.

"이것 봐, 굉장하지? 드디어 자간의 무시무시한 제약의 마술에서 벗어난 거야. 아무리 나라도 심장에 〈천린〉 같은 게 처박히면 안 죽고는 못 배기거든! 아하하하하하."

보아하니 그 마술에서 풀려난 게 이렇게 기분이 좋은 이유인 것 같았다.

그리고 다시 빙글 한 바퀴 돌더니 등을 진 상태로 어깨 너머로 돌아본다.

"어쨌든 그래서 나도 슬슬 물러날까 해. 그래봤자 여기도 일단 내 집이지만……."

"물러나다니, 당신은 시어칸 님과 동맹을 맺으셨……잖아요?"

"응! 동맹을 맺고 협조도 많이 했어. 그리고 볼일이 다 끝났으니까 이젠 파기하려고. 마술사니까 당연한 거 아니야?"

뭐가 당연하다는 건지 데크쉬아는 이해할 수 없었다.

"그치만 나도 꽤 큰 지출을 했다고. 게다가 네 반쪽 덕분에 꽤 즐거웠지. 그래서 조금이나마 널 도와줄 마음이 든 거고."

"——바, 반쪽이라면 아리스텔라는 어떻게 됐지?"

아까부터 이 〈마왕〉은 데크쉬아의 질문엔 한 번도 대답해 주지 않았다. 그래도 묻지 않을 수 없었다.

비프론스는 생글거리며 데크쉬아의 등 뒤를 가리켰다.

등 뒤에서 꿈틀거리는, 징그러운 고깃덩어리를.

"히히히, 무슨 소리야? 그녀라면 **쭉 거기 있었는데.**"

무슨 말을 하는 건지 이해가 되지 않았다.

이해, 하고 싶지 않았다.

뺨 위를, 차가운 눈물이 흘러내렸다.

한심하게도 끊임없이 눈물이 뚝뚝 흘렀다.

뒤돌아보지도 못하고 있자 비프론스는 기억을 곱씹듯 이야기했다.

"저걸 본 시어칸이 얼마나 기뻐하던지. 몇백 년이 넘는 꿈이 이루어진 것처럼 들뜬 모습이 꼭 어린애 같더라고. 마술사라면 역시 초심이 중요하다는 걸 새삼 깨달았지, 뭐야."

망연자실해 있는데, 갑자기 비프론스의 얼굴에서 미소가 사라졌다.

"네 **여동생** 말인데, 아주 대단하더라? 난 너희 둘 다 사라질 줄 알았는데, 그 아이는 널 도망치게 해줬어. 그런 기량도 배짱도 없었을 텐데. 아주 조금이긴 하지만, 아리스텔라는 내 상상을 뛰어넘었지. 존경받을 가치가 있어."

믿을 수 없을 정도로 솔직한 〈마왕〉의 찬미.

그런데도 데크쉬아를 향한 건 더러운 것이라도 보는 것 같은 차가운 눈이었다.

"그녀가 만들어준 가능성이니까 너에겐 기회를 줄게. 널 기다리고 있는 건 다음 **저것**이 되는 거야. 시어칸에게는 아주 소중한 아리스텔라의 **예비용**이니까. 그래서 한 달 동안 소중히 여기 보관해뒀지."

그리고 출구로 보이는 방향을 똑바로 가리켰다.

"시어칸은 새로운 장난감에 정신이 팔려 있으니까 지금이라면 들키지 않고 나갈 수 있을 거야."

여기서 도망칠 수 있다는 뜻이다.

——하지만 도망친다 한들 뭘 어떻게 하면 되지?

게다가 이런 상태의 아리스텔라를 놔두고 가도 될까?

비프론스가 관심을 가지고 있는 건 아리스텔라이지 데크쉬아는 아니다. 이미 존재 그 자체를 잊은 것처럼 천천히 어둠 속으로 사라져 갔다.

어떻게 하면 좋을지 몰라 우두커니 서 있다가 문득 발밑에 시선이 멎었다.

그곳에는 너덜너덜해진 리본 하나가 떨어져 있었다.

파란 리본.

데크쉬아의 것이 아니다. 아리스텔라가 사용하던 리본이다.

그것을 주워서 꽉 끌어안았다.

그리고 마지막으로 뒤를 돌아봤다.

소중한 여동생의 현재 모습을 눈에 아로새기듯.

"……기다리고 있어, 아리스텔라. 반드시 구하러 올게."

빛이 보이지 않는 컴컴한 길을 데크쉬아는 혼자 나아갔다.

후기

여러분, 오랜만에 인사드리네요. 10권 이후로 텀이 좀 있긴 했지만, 『마왕인 내가 노예 엘프를 신부로 삼았는데 어떻게 사랑하면 되지?』 11권을 들고 온 테시마 후미노리입니다.

충격적인 마지막 장면에서 180도 급변해서, 시어칸과 비프론스는 모습을 감춘 채 침묵하고 있었다. 그 행방을 쫓는 자간은 〈아자젤〉에 대항할 수단도 강구할 필요를 느끼고 네피와 오붓한 시간은 꿈도 못 꾸는 상태다. 그때――마침내 자간가의 가족회의가 발발한다.

지친 자간에게 은혜를 갚고 싶은 릴리스의, 꿈에서 만나요, 작전편(의미심장)!

네. 그리하여 이번 이야기의 무대는 꿈속입니다.

그래서 이번 표지의 주인공은 열심히 애써준 본작 굴지의 일반인 릴리스와 셀피랍니다. 이 두 사람 사이에 있는 건 결국 우정일까요, 아니면……(전 백합물을 참 좋아하긴 하지만, 그중에서도 이 정도의 거리감이 애틋하면서 좋다고 생각합니다).

그 외에는 예전부터 살짝 이름이 나왔던 〈마왕〉 나벨리우스가 등장했는데, 작가의 의도와 달리 릴리스가 러브 코미디를 시작하는 바람에 생각만큼 활약을 시키지 못했네요. 반성합니다. 그래도 예의 계약이 있으니 다음 편에서 마구 날뛰어 주겠지만요.

그나저나 꿈속이 소재이다 보니 평소엔 불가능한 설정도 가능하네요. 그래서 집필 전에 COMTA 씨와 이타가키 하코 씨와도 상의를 했답니다. 교복은 COMTA씨, 두 사람이 의상을 바꿔 입는 건 이타가키 씨의 아이디어였습니다.

학원물 '마노엘'을 한번 써보고 싶었는데, 너무 번외편 같아서 절대 불가능할 거라고 포기하고 있었거든요. 그래서 상의하길 참 잘한 것 같아요! 두 분 모두 감사합니다.

자, 어쩐 일로 후기 할당 페이지가 남았으니――9권만큼 두꺼워지긴 했지만――가끔은 설정 관련 이야기를 하는 것도 괜찮겠죠.

일단 본편에서는 시간에 '1각'이라는 단위를 사용하고 있습니다. 이 1각의 정의에는 다양한 설이 있는데, 본작에서는 1각=30분으로 묘사했습니다. 그러면 하루는 48각이 되는 셈이죠. 수각(數刻)은 한 시간 남짓이라고 보면 되겠습니다.

다음은 1권에 나오는 네피의 목걸이 말인데요, 애당초 그걸 채운 사람은 누구인가. 그 점에 관해 설명할 기회가 없어서 이번에 보충해 볼까 합니다.

경매 시점에서 마지막 소유권을 가지고 있었던 건 마르코시어스이지만, 네피의 숨겨진 마을을 습격한 건 비프론스(그 부하)입니다. 실은 여기서 잠깐 수세에 밀리면서 마르코시어스에게 네피의 신병을 빼앗긴 경위가 있습니다.

하지만 상대는 아무리 젊다 해도 〈마왕〉. 게다가 마르코시어스는 남은 수명이 얼마 되지 않아서 힘도 약해진 상태였죠. 그래서 마력을 제거하는 목걸이로 네피의 신병을 감추기로 한 겁니다. 즉 그 목걸이는 굳이 따지자면 네피를 지키기 위한 것이었던 셈이죠.

그런데 그 타이밍에 마르코시어스는 오로바스와 함께 마지막 전투를 위해 길을 떠났습니다. 선대 성기사단장을 필두로 교회에서도 수많은 사망자가 나온 이 전투로 인해 대륙에는 적지 않은 혼란이 일어나게 됩니다. 그 결과 네피의 신병이 마르코시어스에게 넘겨지는 것도 늦어졌고, 그래서 목걸이를 빼지 못하게 되었다는 배경이 되겠습니다.

마지막으로 라파엘이 대답하지 못한 사랑 이야기 말인데요, 실은 꽤 많은 사람들의 터닝 포인트가 된 사건인데 알시에라도 살짝 관련되어 있답니다.

그렇지만 마노엘 본편과 관계가 있는가 하면…… 없습니다.

이 이야기는 어디까지나 자간과 네피의 러브 코미디이기 때문에 큰 줄기에서 벗어나는 이야기는 웬만해선 다루지 않을 생각이에요. 지금 단계에서 관계자가 와르르 죽었기 때문에 키메리에스와 고메리의 첫 만남처럼 잠깐 언급하는 것도 어렵습니다. 물론 후기에 쓸 수 있는 양도 아니고요.

그래서 이 이야기는 개인적으로 단편이라도 써 볼까 생각 중입니다. 11권이 발간될 즈음엔 공개할 수 있었으면 좋겠네요. 그 외에도 키메리에스의 이야기와 본편의 진행 정도를 봐서 알시에라의 이야기도 쓸 수 있었으면 좋겠습니다. 둘 다 플롯은 이미 짜두

었거든요.

마지막으로 코믹스판 마노엘 5권도 8월 27일에 발매됩니다! 본편 3권인 야회편으로 돌입, 자간과 네피를 비롯한 다른 멤버들도 점점 더 생기가 넘치니 기대해주세요.

그럼, 이번에도 신세를 진 많은 분께 감사 인사를.

안 그래도 페이지 수도 아슬아슬한데 몇 장이나 더 늘려서 죄송합니다, 담당 K님. 이번 코스프레도 최고로 귀여웠어요, 일러스트레이터 COMTA님. 매번 디테일한 부분까지 챙겨주시는, 만화판을 맡아주고 계신 이타가키 님. 만화 편집 담당자님. 그 외, 표지 디자인, 교정, 광고 등을 맡아주신 여러분. 아버지의 날에 오므라이스를 만들어준 딸. 그리고 이 책을 구매해주신 당신. 진심으로 감사드립니다!

2020년 7월 태양계 행성들이 일렬로 늘어선 저녁에

테시마 후미노리

Twitter: https://twitter.com/ironimuf8

NEXT

마왕인 내가 노예 엘프를 신부로 삼았는데 어떻게 사랑하면 되지? 11

2025년 11월 25일 제1판 제1쇄 인쇄
2025년 11월 30일 제1판 제1쇄 발행

지음 | 테시마 후미노리
일러스트 | COMTA
옮김 | 권미량

발행인 | 오태엽
편집팀장 | 이수춘
편집담당 | 이예솔
한국어판 디자인 | Design Plus
라이츠사업팀 | 이은선, 박경진, 정선주, 신주은, 신윤미
전략마케팅팀 | 김정훈, 이강희, 정누리, 김재철
제작담당 | 박석주

발행처 | (주)서울미디어코믹스
등록일 | 2018년 3월 12일
등록번호 | 제 2018-000021
주소 | 서울특별시 용산구 만리재로 192
전화 | (02)2198-1736
인쇄처 | 한산프린팅

●잘못된 책은 구입하신 곳에서 교환해 드립니다.